Veit Müller

Tod im Schönbuch

Über dieses Buch

Die liebliche Idylle des Schönbuchs bei Tübingen wird jäh zerstört. Eine Schülergruppe findet bei einem Ausflug durch den Naturpark eine Leiche. Der Mann, der versteckt im Laub liegt, wurde erschlagen. Nicht viel später stößt die Polizei auf eine tote Frau in einem kleinen Ort am Rande des Schönbuchs. Sie ist in ihrem Haus die Kellertreppe hinuntergestürzt. War es nur ein Unfall oder gibt es eine Verbindung zu dem Toten im Wald? Lokaljournalist Luka Blum wittert eine große Story, die ihn endlich aus seinem Alltagstrott, der ihn zu Vereinsfesten und Kleintierzüchterversammlungen führt, herausreißen könnte. Er beginnt zu recherchieren und stößt dabei auf unheimliche Sagengestalten wie den „Ranzenpuffer". Auch die mysteriösen Gedenksteine bei Walddorfhäslach, die an alte Verbrechen im Schönbuch erinnern, spielen bei seinen Ermittlungen eine große Rolle. Als plötzlich ein „Geist" mit einer Axt vor ihm steht, gerät seine Welt endgültig aus den Fugen.

Veit Müller ist in Kaiserslautern geboren und in der Pfalz aufgewachsen. Er studierte in Tübingen Germanistik und Anglistik. Seit 1988 arbeitet er als Journalist und Autor. In der beliebten Luka-Blum-Reihe erschienen bisher „Zwischen den Zeilen lauert der Tod", „Flucht im Neckartal" sowie „Tübinger Blues".

Veit Müller

Tod im Schönbuch

Ein Luka-Blum-Krimi

Oertel+Spörer

Anmerkungen des Autors:
Dieser Roman spielt mit Realität und Fiktion. Vieles in diesem Buch hat einen wahren Hintergrund, doch dieser Hintergrund wurde an die erfundenen Handlungen und Figuren angepasst und mit der Fiktion vermischt. So gibt es beispielsweise tatsächlich den Tessinstein ebenso wie den Schwellerstein im Schönbuch, der Waldgeist in Altenriet ist aber frei erfunden, wie auch alle Geschehnisse um das fiktive Brezelfest. Sollten sich dennoch Ähnlichkeiten mit lebenden oder toten Personen ergeben, so sind diese rein zufällig und nicht beabsichtigt.

5. Auflage September 2012

Postfach 16 42 · 72706 Reutlingen

Titelbild: Schwellerstein im Schönbuch (Foto: Veit Müller)
Umschlaggestaltung: B. Mehmedbegović, Oertel + Spörer Verlag
Satz: Uhl + Massopust, Aalen
Druck und Bindung: CPI books GmbH, Ulm
Printed in Germany
ISBN 978-3-88627-419-2

1

„So langsam wird's Zeit zum hoimganga – 's isch scho' spät."
Hermine Scheel lief um die Theke herum in die Gaststube. Sie war schon weit in den Sechzigern und hatte eine gewaltige Körperfülle erreicht. Ihre langen grauen Haare waren hinter ihrem Kopf zu einem festen Knoten zusammengebunden. Sie trug eine blaue Bluse, die sich eng um ihre ausladende Oberweite spannte. Über ihren beigen Rock hatte sie eine Haushaltsschürze gebunden. Schon seit Jahren führte sie eine kleine Dorfkneipe in Pfrondorf, die sie von ihren Eltern übernommen hatte. Als Kind war sie in dem Lokal zwischen den Tischen herumgesprungen und hatte sich nie vorstellen können, diese heimelige Umgebung, in der sie oft die Geschichten aus dem Dorf gehört hatte, zu verlassen. Ihr Bruder dagegen war nicht geblieben. Er hatte sich nie für die Kneipe interessiert und sich früh der Aufsicht der Eltern, die sich in alles einmischten, entzogen. Sobald er konnte, war er von zu Hause ausgezogen. Jetzt lebte er in Bayern, nicht allzu weit weg vom Schwäbischen, aber sie sahen sich dennoch kaum. Nur einmal im Jahr besuchte er ihre Mutter, die in einem Pflegeheim untergebracht war. Ihr Vater war schon vor vielen Jahren gestorben.
Hermine Scheel trat zielstrebig an den Tisch, an dem der einzige Gast im Schankraum saß. Sie legte ihm sacht die Hand auf die Schulter.
„Auf jetzt! Gang hoim – glei' wird's dunkel", meinte sie – jetzt mit etwas mehr Nachdruck.
Egidius Heim sah auf und streckte der Wirtin sein Glas hin.
„No gibsch m'r wenigschdens no a Achdele für unterwegs."
Hermine sah ihren Gast mit eindringlichem Blick an und zuckte dann mit den Schultern.
„Von mir aus", sagte sie nur kurz, nahm das Glas und lief zurück zum Tresen. Dort stand noch die Literflasche Trollinger, die sie nun mit der einen Hand öffnete, während sie mit der anderen das leere Glas auf den Tresen stellte. Sie goss das Henkelglas halbvoll und brachte es wieder zurück zu Egidius, der meist nur Egi genannt wurde. Sie kannten sich schon seit ihrer Schulzeit. Sie waren in die gleiche Dorfschule gegangen, doch später hatten sich

ihre Wege getrennt. Egidius Heim war nach Walddorfhäslach gezogen. Dort hatte er Grafiker gelernt, doch er hatte schnell gemerkt, dass ihm diese Arbeit nicht lag. Danach hatte er sich an einer Lehre als Bankkaufmann versucht. Viel Geld hatte er in seinem Leben nicht verdient, doch durch das Erbe seiner Eltern entledigte er sich aller finanzieller Sorgen.
Sie hatten ihm vor vielen Jahren große Flächen an Ackerland hinterlassen, die just nachdem er sie geerbt hatte, in ein Wohngebiet umgewandelt worden waren. Er hatte die Flächen für gutes Geld verkauft. Schließlich hatte er überraschend wieder Arbeit in einem Betrieb in Reutlingen gefunden, doch vor zwei Jahren war er frühzeitig in Rente gegangen. Er war zwei Jahre älter als Hermine.
Egidius sah zum Tresen hinüber. Eine der Lampen über dem Ausschank war dunkel.
„Die Birn' isch kaputt", rief er zu Hermine hinüber, die nur lakonisch mit „ja, ja" antwortete. Sie stand hinter dem Tresen und räumte noch die gespülten Gläser in die Glasvitrine zurück. Sie setzte dabei sorgfältig Glas neben Glas, sodass alle eine Reihe bildeten. Dann schloss sie die Vitrine und drehte sich wieder um.
„Mir fehlt halt der Mann im Haus", sagte sie leise mit einem melancholischen Unterton, den Egidius allerdings nicht wahrnahm. Er hatte eigentlich gar nichts gehört, weil er gerade sein Glas Trollinger ansetzte und mit einem Schluck halb leerte.
Es lag ein etwas muffiger Geruch in der Kneipe, weil Hermine selten die Fenster öffnete, wenn Gäste da waren. Erst nach Feierabend sorgte sie für einen kräftigen Durchzug, um die alkoholischen Duftwolken und den Rauch aus der Gaststätte zu vertreiben. Trotz des Rauchverbots steckten sich hin und wieder ein paar Stammgäste eine Zigarette an. Niemand störte sich daran und Hermine wollte ihre Freunde, die sie schon so lange kannte und die für den größten Umsatz in ihrer Kneipe sorgten, nicht vor die Tür schicken. Egidius gehörte nicht zu den Paffern, wie sie immer sagte. Er war Nichtraucher.
Unter der Woche war in ihrem Lokal wenig los. Meist kamen nur einige Stammgäste. Egidius war einer von ihnen. Er lief immer von Walddorfhäslach herüber zu ihr. Manchmal nahm er auch

sein Fahrrad. Der Weg war nicht gerade kurz, doch weil er sowieso nicht viel zu tun hatte, nahm er sich die Zeit für die ausgiebige Tour zu Hermine. Damit sorgte er auch dafür, dass seine Knochen nicht einrosteten. Er liebte die Ruhe des Waldes und die Spaziergänge und Fahrten durch den Schönbuch. Eigentlich hatte er beim Forst arbeiten wollen, doch seine Eltern hätten ihm nie das Studium an der Fachhochschule in Rottenburg finanzieren können. Außerdem war er schon seit Grundschulzeiten kein guter Schüler gewesen. Gleich nach der Hauptschule hatte er deshalb eine Lehre begonnen.

Egidius zuckte leicht zusammen, als er Hermines Hand auf seinem Rücken spürte. Er hatte sie nicht kommen hören, weil er gerade in seinen Gedanken versunken war.

„Schleich doch net immer so rum", knurrte er vor sich hin.

„Bisch jetzt langsam so weit?", fragte Hermine ungeduldig.

„Jetzt wart' halt no g'schwind." Er nahm wieder das Glas in die Hand und trank es mit einem weiteren Schluck leer.

„So. Isch's recht?" Er hielt ihr das Glas hin.

„Mir isch halt net wohl, wenn du in der Nacht durch'n Wald gehsch."

„Ach, da passiert mir nix. Mir sind doch net in Amerika, wo dauernd jemand überfalla wird. Und die Räuber vom Wald, die gibt's bloß im Märchen."

„Trotzdem. Pass bloß auf, dass du auf'em Weg bleibsch."

Egidius Heim schmunzelte. Er mochte es, wenn sich Hermine so um ihn kümmerte. Er griff nach seiner Jacke, die auf dem Stuhl neben ihm lag und stand gemächlich auf.

„Ach schwätz net", blaffte er Hermine an, die einen Schritt zurück trat, damit Egidius an ihr vorbei gehen konnte.

„I' zahl, wenn i' wieder komm", sagte er etwas unwirsch.

„Ja, ja, scho' recht, Egi. I' schreib's auf."

Egidius zog seine Jacke über und knöpfte sie bis oben zu. Es war zwar noch Sommer, aber es wurde nun abends schon merklich frischer. Der Herbst stand vor der Tür.

„Pass auf."

„Ade", sagte er nur, ohne sich umzudrehen. Er hörte nicht mehr, ob Hermine Scheel noch etwas antwortete.

Als er hinaus auf die Straße trat, spürte er einen schwülwarmen Lufthauch. In der Gaststube war es viel kühler gewesen als hier draußen. Er wunderte sich über die Wärme und sah auf die Wolkenbänke, die in der Ferne aufzogen. Es würde ein Gewitter geben. Er musste sich nun doch etwas beeilen, um rechtzeitig nach Walddorfhäslach zu kommen. In ein Unwetter wollte er unterwegs nicht geraten.
Egidius bog um die Ecke. Dort stand sein Fahrrad, das an die Hauswand gelehnt war. Er hatte Hermine nicht erzählt, dass er nicht zu Fuß gekommen war. Sollte sie doch glauben, dass er bei Dunkelheit nach Hause laufen musste. Sollte sie sich doch Sorgen um ihn machen.
Mit dem Fahrrad würde er viel schneller in Walddorfhäslach sein. Die Zeit würde reichen, um noch bei Helligkeit durch den Wald zu radeln. Er schob sein Fahrrad vorsichtig um die Ecke und nahm die nächste Seitengasse, sodass Hermine ihn nicht sehen konnte.
Von der Kneipe aus war es nicht mehr weit bis in den Schönbuch. Der Himmel über Pfrondorf war noch weitgehend blau. Egidius Heim nahm die letzten Sonnenstrahlen eines schönen Tages auf. Er fing an, einen alten Schlager zu pfeifen. Als er die Durchgangsstraße, die das Dorf in zwei Hälften teilte, überqueren wollte, hielt er kurz an, weil sich ihm ein großer, dunkler Kombi näherte. Als das Auto vorüber fuhr, winkte er kurz den Insassen, die zu ihm herüber sahen, zu. Es war ein befreundetes Ehepaar, das wie er die dörfliche Ruhe der Hektik der Stadt vorzog. Die beiden hatten in Pfrondorf ein Haus gebaut, obwohl sie in Reutlingen zwei Apotheken besaßen.
Egidius Heim bog nun in den Kohlplattenweg ein. Er hatte schon die letzten Häuser Pfrondorfs hinter sich gelassen und radelte über freies Feld. Zu Fuß wäre er über den Einsiedel und dann Richtung Gniebel gelaufen, doch mit dem Rad nahm er den Weg über das Rote Tor und den Eichenfirst. Dort blieb die Strecke weitgehend eben.
Auf den Feldern hatte ihm die aufkommende Schwüle noch zugesetzt, im Wald dagegen war es merklich kühler. Er atmete die frische Luft tief ein und blickte kurz nach oben. Das Sonnenlicht

fiel hier nur spärlich durch die recht dicht stehenden Baumkronen. Während er mit einer Hand den Lenker fest hielt, zog er mit der anderen den Kragen seiner Jacke hoch.
Er schaute sich um. Hier war der Schönbuch mit am schönsten. Teilweise wirkte der Wald noch sehr ursprünglich, obwohl, wie Egidius wusste, fast jeder Zentimeter des Forstes bewirtschaftet war.
Weil das Licht immer dämmriger wurde und seine Augen auch nicht mehr die besten waren, musste sich Heim ganz auf den Weg konzentrieren. Schließlich wollte er bei seinen alten Knochen keinen Sturz mehr riskieren. Er passierte den alten Jägersitz. Jetzt war es nicht mehr allzu weit bis zum Eschachhauweg und der Gespannallee, die geradewegs nach Walddorfhäslach führte. Heim kannte hier im Wald alle Namen. Und all die Geschichten, die sich um sie rankten. Manche waren recht unheimlich. Als Kind hatte er sich manchmal gefürchtet, wenn die Alten von den Vorkommnissen im Schönbuch erzählten. Ihm war nie ganz klar geworden, ob die Geschichten nun erfunden waren oder ob doch ein Kern Wahrheit in ihnen steckte.
Der Weg durch den Schönbuch war jetzt leicht abschüssig. Deshalb nahm Egidius Heim etwas Fahrt auf. Als es ihm zu schnell wurde, bremste er ab und kam fast zum Stillstand. Im gleichen Augenblick knarrte seine Fahrradkette eigenartig. Heim schaute nach unten. Die Kette war reichlich verschmutzt und lief nicht mehr so glatt wie einst, doch sie war nicht vom Zahnkranz gesprungen.
Als er wieder aufschaute, stand plötzlich ein Mann vor ihm. Egidius hatte den Fremden zuvor nicht gesehen. Er musste von der Seite, direkt aus dem Wald, auf den Weg getreten sein.
Heim konnte das Gesicht des Mannes nicht erkennen, weil der Fremde ihm den Rücken zuwandte. Heim drückte mit aller Kraft die Handbremse, weshalb er fast nach vorne über den Lenker gefallen wäre.
Nur wenige Zentimeter vor dem Mann kam Heim zum Stehen. „Mensch, pass doch auf! Schier hätt' i' dich umg' fahra", fluchte Heim.
Der Fremde sagte nichts, drehte sich nur langsam um.

Jetzt erst sah Heim den Mann genauer an. Er war völlig verrückt gekleidet. Er trug einen schwarzen Umhang und einen großen Hut, an dem eine lange Feder befestigt war.
„He, d'Fasnet isch fei scho' lang vorbei", sagte Heim und fing mit seiner dunklen Stimme zu lachen an. Doch sein Lachen erstarb sofort, auch wenn ihm die Situation nun noch aberwitziger erschien. Der Mann trug eine falsche Schweinsnase im Gesicht. Darunter hatte er einen gezwirbelten Bart. Seine Augen blitzten dunkel und schauten Heim mit großem Hass an.
„Geh weg", brummte Heim. Langsam stieg Angst in ihm auf.
Der Mann hatte sich nun vornüber gebeugt und seine Hände auf Heims Fahrradlenker gelegt. Der Fremde fing an zu grunzen, wie ein Schwein, immer lauter, immer schneller, immer verrückter.
„Du spinnsch doch", sagte Heim.
Jetzt lachte der Fremde, der an Heims Lenker rüttelte. Plötzlich kam ein Wiehern aus dem Wald. Heim drehte sich kurz zu Seite und sah ein Pferd, einen Schimmel, im Wald stehen. Im nächsten Augenblick fiel sein Blick in die Baumkronen. Der Fremde hatte mit einem Ruck den Lenker zur Seite gerissen und Heim aus dem Gleichgewicht gebracht. Er war vom Rad gefallen und hart auf dem Rücken gelandet. Die Luft blieb ihm kurz weg.
Der Fremde grunzte erneut und stellte sich über Heim.
„He, was soll des?", presste Heim angestrengt hervor. Er drehte sich auf den Bauch und stemmte sich mit Armen und Beinen nach oben. Es gelang ihm, sich etwas aufzurichten. Als er schließlich auf dem Waldboden kniete, spürte er plötzlich die Hand des Fremden im Genick, der ihn mit einem Ruck herumriss und ihm mit voller Wucht in den Bauch trat. Der alte Mann kippte nach vorne. Er bekam kaum noch Luft. Heim hob mit letzter Kraft seinen Kopf, der rot angelaufen war. Wo war der Fremde? Er konnte ihn nicht sehen. Doch im nächsten Augenblick spürte er, wo der Verrückte war. Direkt neben ihm. Denn von dort kam der nächste Tritt, der Heim zur Seite und danach in einen kleinen Graben warf.
„Puff", sagte der Fremde nur mit einem Schmunzeln, so als wäre nichts geschehen.

Heim kroch schwerfällig aus dem Graben zurück auf den Weg. Er wollte etwas sagen, doch die Tritte hatten ihm völlig den Atem genommen. Er zog seinen Oberkörper nach oben. Der Fremde griff unter Heims Achseln, zog ihn hoch und stellte ihn auf die Beine. Gleich darauf schlug er ihm mit der Faust in den Magen, zweimal, dreimal, in kurzer Reihenfolge. Heim sank wieder in die Knie.

„Puff, puff, puff“, flüsterte ihm der Fremde nun ins Ohr. Heim drehte langsam seinen Kopf zur Seite und blickte dem Fremden ins Gesicht. Er kannte diese Augen, diese Gesichtszüge, doch nur woher? Weiter kam er in seinen Gedanken nicht. Der Fremde trat wieder zu, immer und immer wieder, in den Bauch, in die Seite, in den Rücken so lange bis Heim die Schmerzen nicht mehr ertragen konnte und es ihm schwarz vor Augen wurde. Er fiel vornüber in den Graben zurück.

Es war gespenstig still geworden, so als ob die Vögel für einen Augenblick den Atem angehalten hätten. Dann kam Wind auf. Die Blätter der großen Bäume rauschten und verdeckten mit diesen Geräuschen das unheimliche Grunzen, das vom Waldweg herauf in die Baumkronen drang. Die Wolkenbänke hatten sich nun gewaltig aufgetürmt und eine dunkle Farbe angenommen. Ein noch leises Grollen deutete das nahende Sommergewitter an.

2

Ich wachte schweißgebadet von meinem eigenen lauten Stöhnen auf. Ich hatte einen Albtraum gehabt. Und was für einen. Ich starrte an die Decke über mir und versuchte mich zu erinnern. Im Traum war alles so logisch erschienen, doch jetzt nach dem Aufwachen fand ich das Geträumte völlig absurd. Ich hatte von hässlichen, grunzenden Schweinen geträumt, alles war voll davon gewesen. Sie waren in einem Schlachthof, doch nicht ihnen ging es an den Kragen, sondern den Metzgern. Die hingen fein säuberlich aufgereiht auf Haken, mit dem Kopf nach unten. Auf einer Förderschiene, in der sich die Haken vorwärts bewegten, zappelten die armen Menschen ihrem Schicksal entgegen, während die grunzenden Schweine schon einmal genüss-

lich die Messer wetzten und mit einem Grinsen die Blutwanne zurechtrückten.
Soll ich noch weiter erzählen? Ja? Geht nicht. In dem Augenblick, in dem es richtig blutig zu werden drohte, bin ich aufgewacht. Um gleich im nächsten Albtraum zu landen. Ich sah eine weiße Frau vor mir. Doch das hatte nur an meinen verwässerten und vom Schlaf verklebten Augen gelegen und an meinem Brummschädel, der mich mahnend an die Dornfelder-Orgie vom Vorabend erinnerte. Ich hatte etwas zu tief ins Rotweinglas geschaut, um im Weinsteinsatz meine Zukunft zu lesen. Weil mir dies aber auf Anhieb nicht gelungen war, habe ich mir immer wieder ein neues Glas voll geschenkt und dabei übersehen, dass meine Zukunft in einem Rausch klar vor mir gelegen hatte. Und den musste ich nun ausbaden. Als ich die Augen weiter geöffnet hatte, identifizierte ich die weiße Frau als harmlose Raufaserdecke und die beiden dunklen Flecken, die ich für geheimnisvolle Augen gehalten hatte, waren nur die blutigen Überreste zweier Schnaken, die ich vor Tagen, nachdem sie sich mit meinem Blut voll gesaugt hatten, an der Decke mit einer Zeitschrift zermatscht hatte.
Albträume überfallen mich in regelmäßigen Abständen. Ich weiß nicht, ob dies am Vino Palatino liegt oder an meiner lebhaften Vergangenheit als rasender Gerichtsreporter, immer dem Verbrechen auf der Spur, oder einfach nur an meiner blühenden Fantasie, die ich ab und zu auch in meinen Artikeln anwende, wenn mir die Fakten ausgehen. Egal, sei es wie es ist, nach solchen Nächten bin ich meist völlig gerädert, so wie jetzt auch. Und man sollte mich dann am Morgen nach dem Aufstehen nicht direkt ansprechen. Besser erst nach dem Frühstück.
Doch halt, ehe ich zu weit abschweife –, wo war ich stehen geblieben? Richtig, bei meinem Schweine-Albtraum und den unfreiwillig, aber nicht zu früh dahin geschiedenen Schnaken. Ich war nun völlig aufgewacht, saß zerknittert auf der Bettkante und starrte vor mich hin. Was für Wochen hatte ich gerade hinter mich gebracht. Neben meiner journalistischen Schreiberei hatte ich mich auch noch als Schriftsteller versucht. Vor einem halben Jahr war mein erster Kriminalroman erschienen. Ich hatte in-

zwischen die sechste Lesung durchgestanden und war recht zufrieden mit den Reaktionen der Zuhörer. Ihnen gefiel offensichtlich der Roman. Man nannte mich sogar die Tübinger Donna Leon. Na, ja, das war vielleicht doch etwas übertrieben, aber nur leicht.
Ich hatte in Reutlingen, Walddorfhäslach, Neckartenzlingen und Tübingen gelesen. Nur so konnte ich das Buch unter die Leute bringen. Ich machte heftig Werbung für meinen Kriminalroman, was mir gar nicht so richtig liegt, weil ich eigentlich eher schüchtern bin. Auch wenn Sie mir das nicht glauben, es ist so!
Doch wie der große amerikanische „Philosoph" John Wayne schon anmerkte, ein Mann muss tun, was ein Mann eben tun muss, und also versuchte ich, meinen Roman ins rechte Licht zu rücken, der Verkaufszahlen wegen. Gerade fühlte ich mich damit so richtig zufrieden, als mein kurzer literarischer Höhenflug jäh durch die Kritik im Lokalblatt gebremst wurde.
Logische Brüche will er entdeckt haben, der Herr Kritiker. Ich glaube, ich muss mich mit ihm einmal bei einem Glas Guinness zusammensetzen und ihm mein Buch erklären. Diese Lusche blickt es mal wieder nicht. Außerdem hat der Typ geschrieben, der Autor, also ich, habe sich nicht entscheiden können, was er denn nun schreiben wolle: einen Krimi oder eine Liebesgeschichte?
Und da ich eine schüchterne Mimose bin, wie Künstler das eben so sind, war ich frustriert. Mir reichte es. „Ich werde keinen Krimi mehr schreiben. Und schon gar keinen, in dem eine Liebesgeschichte vorkommt", sagte ich laut vor mich hin.
„Ja, ja, ist schon gut", mischte sich Nelly, die sich hinter mir auf dem Bett räkelte, zärtlich in meine Gedankenwelt ein. Sie erhob sich langsam, beugte sich zu mir herüber und küsste mich auf die Stirn.
Ach ja, Nelly. Sie kommt aus Irland, arbeitet bei HP in Böblingen, hat viele Sommersprossen und rötliche Haare, wie sich das für eine Irin und ein gutes Klischee gehört. Ihr Nachname ist Gälisch und so kompliziert, dass ich ihn gar nicht aussprechen kann, ohne mir dabei die Zunge zu verknoten. Ich habe sie vor ein paar Monaten im Irish Pub in Tübingen kennengelernt. Noch vor unserem großen Abenteuer, das wir etwas lädiert, aber glücklich

überstanden haben. Wir sind uns danach sogar etwas näher gekommen. Viel näher. Ganz nahe.
Ja, und nun zu mir. Mein Name ist Blum. Luka Blum. Und ich mag meinen Martini weder gerührt noch geschüttelt. Ich mag das süße, klebrige Zeug überhaupt nicht. Schon eher Whisky, schottischen. Oder Whiskey, irischen.
Ich bin Journalist, einige Jahre über vierzig. Mein geschmeidiger Körper ist gut durchtrainiert. Meine Körpermitte wird von einem Waschbrettbauch geprägt, mein Muskelspiel ist imposant. Und mein Gesicht ist eine gelungene Kombination aus Brad Pitt und Sean Connery. Nun ja, sagen wir, so würde ich gerne aussehen. Die Realität, die mir jeden Morgen zerknautscht aus dem Spiegel entgegenblickt, sieht zugegebenermaßen etwas anders aus. Das Waschbrett ist ausgebeult, die Brustbehaarung von James Bond fehlt komplett und mein Kinn fängt an, sich zu verdoppeln. Die Natur kann schon ungerecht sein.
Bis vor kurzem steckte ich deshalb in meiner ersten Midlife-Krise, oder war's schon die zweite? Keine Ahnung. Wechseln wir lieber das Thema.
Manche nennen mich Luke, andere Lucky, aber lucky bin ich wirklich nicht, zumindest was meinen Beruf angeht. Ich bin nur ein kleiner Lokalreporter, der sich mühsam seine Brotkrumen verdient.
„Ja, ja, das kennen wir schon, das will doch keiner mehr hören", mischte sich Nelly schon wieder ein und verdrehte die Augen. Ich sollte einfach nicht so laut vor mich hin „bruddeln". Aber sie hatte ja recht. Ich hatte ihr schon zu viel vorgejammert und lucky war ich eigentlich schon, zumindest was meine internationale Beziehungskiste anging. Ich drehte mich zu ihr um und nahm sie in den Arm.
Kann Liebe schön sein. Eine Stunde später begaben wir uns zum Frühstück um zwölf Uhr Mittags. *Do not forsake me, oh my darling*. Nelly wollte nicht, dass ich aufstehe und hielt mich fest. Doch ich war schon zu lange im Bett. Ich brauchte jetzt dringend etwas Nahrhaftes zwischen die Kiemen. Ein Bio-Müsli oder vielleicht doch lieber eine ungesunde, aber saftige Wurst aus dem Supermarkt.

Natürlich war wieder nichts im Haus. Ich hatte wie üblich vergessen einzukaufen. Also schlüpfte ich schnell in die Hose, das T-Shirt von gestern tat's auch noch. Einmal über die Haare gebürstet und schon war ich draußen vor der Tür. Ich lief zu meinem Wagen, öffnete die Tür cool mit der Fernbedienung, stieg ein und fuhr los.
Zwar hätte ich auch zu Fuß einkaufen gehen können, doch ins Lustnauer Zentrum war es mir heute mit meinem verkaterten Kopf noch zu weit. Und vor allem der Rückweg, wieder den Berg hinauf, den wollte ich mir bei meinem Brummschädel nicht antun. Außerdem wartete zu Hause Nelly auf mich. Und da war jede Sekunde kostbar.
Ich steuerte meinen Wagen vom Herrlesberg die Pfrondorfer Steige hinunter nach Lustnau. Mein Blick fiel auf ein gelbes Schild am Straßenrand, auf dem stand, „Tempo 30 für ganz Lustnau". Gut so. Ich schaute unwillkürlich auf die Tachonadel meines Wagens. Sie schwankte zwischen 60 und 70 hin und her. Gerade als ich mir vornehmen wollte, auf die Bremse zu treten, blitzte es schon.
„Oh, verdammt", meckerte ich los, doch im selben Augenblick schickte ich ein Stoßgebet gen Himmel. Es hatte nicht mich, sondern meinen Vordermann erwischt. Ein Stein fiel mir vom Herzen, denn ich war erst vor ein paar Wochen geblitzt worden und wartete noch auf die freundliche Punkteverteilung aus Flensburg.
Manchmal denke ich, im hohen Norden schätzt man die Tübinger sehr, denn von hier aus wird eifrig Nachschub für die Verkehrssünderkartei geliefert. In der Stadt stehen einige Starenkästen so gut versteckt, dass sie kaum einer sieht. Das bringt natürlich Geld in die leeren Verwaltungskassen. Von der Burgholzsteige hinunter vierspurig in die Stadt rauschen und dann: Bitte lächeln. Blitz! Das gibt ein gelungenes Foto. Ein Starenkasten inmitten von Laubbäumen, wer soll darauf schon kommen.
Der Blitzer nach der Galgenbergkreuzung ist fast noch gemeiner. Gerade wenn man mit Vollgas bei Halb-Gelb über die Kreuzung gen Stuttgart brettert, sitzt man schon in der Falle. Die Einheimischen kennen die beiden Stellen inzwischen recht gut. Die fal-

len kaum noch darauf herein, bremsen kurz ab und drücken danach wieder aufs Gaspedal. Jetzt trifft's halt in erster Linie die Auswärtigen. Ist wohl so eine Art Wegezoll und ein kleines Andenken an das gastfreundliche Tübingen, sogar mit Erinnerungsfoto. Ich habe auch schon einige von dieser Sorte in meiner Sammlung. Nicht mehr nur aus Tübingen, inzwischen vor allem aus anderen Städten.
Unten in Lustnau angekommen, bog ich nach der Ampel links ab, Richtung Einkaufszentrum. Es war dort um die Mittagszeit schon wieder viel los, aber ich fand gerade noch eine leere Bucht auf dem kleinen Parkplatz, wo ich mein Auto abstellen konnte. Ich legte meine Hände aufs Lenkrad und dachte kurz nach, was ich alles besorgen wollte. Brötchen, Kaffee, Tee. Ja, das war auch so eine Geschichte: Nelly als Irin trank nur Kaffee und ich als Irland-Fan natürlich Tee, mit Milch. Richtig, Milch brauchte ich auch noch. Und Wurst für mich, aber Käse für Nelly, die im Gegensatz zu mir Vegetarierin war.
Ich stieg aus und lief zum Supermarkt, der alle paar Jahre seinen Namen ändert. Unterwegs widerstand ich nur schwer der Verlockung, ins Café Luca zu gehen, wo um die Mittagszeit die Bistro-Tische und aufgespannten Sonnenschirme vor der Tür standen und eine gemütliche Atmosphäre verbreiteten. Ich wollte die Straße überqueren, doch ich musste kurz warten, bis sich der lange gelb-rote Stadtbus die enge Straße hinauf an mir vorbeigequält hatte. Dann war der Weg für mich frei und ich ging in den Supermarkt, um einzukaufen.

3

„Voll krass, eh!"
Volker Schmittingers Augenwinkel zuckten leicht. Er konnte diesen Satz nicht mehr hören. Der Lehrer schaute genervt im Klassenzimmer umher. Die Hälfte seiner Schüler lümmelte sich auf den Stühlen herum und hörte ihm überhaupt nicht zu. Kaum einer von ihnen interessierte sich für deutsche Geschichte. Wieso auch? Die meisten in dieser Hauptschulklasse wiesen einen Migrationshintergrund auf, waren mit ihren Eltern

mehr widerwillig als freiwillig hierher gekommen und hatten deshalb mit deutscher Geschichte nicht viel am Hut. Das Land war ihnen fremd und, weil sie sich meist in ihren eigenen Kreisen bewegten, auch fremd geblieben. Von Integration keine Spur. Aber wie sollten sie sich auch integrieren, wenn die Politik sie völlig allein und auf sich selbst gestellt im Regen stehen ließ. Die staatlichen Stellen hatten völlig versagt. Für Integrationsarbeit gab es kaum Mittel, die Schulsozialarbeit fristete immer noch ein viel zu stiefmütterliches Dasein.
Und in dieser Klasse kam noch dazu, dass die Jungs gerade mitten in ihrer Pubertätsphase steckten. Da bedeuteten ihnen die Mädchen mit ihren eng anliegenden und bauchfreien Shirts mehr als Bismarck oder der I. Weltkrieg, den Schmittinger im Unterricht gerade durchnahm.
„Voll krass, eh!"
Schmittinger schreckte zusammen. Der Satz hatte ihn aus seinen Gedanken gerissen.
Er schaute zu dem Jungen hinüber, der ihn gerade ausgesprochen hatte.
„Wie?"
Schmittinger wollte den Schüler, der ein Muskel-T-Shirt und Schlapperhosen trug, gerade zurechtweisen, weil er wie immer ungefragt einfach drauflosgeplappert hatte. Doch Schmittinger zuckte nur resigniert mit den Schultern. Wie sollte er in diesen wilden Haufen nur irgendeine Ordnung bringen. Er hatte alles versucht, um ihr Interesse zu wecken. Sich alle möglichen pädagogischen Kniffe für den Unterricht ausgedacht. Doch die Schüler schienen an nichts interessiert zu sein, nur an Designer-Klamotten, an Partys oder Rap-Musik à la Bushido oder Sido. Obwohl Schmittinger diese Musik eigentlich nicht ausstehen konnte, weil sie für ihn nur brutal und aggressiv war, hatte er Texte von diesen Sängern im Unterricht behandelt. Doch auch diese Stunde hatte mehr oder weniger in einem Fiasko geendet, weil die Schüler, die die Klasse mit ihrem affektierten Gehabe dominierten, nur noch in Rap-Floskeln geantwortet und am Schluss den Unterricht zur Party umfunktioniert hatten.
„Wann geht's endlich los? Wird voll langweilig."

„Wir warten noch auf Frau Wagner." Seine Kollegin musste gleich kommen und dann konnten sie losziehen. Für heute war ein Ausflug geplant. Nach Walddorfhäslach. Dort würde sie ein Lehrer der Hauptschule empfangen. Sie hatten ausgemacht, zusammen durch den Schönbuch zu ziehen, um Steine zu finden, die eine Geschichte erzählen konnten.
Die Schüler waren über jede Abwechslung froh, vor allem wenn sie bedeutete, dass dadurch der Unterricht ausfiel. Und als er ihnen erzählte, dass manche der Gedenksteine für Mord und Totschlag standen, hatte er wieder ein „voll krass, eh" als Antwort geerntet.
Vor einem Jahr hatte die Walddorfhäslacher Hauptschule den Kalender *Versunkene Steine* herausgebracht. Bei der Vorstellung in der Schule war auch Schmittinger dabei gewesen. Vor kurzem hatte er den Kalender wieder zufällig in der Hand gehalten und gedacht, dies könnte ein Thema für einen Schulausflug sein. So könnte er die Schüler einmal raus an die frische Luft bringen, dabei ein paar Abenteuergeschichten erzählen und sie quer durch den Wald auf der Suche nach geheimnisvollen Steinen schleifen. Sein Walddorfhäslacher Kollege war sofort einverstanden gewesen, bei der Tour durch den Schönbuch den Führer zu spielen.
Schmittinger war etwas neidisch auf seinen Kollegen. Auf dem Land war das Schulleben einfacher. Vor kurzem hatte er gehört, dass wieder keiner der Hauptschul-Abgänger auf der Straße stand, entweder gingen sie in eine weiterführende Schule oder sie hatten eine Lehrstelle gefunden. Davon konnte Schmittinger nur träumen. Er war in Reutlingen an einer so genannten Brennpunktschule. Hier musste man sehen, wie man den Unterricht in einigermaßen geordneten Bahnen über die Runden bringen konnte. Dauernd krachte es woanders: Schulsozialarbeiter und Streitschlichter waren gefragte Leute. Vergangenen Monat konnte die Polizei gerade noch eine Massenschlägerei zwischen zwei verfeindeten Schülergruppen am Reutlinger Busbahnhof verhindern. Auch einige seiner Schüler hatten bei der Schlägerei mitmischen wollen. Und in der Parallelklasse war vor kurzem ein Schüler verhaftet worden, weil dieser einen Rentner, der an Krücken ging, umgestoßen und ihm den Geldbeutel geklaut hatte.

Auf dem Land kannten sie diese Probleme nicht. Noch nicht. Dort funktionierte die soziale Kontrolle besser. Und auch die Zusammenarbeit zwischen Schule, Vereinen und Handwerksbetrieben war einfacher. Dort kannte jeder jeden, nicht wie hier in Reutlingen, wo alles viel anonymer war und sich viele in dieser Anonymität verstecken konnten. Nur wenige seiner Schüler hatten später eine Chance auf eine gute Berufsausbildung.
Ein Klopfen riss Schmittinger aus seinen Gedanken. Er hatte den Schüler und dessen Frage, wann denn der Ausflug endlich beginne, für einen kurzen Augenblick vergessen.
„Ja", sagte Schmittinger nur. Die Tür des Klassenzimmers öffnete sich leise und seine Kollegin Amelie Wagner schaute vorsichtig herein.
„Ich wär' jetzt so weit", säuselte sie mit zarter Stimme.
„Gut."
Mehr brauchte Schmittinger nicht zu sagen. Sofort war das volle Chaos im Klassenzimmer ausgebrochen. Lautstark übernahmen die Schüler das Kommando und drängten zum Ausgang des Klassenzimmers.
„Einen Augenblick noch", rief Schmittinger in das Tohuwabohu hinein, doch keiner schien ihn zu hören. Er gab auf und folgte zusammen mit seiner Kollegin dem wilden Haufen, der lärmend durch das Schulhaus Richtung Ausgang zog.
„Jetzt hoffen wir mal, dass wir das alles einigermaßen gut über die Bühne bringen", sagte er leicht genervt zu Amelie Wagner.
„Wird schon klappen", machte sie ihm Mut.
Schmittinger mochte seine Kollegin. Sie kam sehr gut mit den Schülern aus. Sicherlich war dabei auch ihr gutes Aussehen von Vorteil. Sie kleidete sich immer sehr attraktiv, was auch Schmittinger gefiel. Er war froh, dass sie ihm für den Ausflug zugesagt hatte.
Auf dem Schulhof wartete schon der Bus. Bis Schmittinger und Amelie Wagner den Bus erreicht hatten, saßen alle Schüler schon auf ihren Plätzen.
Schmittinger nahm die Gelegenheit wahr, noch einmal seine Schüler zu ermahnen.
„Also benehmt euch, sonst war das der letzte Ausflug."

„Schon klar, Chef", rief einer der Schüler.
Ein anderer musste irgendeine unpassende, aber witzige Bemerkung gemacht haben, weil die eine Ecke im Bus zu kichern anfing.
„Alberner Haufen", murmelte Schmittinger vor sich hin und ließ sich auf den Sitz neben Amelie Wagner plumpsen.
Der Bus fuhr recht zügig durch die Reutlinger Nordstadt und auf den Zubringer zur B 27. Die Lautstärke nahm zu. Die meisten Schüler konnten nicht ruhig sitzen und zappelten im Bus umher. Schmittinger wollte gerade etwas sagen, doch das hatte schon der Busfahrer übernommen. Er hatte ein lautes Organ und offensichtlich auch genügend Autorität. Mit seinem „jetzt setzt euch mal hin oder ihr fliegt alle raus" verschaffte er sich tatsächlich kurzfristig Ruhe.
Der Bus bog von der B 27 ab und erreichte Walddorfhäslach. Der Fahrer hatte vor dem Starenkasten in der Kappel rechtzeitig abgebremst, offensichtlich kannte er den Blitzer schon von früheren Fahrten. Am Busbahnhof vorbei ging es nach rechts in die Nonnengasse. Kurze Zeit später waren die Schüler am Ziel.
Vor der Hauptschule wartete schon Schmittingers Kollege.
„Wird langsam Zeit", sagte Rolf Vohrer, als sein Reutlinger Kollege aus dem Bus stieg. Vohrer war Mitte vierzig, mit viel Temperament ausgestattet und immer aufdringlich gut aufgelegt. Er schlug Schmittinger zur Begrüßung kräftig auf die Schulter.
„Na, habt ihr euch unterwegs verfahren? Ist halt ein weiter Weg in die Provinz, so ganz in den äußersten Zipfel im Kreis." Vohrer lachte laut auf.
Schmittinger versuchte mitzulachen, doch sein Lachen wirkte gequält.
Dies bekam Vohrer allerdings nicht mehr mit. Er hatte sich längst Schmittingers Begleitung, Amelie Wagner, zugewandt, die gerade aus dem Bus gestiegen war.
„Hast du dir Verstärkung mitgebracht?", fragte er Schmittinger.
„Wie?"
„Und die sieht ja nicht einmal schlecht aus." Vohrer ließ Schmittinger einfach stehen und ging auf Amelie Wagner zu. Schmittinger folgte ihm.

„Ach ja, Entschuldigung, das ist Frau Wagner, eine Kollegin von mir. Sie ist so freundlich, mich auf diesem Ausflug zu begleiten, um die Meute hier besser bändigen zu können", sagte Schmittinger.

„Gut, gut." Vohrer sah Amelie Wagner tief in die Augen und drehte sich, ein „nett, nett" murmelnd, wieder zu Schmittinger um.

„Na, dann wollen wir mal keine Zeit verlieren. Der Weg ist weit, die Zeit zu kurz und ich weiß nicht, wie lange das Wetter noch hält", sprudelte Vohrer los. Noch war der Himmel weitgehend blau, doch in der Ferne zogen erste Wolken auf.

„Alles zu mir", rief Vohrer. Er hatte nun das Kommando übernommen und zu Schmittingers Überraschung folgten alle Schüler und auch Amelie Wagner sofort der Aufforderung seines Kollegen.

„Wir fahren jetzt mit dem Bus zum Schönbuch-Parkplatz und von dort geht's dann ab in den Wald. Wer die Steine zuerst findet, bekommt eine Belohnung von mir. Was, wird noch nicht verraten. Aber es lohnt sich. Und noch was. Das wird 'ne Gruseltour, sag ich euch. Richtig unheimlich wird's." Vohrer zwinkerte Schmittinger vielsagend zu. Er hatte sich eine Überraschung für die Schüler einfallen lassen. Ein kleines Spiel, das er mit ein paar Freunden einstudiert hatte, sollte die Schüler im Wald gehörig erschrecken und ihnen einen abenteuerlichen Nachmittag bescheren.

„Wie meinst du das, Gruseltour?", fragte Schmittinger vorsichtig, der von nichts eine Ahnung hatte.

„Das wirst du schon sehen. Man muss sich heute halt etwas einfallen lassen, wenn man die Jungs und Mädchen bei der Stange halten will." Vohrer lachte wieder. Schmittinger war neidisch auf seinen Kollegen. Der versteht's mit den Schülern besser als ich, dachte er, als er hinter Vohrer in den Bus einstieg. Seine Stimmung hob sich auch nicht, als er sah, dass sich sein Kollege auf den Platz neben Amelie Wagner gesetzt hatte.

Von der Schule aus fuhr der Bus am Bolzplatz vorbei, der im vergangenen Jahr für jede Menge Schlagzeilen gesorgt hatte. Einige Anwohner hatten sich über den Kinderlärm auf dem Platz und

über Sachbeschädigungen beschwert. Jetzt hatten die Anwälte das Wort.
Der Bus bog in die Dettenhauserstraße ab und steuerte Richtung B 464. Der Lärmpegel im Bus stieg merklich. Der Hinweis Vohrers auf ein bevorstehendes Abenteuer hatte die Schüler aufgekratzt. Jetzt fingen sie an zu spekulieren, was sie wohl erwartete. Nach wenigen Minuten hatte der Bus den Parkplatz am Schönbuchrand erreicht. Die Schülermeute stieg aus und verteilte sich sofort auf dem Parkplatz.
„Mir nach", rief Vohrer und alle folgten ihm Richtung Schönbuch. Immer tiefer ging es in den Wald hinein. Die Jungs wurden zunehmend unruhiger, während die Mädchen ständig zu kichern anfingen.
„Jetzt hört einmal her." Vohrer versammelte jetzt alle um sich. „Zuerst geht es zum Tessinstein. Der hat aber nichts mit dem Schweizer Kanton zu tun. Dieser Stein, auch Baronenstein genannt, erinnert an den Freiherrn von Tessin, der von seinem Gut in Hochdorf bei Vaihingen an der Enz hier nach Walddorf kam, um sich eine Wildsau oder ein Reh zu schießen."
„Wird das jetzt eine Geschichtsstund?", blökte einer der Schüler aus dem Hintergrund und gähnte übertrieben.
Im gleichen Augenblick knallte es irgendwo im Wald, nicht weit von der Gruppe entfernt. Der Schüler, der gerade gemeckert hatte, zuckte zusammen.
„Muss wohl ein Schuss gewesen sein", meinte Vohrer und schmunzelte vor sich hin. Die Schüler schauten sich beunruhigt um.
„Und genau so ein Schuss hat dem guten Freiherrn das Lebenslicht ausgeblasen, paff, mitten ins Herz", fuhr Vohrer mit großer Gestik fort.
„Wie ist das passiert?", meldete sich einer der Schüler neugierig zu Wort.
„Die Herren waren wieder einmal auf der Jagd im Schönbuch gewesen. Das war so um 1924 herum. Es löste sich plötzlich eine Kugel aus einem Gewehr und traf den Freiherrn von hinten in den Rücken. Tot war er, auf der Stelle. Mausetot." Er schaute in die Runde. Die Schüler hörten ihm gebannt zu.
„Und wer hat ihn erschossen?", fragte einer der Schüler.

„Es soll der liebe Bruder des Freiherrn von Tessin gewesen sein, heißt es. Und es soll ein Jagdunfall gewesen sein, heißt es. Doch ein Jahr später hat der Schütze die Frau seines Bruders geheiratet. Vielleicht war der Schuss, der den Bruder traf, doch nicht so rein zufällig gewesen? Ja, für die Liebe hat schon mancher getötet. So, jetzt aber los, wer den Stein zuerst findet, sagt mir, was draufsteht."

„Wo sollen wir denn suchen?", fragte einer der Schüler.

„Na, jetzt zeigt mal euren Pfadfindergeist."

„Wass'n das?", wollte einer der Schüler wissen.

Vohrer ging gar nicht darauf ein, sondern gab den Schülern ein paar Hinweise, wie sie den Tessinstein finden konnten.

Die Schüler machten sich sofort auf die Suche. Plötzlich hallte wieder ein Schuss durch den Wald. Einige der Mädchen hatten sich gar nicht erst auf die Suche nach dem Tessinstein gemacht. Sie blieben lieber bei den Lehrern. Dort fühlten sie sich sicherer, zumal es nun deutlich im Unterholz knarzte und knirschte.

Es dauerte nicht lange, da kamen die ersten Jungs zurück und erzählten, wo sie den Stein gefunden hatten und dass ihnen zwei etwas komisch aussehende Jäger begegnet waren, die sie ausgefragt hätten, was sie hier eigentlich machten.

„Vielleicht waren dies die Nachfahren der Freiherrn. Passt nur auf, wenn's wieder knallt. Vielleicht waren es auch die Geister der alten Tessiner." Vohrer lachte wieder. Die Mädchen um ihn herum fanden es gar nicht komisch.

„Jetzt gehen wir weiter zum *Selbstmörderstein.*"

Einen Augenblick herrschte Stille und alle schauten Vohrer neugierig und etwas unsicher an.

„Ja, da schaut ihr, was es bei uns hier im Wald alles gibt."

Schmittinger war sich nicht mehr sicher, ob der Ausflug in den Schönbuch wirklich eine gute Idee gewesen war.

„Klingt schlimmer, als es ist. Na ja, wie man's nimmt", sagte nun Vohrer schnell.

Schmittinger schaute zu Amelie Wagner hinüber, doch die hing mit ihren Augen nur an Vohrer. Offensichtlich hatte er sie mit seinen abenteuerlichen Geschichten ganz in ihren Bann gezogen.

„Was ist dort passiert?", wollte die junge Lehrerin wissen.

Vohrer ließ die Frage etwas wirken und baute bewusst eine tiefe Spannung auf.
„Das war noch in grauer Vorzeit, so vor rund 200 Jahren. Da hat ein Förster in Walddorf seine Geliebte, die Tochter des Ochsenwirts, aus Eifersucht erschossen. Nach der Tat hat er sich selbst eine Kugel durch den Kopf gejagt. Armer Kerl."
„Arme Frau", warf Amelie Wagner ein.
Vohrer ging auf die Zwischenbemerkung gar nicht ein.
„Weil ein Selbstmörder damals nicht auf dem Friedhof in geweihter Erde begraben werden durfte, hat man ihn einfach im Wald verscharrt. Das waren Zeiten."
„Und was hat es mit dem Stein auf sich?", fragte Schmittinger.
„Unten im Schaichtal mitten im Wald, hat ihm jemand einen Gedenkstein gesetzt. Wer das war, weiß man nicht. Außerdem wird der Stein von einem Unbekannten gepflegt. Von wem, weiß man auch nicht."
„Das ist ja richtig unheimlich", sagte Amelie Wagner.
„Genau. Und dort gehen wir jetzt hin." Vohrer legte seinen Arm sachte auf die Schulter seiner Kollegin.
„Na, das ist doch besser als eine Fahrt auf der Geisterbahn, oder?" Er zwinkerte Amelie Wagner zu, lachte kurz auf, drehte sich um und lief los. Die Gruppe setzte sich automatisch in Bewegung und folgte Vohrer in Richtung Fuchsklinge. Sie mussten wieder die Bundesstraße überqueren und kamen am Schönbuchrand zu einem weiteren Stein, in den das Wort „Albblick" eingemeißelt war.
„Von hier aus hat man aber eine schöne Aussicht", schwärmte Amelie Wagner begeistert und ließ ihren Blick über die Bergkette der Schwäbischen Alb streifen.
Aber keiner hörte ihr zu. Alle wollten zum „Selbstmörderstein". Die Schülergruppe kam an einer Lichtung vorbei, die schon voller Herbstzeitlosen war. Unbemerkt von den anderen blieb eine der Schülerinnen zurück. Sie setzte sich auf die Blumenwiese. Ein paar Sekunden später stand ein Junge neben ihr.
„Jetzt komm schon, Leonie", forderte er das Mädchen auf.
„Was ist mit dir und Lisa?", fragte sie ihn jetzt mit einem beleidigten Unterton in der Stimme.

„Nichts, was soll schon sein?“
„Ich habe euch beide gesehen, auch, wie du sie verliebt angeglotzt hast.“
„Ach, spinn doch nicht. Das bildest du dir bloß ein.“
„Ich spinne nicht und ich bilde mir auch nichts ein. Eine Frau spürt so etwas.“
„Was hast du gespürt, Leonie?“, fragte er verärgert.
„Wenn ein Junge… ach, lass mich doch in Ruhe!“ Sie sprang plötzlich auf und rannte davon. Der Junge schaute ihr verdutzt nach.
„Blöde Zicke“, brummte er vor sich hin. Er konnte mit diesen Gefühlsausbrüchen nichts anfangen. Er hatte keine Lust, Leonie nachzulaufen. Soll sie doch sehen, wo sie bleibt, dachte er und beeilte sich, wieder zur Gruppe zu kommen. Als er seine Mitschüler erreicht hatte, schaute er sich um. Seine Freundin, oder sollte er sie jetzt schon Ex-Freundin nennen, war nicht da. Er war sich unschlüssig, ob er Schmittinger oder Wagner etwas sagen sollte. Sie waren in ein Gespräch vertieft und hatten offensichtlich noch nicht das Fehlen Leonies bemerkt.

*

Nicht weit vom „Selbstmörderstein“ entfernt warteten erneut Vohrers Kollegen auf die „Wandergruppe“. Sie wollten hier im Wald ein kleines Spektakel veranstalten, um die Schüler bei Laune zu halten. Sie hatten eine kleine Verfolgungsjagd mit viel Geschrei einstudiert.
Als die Schülergruppe in der Nähe des Gedenksteins war, versammelte Vohrer die Meute um sich.
„Also, los jetzt. Hier irgendwo zwischen dem Schaichtal dort unten und uns hier oben steht der Selbstmörderstein. Sucht ihn und sagt uns, was darauf steht. Aber passt auf. Das Gelände ist recht steil und unwegsam hier. Ihr müsst nach einer Klinge suchen.“
Die Schüler schauten ihn wieder fragend an.
„Damit ist kein Messer gemeint. Eine Klinge ist eine kleine, schmale Schlucht. Und holt euch keine nassen Füße. Durch die Klinge läuft ein kleiner Bach. Ab jetzt.“ Vohrer zeigte in die

Richtung, in der die Schüler suchen sollten. Sie rannten sofort los und stolperten unbeholfen zwischen dicht stehenden Bäumen einen Abhang hinunter.
Einer der Jungs stürmte einen schmalen Pfad entlang, der ins Dickicht des Waldes führte. Er wollte nicht mit den anderen gehen, sondern den Stein alleine finden. Innerhalb kurzer Zeit war er im dichten Unterholz verschwunden. Er beeilte sich, im Bogen um seine Freunde herumzukommen und sie zu überholen. So glaubte er, früher als die anderen den Stein zu finden und damit die von Vohrer versprochene Überraschung, was immer es auch sein mochte, für sich alleine zu ergattern.
Der Schüler lief schnell und hatte keine Zeit, zu beobachten, was um ihn herum vorging. Er hörte nur auf die Stimmen seiner Mitschüler, die aus einiger Entfernung zu ihm herüber drangen. Doch plötzlich blieb er wie angewurzelt stehen. Vor ihm baute sich ein seltsam gekleideter Mensch auf, mit einer langen Feder am Hut und einer Schweinsmaske mitten im Gesicht. Für einen Augenblick standen sich beide völlig regungslos gegenüber. Dann holte die Schweinsmaske mit einem lauten Grunzen aus und versetzte dem Jungen einen festen Schlag in die Magengrube. So unvermittelt wie der Fremde gekommen war, war er auch wieder verschwunden. Der Junge allerdings kam nicht vom Fleck. Er krümmte sich am Boden und schnappte nach Luft. Als er sich kurze Zeit später etwas erholt hatte, richtete er sich auf und lief so schnell er konnte zu Vohrer und Schmittinger zurück. Der „Selbstmörderstein“ war ihm jetzt egal.
Als er seine Lehrer erreicht hatte, brachte er vor Aufregung kaum ein Wort heraus.
Vohrer hörte der Geschichte, die der Junge erzählte, ungläubig zu. Schmittinger war jetzt allerdings fast außer sich.
„Das geht jetzt aber zu weit. Was haben sich deine Kumpels dabei gedacht?“, zischte Schmittinger dem verdutzt dreinblickenden Vohrer zu. Die beiden Männer standen dicht voreinander. Vohrer konnte nicht glauben, was er da gerade gehört hatte und vermutete, dass die Fantasie mit dem Schüler durchgegangen war. Er hatte mit seinen Kumpels klar besprochen, was sie im Wald mit den Schülern anstellen sollten. Es war immer von einem

kleinen, harmlosen Schrecken die Rede gewesen. Nicht von einem Schlag in den Bauch. Verletzt werden sollte niemand.
„Das kann nicht sein, hier stimmt etwas nicht“, zweifelte Vohrer nun die Version des Jungen an. Viel weiter kamen sie in ihrem Gespräch aber nicht.
„Wir haben den Selbstmörderstein gefunden“, rief es aus dem Wald. Im nächsten Augenblick folgte aus einer anderen Richtung ein schriller Schrei.

*

Leonie war der Schülergruppe, die nach dem Selbstmörderstein suchte, in einigem Abstand gefolgt. Sie hielt sich absichtlich etwas abseits, weil sie wollte, dass sich die Lehrer Sorgen um sie machten und sie aufgeregt im Wald suchten. Sie würde dann wie selbstverständlich hinter den Bäumen hervorkommen und so tun, als sei nichts geschehen.
Doch niemand schien nach ihr zu suchen. Langsam fing sie an zu bereuen, dass sie einfach aufgestanden und weggerannt war. So allein im Wald herumzulaufen, war ihr nicht geheuer. Auch war es hier zwischen den Bäumen recht frisch und überall hörte sie Geräusche, die sie nicht zuordnen konnte. Als es plötzlich hinter ihr im Unterholz laut knackste, rannte sie einfach los.
Der Waldboden fiel immer steiler ab. Sie war in eine kleine Schlucht geraten. Überall lagen Zweige herum. Mehrmals kam Leonie ins Straucheln. Im nächsten Augenblick lag sie auf dem Boden. Sie war an irgendetwas hängen geblieben und vornüber gefallen. Tränen schossen ihr in die Augen, aus Wut über sich selbst, ihre verschmutzte Kleidung und ihre aufgeschürften Knie, die nun stark zu schmerzen anfingen.
„Blöder Wald, blöde Zweige“, entfuhr es ihr. Sie versuchte sich aufzurichten. Auf allen Vieren kroch sie ein paar Zentimeter nach vorn. Sie wollte sehen, worüber sie gestolpert war. Es waren allerdings keine Zweige oder Wurzeln gewesen, die sie zu Fall gebracht hatten. Ihr Fuß hatte sich offensichtlich in einer Jacke, die am Boden lag, verfangen. Ihr Blick folgte dem Saum der Jacke bis zu ihrem Kragen. In der Jacke steckte ein Mensch. Das Mädchen blickte in die starren Augen eines Mannes, der direkt vor

ihr, in einer merkwürdig verdrehten Körperhaltung, und noch halb bedeckt von Laub, ausgestreckt dalag. Der Mann war tot. Leonie hörte erst wieder auf zu schreien, als Vohrer und Schmittinger sie erreicht hatten.

4

Peinlich, peinlich.
Gerade als der Staatsanwalt zu seinem Plädoyer anheben wollte, klingelte mein Handy, mitten im Gerichtssaal. Sofort traf mich der strafende Blick des Amtsrichters. Ich kramte das Ding umständlich aus meiner Hosentasche, wobei es immer lauter zu läuten anfing. Meine Gesichtsfarbe wechselte in Sekunden von einem Schreckensblass in allen Schattierungen zu einem Feuerrot.
„Entschuldigung" murmelnd stolperte ich aus dem Saal, während ich aufgeregt mit dem Handy herum fuchtelte. Das Ding wollte einfach nicht aufhören zu klingeln, welchen Knopf ich auch hastig drückte. Ich habe mir vor Monaten extra eine Kombination aus Handy und Organizer zugelegt, doch das Gerät hat so viele Funktionen, dass ich überhaupt nicht mehr durchblicke.
„Schön, dass das auch einmal dem Reporter passiert", hörte ich noch hinter mir den Richter frotzeln, während mein Handy immer weiter klingelte. Ich schloss die Tür und stand draußen auf dem Gang. Jetzt konnte ich den Anruf auch gleich entgegennehmen.
„Wo steckst du gerade?", hörte ich als erstes.
Es war Micha Becker, Redakteur bei der Zeitung, für die ich meistens schreibe. Von ihm erhielt ich die meisten Aufträge.
„In Reutlingen. Im Amtsgericht. Mitten im Prozess."
„Sorry, hab dich doch wohl nicht gerade in einem entscheidenden Moment gestört. Du klingst so gehetzt." Ich hörte Micha Becker leise kichern.
„Nein, überhaupt nicht."
„Zu wie viel Jahren wirst du denn verknackt?" Wieder lachte Becker. Langsam ging mir seine gute Laune auf die Nerven.
„Was willst du?", fragte ich etwas brüsk.

„Ja, gut, back to business. Wie lange musst du denn noch sitzen, ich meine, dem wichtigen Gelaber zuhören?"
„Die sind mitten in den Plädoyers." Bei diesen Worten fiel mir siedend heiß ein, dass ich gerade das Wichtigste im Gerichtssaal verpasste, während ich hier auf dem Gang des Amtsgerichts stand und mit Micha unsinniges Zeug redete.
„Jetzt sag schon, was gibt es so Dringendes, dass du mich hier vor versammelter Mannschaft bis auf die Knochen blamierst?"
„Oh, hast du vergessen, im Gericht das Handy abzustellen? Na, das tut mir jetzt aber leid. Hoffentlich hast du dich ordentlich blamiert." Micha Becker gluckste vor Lachen.
Ich gab ihm nur ein missgelauntes Brummen zu Antwort.
„Komm schon, was willst du? Ich muss zurück."
„Ja. Gut. Für welches Ressort bist du denn gerade im Gericht?"
„Für die Lokalredaktion."
„Die kannst du vergessen, die sind nicht wichtig. Du bist unser Mann für die Sensationen. Sieh zu, dass du fertig wirst und fahr nach Walddorfhäslach raus. Jemand hat mir zugezwitschert, dass sie dort im Wald eine Leiche gefunden haben. Die Facts kriege ich später sicher von der Polizei. Hör dich mal dort um und mach ein paar Bilder."
„Was ist denn passiert?", fragte ich neugierig.
„Jemand ist den Abhang hinuntergestürzt und hat sich dabei wohl so den Kopf angehauen, dass er den Löffel abgegeben hat."
Micha Becker war immer sehr direkt und nicht gerade pietätvoll.
„War es ein Unfall oder wurde er dort hinuntergeschubst?"
„Es war wahrscheinlich ein Unfall. So heißt es jedenfalls bisher. Schüler haben die Leiche bei einem Ausflug gefunden. Sieh zu, ob du noch mehr erfahren kannst und meld' dich dann wieder bei mir."
„Ich muss aber zuerst noch den Prozess absitzen."
„Ja, ja. Um was geht's denn?"
„Ein paar Neonazis, die herum gepöbelt und geschlägert haben."
Micha Becker seufzte.
„Dass man die dämlichen Glatzen nicht los wird. Eigentlich sollte man über die gar nicht mehr schreiben, dass sie nicht auch noch gratis Publicity für ihre dussligen Aktionen bekommen."

„Ja, da hast du recht."
Ich erzählte ihm kurz, was vorgefallen war. Die drei Angeklagten hatten sich bei einem Volksfest in Reutlingen erst vollllaufen lassen und dann rechtsradikale Parolen gelallt. Auf dem Weg in die Innenstadt waren sie einem dunkelhäutigen Mann begegnet. Einer aus dem Neonazi-Trio hatte dem Mann einfach ohne Grund mit der Faust ins Gesicht geschlagen und ihm eine Platzwunde mit Gehirnerschütterung verpasst.
„Sie haben mich nur geschlagen, weil ich schwarz bin", hatte das Opfer gerade vor Gericht zu Protokoll gegeben. Der Mann, der schon seit über zehn Jahren in Deutschland lebte, war immer noch sichtlich verstört. Nach dem Vorfall traute er sich nicht mehr auf die Straße, aus Angst, so etwas könnte wieder passieren. So laut sie damals ihre dumpfen Parolen geschrien haben, so kleinlaut waren sie jetzt vor Gericht. Keine Glatzen mehr, normal gekleidet und immer wieder von falschen Freunden redend, mit denen sie angeblich nun nichts mehr zu tun hätten.
Gerade als ich mich von Micha Becker verabschiedet hatte, ging die Tür hinter mir auf. Die Plädoyers waren offensichtlich vorbei, das Gericht zog sich zur Beratung zurück und ich hatte alles verpasst.
Die drei Neonazis grinsten mich frech an, als ich an ihnen vorüber lief.
„Euch wird das Lachen noch vergehen", sagte ich vor mich hin. Gerade als ich den Gerichtssaal betreten wollte, kam mir der Richter mit seinen beiden Schöffen entgegen.
Ich gab ihm zu verstehen, dass ich dringend wegmusste und das Urteil bei ihm später abfragen würde.
„Ist okay. Rufen Sie mich an. Sie haben ja ein Handy, nicht wahr", meinte er sarkastisch und huschte in seiner schwarzen Kutte den Gang hinunter, mit den beiden Schöffen im Schlepptau, die Mühe hatten, seinem Tempo zu folgen.
Ich drehte mich um und ging zum Ausgang. Eine Leiche im Wald wartete auf mich.

*

Eine gute halbe Stunde später war ich in Walddorfhäslach. Ich parkte direkt vor dem Rathaus. Hier wollte ich mir die ersten Informationen holen. Ich ging in das alte Gebäude, das auch bei seinem Kollegen aus Häslach im Open Air Museum in Beuren hätte stehen können, und hatte Glück. Eine Mitarbeiterin der Verwaltung zeigte mir auf der Karte, wo die Schüler die Leiche gefunden hatten.
„Hier direkt beim Schwellerstein." Else Speidel deutete auf die Landkarte
„Wo?"
„Beim Schwellerstein, kennen Sie den nicht?"
Ich hatte schon einmal davon gehört, aber ich konnte mich nicht mehr erinnern wann und wo.
„Den müssen Sie doch kennen. Der kommt auch im Schulkalender der Hauptschule vor, und darüber haben Sie doch geschrieben."
„Stimmt", sagte ich und hatte zuerst nur ein großes Fragezeichen vor mir.
Doch langsam dämmerte es mir. Richtig, die *Versunkenen Steine*, ein Schülerprojekt. Zwölf Gedenksteine standen hier in Feld, Wald und Flur herum und erinnerten an die unterschiedlichsten Ereignisse. Die Schüler hatten die Steine fotografiert, Texte dazugeschrieben und alles zu einem Kalender zusammengefasst. Und ich hatte einen Artikel daraus gemacht. Meine kleinen, grauen Zellen funktionierten also doch noch.
Die Rathaus-Mitarbeiterin war stumm geworden und starrte vor sich hin.
„Schrecklich, nicht wahr?", fuhr Else Speidel fort und schüttelte den Kopf dabei.
„Was denn, der Kalender?"
Sie schaute mich strafend an.
„Nein, der Tote natürlich."
„Ach so. Ja, da haben Sie recht. Schrecklich."
„Sie sollten zu Rolf Vohrer gehen, dem Hauptschullehrer. Der war dabei, als die Schüler die Leiche gefunden haben. Was mich nicht wundert. Der ist doch überall dabei." Sie schmunzelte vielsagend.

Da hatte sie recht. Ich kannte Vohrer von Schulterminen. Er war immer sehr aktiv, ein Hans-Dampf-in-allen-Gassen, und konnte die Schule nach außen hin gut verkaufen.
„Wissen Sie, wo Vohrer jetzt ist?"
„Wahrscheinlich in der Schule. Ich habe vor einer halben Stunde mit ihm telefoniert, da war er jedenfalls noch dort."
„Kennen Sie eigentlich den Toten?", fragte ich die Frau, die mich treuherzig aus ihren Augen anblickte.
„Der Tote vom Schwellerstein, klingt fast schon wie ein Romantitel. Vielleicht können Sie die Geschichte für Ihren nächsten Kriminalroman verwenden." Else Speidel lächelte mich an. Doch ich ging nicht darauf ein. Deshalb fuhr sie in ihrem Bericht fort.
„Ich habe gehört, er soll aus Walddorfhäslach stammen. Dann müsste ich ihn eigentlich kennen."
Das war klar, Else Speidel kannte jeden hier in der Gegend und war ein nie versiegender Quell an Informationen. Sie wusste manchmal Dinge, noch ehe sie passierten.
„Doch ich muss Sie enttäuschen. Den Namen des Toten hat mir noch niemand mitgeteilt."
Sie machte eine kurze, bedeutungsvolle Pause.
„Aber ich habe einiges gehört."
Stille.
„Was haben Sie denn gehört?", wollte ich neugierig wissen.
„Dass er den Abhang hinuntergefallen ist."
„Gefallen?"
„Ja, gefallen, heißt es jedenfalls." Sie schien die Geschichte nicht recht zu glauben.
„Was er wohl da draußen gemacht hat."
„Weiß ich nicht. Das ist eine ziemlich abgelegene Gegend. Kann mir nicht so recht vorstellen, was jemand dort sucht, außer den Schwellerstein vielleicht. Manchmal sind ein paar Jogger im Schaichtal unterwegs. Aber ein Jogger war es nicht."
„In der Redaktion hat man mir gesagt, es war ein Unfall."
„Ein Unfall? Das glaube ich nicht."
Jetzt wurde ich hellhörig.
„Wieso nicht?"

„Niemand geht dort hin, wo sich Fuchs und Hase gute Nacht sagen, fällt einen Abhang hinunter und ist tot."
Ich konnte der Logik noch nicht ganz folgen, aber bevor ich etwas erwidern konnte, ergriff die Rathausfrau wieder das Wort.
„Außerdem habe ich anderes gehört."
„Was denn?"
Sie schwieg einen Augenblick und schaute mich durchdringend an.
„Dazu möchte ich lieber nichts sagen. Ich war ja nicht dabei."
Ich blickte Else Speidel fragend an.
„Nein, wirklich. Fragen Sie doch Herrn Vohrer. Der kann Ihnen sicher mehr sagen."
Einen Augenblick herrschte völlige Ruhe im Zimmer.
„Gute Idee", sagte ich plötzlich, weil ich merkte, dass ich hier nicht weiterkam. Außerdem musste ich in den Wald.
Ich verabschiedete mich und ging zu meinem Wagen zurück. Das Gespräch hatte mich etwas verunsichert. Ich dachte eigentlich, der Termin wäre schnell abgehakt. Doch jetzt schien mehr dahinter zu stecken. Ich musste schnell herausfinden, ob es ein Unfall gewesen war oder nicht. Sollte es ein Mord sein, dann hätte ich natürlich meine große Story.
Gerade als ich einsteigen wollte, hörte ich Schritte hinter mir.
„Das Ende der Welt naht." Ich zuckte leicht zusammen. Jemand hatte mich von hinten angesprochen. Ich drehte mich um und blickte in zwei blitzende, blaue Augen. Der Mann stand direkt vor mir. Er war sehr groß und kräftig, hatte dichtes, lockiges Haar und einen Vollbart. Auf dem Kopf trug er einen Hut, an dem eine lange Feder steckte. Seine Kleidung wirkte wild, aber nicht ungepflegt.
„Glaub mir, die Welt ist am Ende."
Was wollte der komische Kauz von mir?
„Na, ein paar Tage werden wir schon noch haben", gab ich ihm zur Antwort.
„Wer weiß, wer weiß", brummelte er vor sich hin.
Was war das für ein komischer Unheilsbote? Wollte er mir etwas mitteilen oder war es ein Wirrkopf, der mich nur beschwatzen wollte?

Sicherlich hatte der wilde Knabe, der mich nun aus seinen tiefblauen Augen unverfroren anstarrte, nicht ganz unrecht. Es gab inzwischen genügend fanatische Idioten auf der Welt, die für einen Weltuntergang gut waren. Aber eigentlich dachte ich, Armageddon würde noch etwas auf sich warten lassen. Und schließlich haben wir ja noch Bruce Willis, der am Ende alles immer wieder ins Lot bringt.
„Yippiije, Schweinebacke“, murmelte ich leise vor mich hin und steckte in Gedanken eine Kerosinspur in Brand.
Mein eigenartiges Gegenüber gab nicht auf. Er rückte mir immer näher auf die Pelle und beugte sich nun langsam mit dem Oberkörper nach vorne. Sein Gesicht war nur noch wenige Zentimeter von meinem entfernt.
„Ich habe ihn gesehen“, flüsterte er mir leise zu.
„Wen?“
Der Mann bewegte sich nicht vom Fleck. Die Situation wurde mir langsam unangenehm. Ich musste los, eine Leiche wollte journalistisch verarbeitet werden.
„Wen hast du gesehen?“, fragte ich nochmals.
Er sah mich an und innerhalb von Sekunden verwandelte sich sein ernstes Gesicht in ein breites Lachen.
„Sieh doch selbst nach.“
Er ging an mir vorüber und ließ mich einfach stehen.
Verdutzt schaute ich ihm nach. Eigenartiger Bursche.
„Das ist Charly. Ein Mann wie ein Bär, aber er hat die Seele eines Kindes. Den dürfen Sie nicht ernst nehmen. Der redet immer solche verrückten Sachen“, sprach mich plötzlich eine Frau von der Seite an. Ich hatte sie nicht kommen sehen, weil ich mich ganz auf den Federhut-Burschen konzentriert hatte.
„Danke für die Aufklärung“, antwortete ich ihr.
„Scho’ recht“, sagte sie nun in breitem Schwäbisch und ging einfach weiter.
Ich blieb kurz stehen und schüttelte den Kopf. Der Ort ist für einige Überraschungen gut, sagte ich mir, stieg leicht aufgewühlt in mein Auto ein und fuhr los. Nach wenigen Metern bog ich in die Nonnengasse ab, Richtung Schule.
Die kleine Erhebung in der Straße, die mich ordentlich durch-

schüttelte, erinnerte mich daran, dass ich vor der Schule zu schnell fuhr.
Ich stellte mein Auto auf dem Parkplatz ab und stieg aus. Ich brauchte aber gar nicht ins Schulgebäude hineinzugehen, denn schon auf dem Hof kam mir Vohrer entgegen.
„Was führt Sie hierher?“, rief er mir entgegen.
„Können Sie sich das nicht denken?“
„Der Tote vom Schwellerstein.“ Das hatte ich doch gerade schon einmal gehört. Scheint sich wirklich zu einem Romantitel zu entwickeln.
„Ja, klar“, antwortete ich nur kurz.
„Und was wollen Sie von mir?“
„Sie waren doch dabei, als man den Toten gefunden hat.“
„Nicht ganz. Eine Schülerin hat ihn gefunden.“
Vohrer erzählte mir kurz von dem Schülerausflug und was im Wald vorgefallen war. Er schien nicht sonderlich von dem ungewöhnlichen Fund im Schönbuch beeindruckt zu sein.
„Ich habe den Toten nur kurz gesehen. Ich glaube, er war nicht mehr ganz frisch.“ Er lachte kurz auf. „Lag ziemlich komisch da. Wir mussten uns aber mehr um das Mädchen kümmern, das ihn gefunden hat. Die Kleine war völlig durch den Wind.“
Das konnte ich mir gut vorstellen. So Auge in Auge mit einer Leiche, dazu hätte ich auch keine große Lust.
„War's denn ein Unfall? So heißt es bisher jedenfalls.“
„Woher soll ich das wissen? Der Mann war tot, das konnte man leicht erkennen. Aber was dort passiert ist, das soll die Polizei herausfinden.“
„Wissen Sie, wer der Tote ist?“
„Ich glaube schon.“
„Und wer?“
„Das darf ich Ihnen nicht sagen. Die Polizei will den Namen erst später bekannt geben. Sie hat mir verboten, darüber zu reden.“
„Ein Mann aus Walddorfhäslach?“
Vohrer nickte.
„Können Sie mir den Fundort der Leiche zeigen?“
„Leider nicht. Ich muss dringend nach Reutlingen. Aber ich kann Ihnen sagen, wie Sie dort hinkommen.“

Er beschrieb mir genau den Weg, aber ich hatte Zweifel, ob ich dorthin finden würde. Es hörte sich alles sehr kompliziert an.
„Sie müssen am alten TV-Heim vorbei und dann über die B27-Brücke Richtung Sulzeiche und in den Wald. Sie dürfen dort eigentlich nicht mit dem Auto fahren. Aber hängen Sie einfach Ihr Presse-Schild an die Windschutzscheibe, wenn jemand kommt. Ihr habt doch als Journalisten Narrenfreiheit, oder?“
Er lachte und schlug mir mit der Hand wieder auf die Schulter. Witzbold, dachte ich. Aber er hatte recht. Journalisten konnten sich schon einiges herausnehmen und das Fahrverbot im Wald war nun das Wenigste, was mich kümmerte.
Wenig später saß ich wieder im Auto und fuhr Richtung Schönbuch.
Aber die Wege in den Wald sahen alle gleich aus. Ich entschied mich für eine der Möglichkeiten, war aber nicht sicher, ob ich den richtigen Waldweg ausgesucht hatte. Es ging gleich bergab. Ich kam an einer Lichtung mit einem Strommasten vorbei. Kurz darauf stand ich vor einer Hütte. „Weißes Haus“ hieß die Bude, zumindest las ich dies auf einer Tafel, die direkt unter dem bemoosten Dach hing. Die beiden Worte waren in roten Buchstaben geschrieben. Aber die Hütte war weder weiß noch rot, sondern schwarz verwittert. Ich fuhr weiter und bog dann in den nächsten Waldweg ab.
Ich war überzeugt, dass der Stein hier irgendwo in der Nähe sein musste. Aber Vohrer hatte gesagt, dass der Stein und der Fundort der Leiche nicht direkt am Weg, sondern mitten im Wald waren. Ich stellte mein Auto an einer kleinen Lichtung ab und stieg aus. Ich schaute mich um. Es standen jetzt fast nur noch Nadelbäume um mich herum.
Ich lief schräg am Hang entlang. Nach einigen Schritten kamen mir Zweifel, ob dies der richtige Weg war. Ich änderte meine Richtung und ging ins Schaichtal hinunter. Ich stolperte durchs Gehölz. An einer Baumwurzel knickte ich mit dem Fuß um und fluchte leise vor mich hin. Ich konnte diesen verdammten Stein einfach nicht finden. Nach Vohrers Beschreibung hatte alles so einfach geklungen. Aber hier im Wald sah alles gleich aus. Ich stand inmitten von Bäumen und wusste nicht mehr wohin.

Plötzlich huschte ein Schatten an mir vorbei und ich hörte das Laub rascheln. Ich sah die Bewegung nur aus den Augenwinkeln, aber ich war mir sicher, irgendein Lebewesen war in meiner Nähe. Ich drehte mich um, sah aber nichts als Bäume. Wieder knackten Zweige hinter mir. Ich blieb still stehen und lauschte in den Wald. Jetzt war es ganz ruhig, nur ein paar Vögel zwitscherten und ich hörte weit in der Ferne das leise und dumpfe Brummen eines Flugzeugs, das im Anflug auf den Stuttgarter Flughafen war.
„Hallo, ist hier jemand?“, rief ich in die Stille.
Es kam keine Antwort, aber ich fühlte mich beobachtet. War alles nur Einbildung, oder bewegte sich dort wieder etwas zwischen den Bäumen? Ich drehte meinen Kopf schnell zur Seite, um mein Gegenüber zu überraschen, aber ich sah erneut nichts als Bäume und Gestrüpp. Vielleicht war es doch nur ein Tier gewesen, das sich durch meine Anwesenheit gestört gefühlt hatte. Ein Wildschwein? Bei diesem Gedanke war mir nicht wohl zumute. Ich mochte die Tiere nicht besonders, höchstens als Wurst auf dem Brot oder als Braten in der Soße, hier im Wald in freier Wildbahn wollte ich den Viechern nicht gerne begegnen. Eine Bache, die ihre Jungen beschützt, ist normalerweise nicht gerade mit freundlicher Höflichkeit gesegnet. Es war wohl besser, so schnell wie möglich aus diesem Wald herauszukommen.
Wieder raschelte es im Unterholz. Hier war jemand. Und ich war mir jetzt sicher, dass es kein Tier, sondern ein Mensch war.
„Was soll das? Das ist nicht sehr lustig“, rief ich in den Wald hinein, in die Richtung, in der ich meinen Widerpart vermutete. Aber es blieb still.
„Jetzt kommen Sie doch heraus. Ich habe Sie gesehen“, gab ich vor. Plötzlich surrte etwas an mir vorüber. Ich duckte mich instinktiv. Was war das gewesen? Ein Stein, eine Kugel? Aber ich hatte keinen Schuss gehört. Jetzt stieg Angst in mir auf. Hoffentlich war hier kein Jäger im Wald, der mich mit einem Hirsch verwechselte. Ich wollte nur weg. Ich entschloss mich, den Abhang hinunterzurennen, denn dadurch konnte ich schnell Geschwindigkeit aufnehmen. Ich schlug ein paar Haken wie ein Hase, um meinen vermeintlichen Verfolger, wenn denn über-

haupt jemand hinter mir her war, zu verwirren. Der Boden war uneben und übersät mit Zweigen und altem Geäst. Es dauerte nicht lange und ich kam ins Straucheln. Ich stürzte ins Laub und kugelte etwas den Abhang hinunter, bis zu einer großen Wurzel, an der ich hängen blieb. Ich spuckte die Erde aus, die ich beim Sturz geschluckt hatte und schüttelte mir das Laub von meiner Kleidung ab. Meine Schulter schmerzte. Wo war ich eigentlich? Ich schaute nach oben. Vor mir standen zwei völlig in weiße Kleidung gehüllte Gestalten, die zwei großen Zangen in ihren Händen hielten. Hier mitten im Wald wirkten sie wie zwei Wesen von einem anderen Stern.

Nachdem sich mein erster Schreck gelegt hatte, war mir sofort klar: Hier vor mir standen zwei Beamte der Spurensicherung, die den Wald nach irgendetwas absuchten. Und wenn die hier unterwegs waren, hatte ich meine Story. Also war es wohl doch kein Unfall gewesen sein. Der Tote vom Schwellerstein schien immer interessanter für mich zu werden.

Da lag ich nun vor den ‚*Men in White*', mitten im Schönbuch. Die Spurensucher hatten recht verdutzt aus der Wäsche gestarrt, als ich so unvermittelt vor ihre Füße gerollt war. Ich blickte sie nun ebenfalls überrascht von unten an. Sie sahen putzig aus in ihren weißen Overalls, aber dieses zweifelhafte Kompliment offerierte ich ihnen wohl besser nicht, denn meine Rolle vorwärts ins Laub direkt vor ihre Füße hatte ihre Laune nicht gerade zum Höhepunkt getrieben. Auch mein schnelles „Tach, auch" fanden sie nicht unbedingt witzig. Und meine Frage, „wo geht's denn hier zum Schwellerstein" war dann der endgültige Absacker. Ich brachte ihre Spurensuche durcheinander und das schien ihnen gar nicht zu gefallen. Ohne viele Worte und recht unsanft klaubten mich die beiden weißen Meister Proper vom Boden auf und stellten mich auf die Füße.

„Wer sind Sie?"

„Ich bin von der Presse", stammelte ich vor mich hin, während ich den Rest des Laubes von mir abklopfte.

Als keiner von ihnen reagierte, kramte ich schnell meinen Presseausweis aus meiner Tasche und hielt ihn unter die Nase eines der Weißlinge.

„Ich bin Blum, Luka Blum von der Lokalzeitung und ich …"
„Schon gut. Kommen Sie."
Beide packten mich simultan an den Armen und führten mich den Hang hinunter.
„Wo gehen wir denn hin, meine Herren?", fragte ich. Als Antwort erhielt ich ein Knurren.
„Das werden Sie gleich sehen."
Hoffentlich tüteten sie mich jetzt nicht als Beweismittel Nummer eins in eine große Plastikfolie ein. Doch das hatten sie offenbar nicht vor. Nach wenigen Metern sah ich das Ziel unserer gemeinsamen kleinen Wanderschaft. Es war Hemmerle. Genauer gesagt, Hauptkommissar Hemmerle von der Tübinger Kripo. Er stand mit dem Rücken an ein Dienstfahrzeug der Polizei gelehnt und betrachtete genervt das ungleiche Trio, das sich ihm näherte.
„Wir haben hier etwas abzugeben", meinte einer der Weißlinge trocken, als wir Hemmerle erreicht hatten.
Jetzt war der Hauptkommissar, der eine blaue Jeans und ein graues Jackett trug, an der Reihe.
„Herr Blum, was machen Sie denn hier?", fragte er unwirsch. Auch ihn schien ich in seinen Kreisen zu stören.
„Ich recherchiere."
„Interessant. Was recherchieren Sie denn?"
„Ich suche eine Leiche", versuchte ich locker zu bleiben.
„Hier gibt es keine Leiche, und wenn, ist sie schon fort." Während ich den Sinn dieses Satzes noch zu klären versuchte, trat Hemmerle einen Schritt auf mich zu.
„Hier gibt es nichts für Sie. Sie behindern uns nur bei der Arbeit."
„Bei welcher Arbeit?"
Ich bekam keine Antwort.
„Handelt es sich um eine Mordsarbeit oder um eine Unfallarbeit?", fragte ich, obwohl ich mir die Antwort schon selbst zusammenreimen konnte, schließlich war Hemmerle von der Mordkommission.
„Ihre Ausdrucksweise ist sehr originell", brummte mich Hemmerle an.
„Dafür bin ich bekannt."

„Nun, lassen wir das. Sie stören uns hier. Gleich morgen früh gibt es eine Pressekonferenz im Polizeihochhaus, da erfahren Sie alles Weitere. Bis dahin haben wir auch den vorläufigen Bericht der Gerichtsmediziner. Und dann können Sie so viel schreiben, wie Sie wollen. Hier vor Ort gebe ich Ihnen keine weitere Auskunft."

So schnell wollte ich noch nicht aufgeben. Hemmerle und seine Leute hatten mich vor einiger Zeit aus einer recht brenzligen Situation gerettet. Und danach war ich noch zweimal bei ihm gewesen und hatte mich für seine Hilfe journalistisch revanchiert. Zwei sehr positive Artikel über die gute Aufklärungsarbeit der Polizei hatten mir einige Pluspunkte eingebracht. Und darauf setzte ich jetzt.

„Wer ist der Tote?", fragte ich unverblümt.

Er schaute mich durchdringend an, gab sich dann aber doch einen Ruck.

„Das kann ich Ihnen noch nicht sagen."

„Und wie hat der unbekannte Herr das Zeitliche gesegnet?"

„Sie fragen zu viel."

„Ein Unfall war es wohl nicht?"

Hemmerle schwieg. Er überlegte offensichtlich, was er sagen sollte, um mich loszuwerden.

„Wir werden später eine kurze Erklärung an die Medien herausgeben. Ich denke, ich kann Ihnen deshalb schon jetzt das erste Ergebnis unserer Untersuchungen mitteilen. Sie haben recht. Es war kein Unfall. Der Mann wurde vor seinem Tod übel zusammengeschlagen. Die Leiche wies zahlreiche Verletzungen am Körper auf, die nicht von einem Sturz herrühren können."

Ich wartete, ob Hemmerle noch etwas zu sagen hatte. Er hatte.

„Der Tote stammt hier aus der Gegend."

„Aus Walddorfhäslach", fügte ich schnell hinzu.

„Woher wissen Sie das?"

„Ich habe meine Informanten", sagte ich trocken.

„Gut. Auch egal. Aber mehr gibt es hier nun nicht mehr für Sie. Machen Sie, dass Sie nach Hause kommen. Morgen früh erfahren Sie mehr."

Ich sah ein, dass es keinen Wert hatte, Hemmerle noch weiter auszufragen. Er ließ mich schnell ein paar Fotos von silbrig-grünen Polizeiwagen vor Absperrbändern und herum stochernden Männern von der Spurensicherung auf einer Wiese in der Nähe machen. Zum Fundort der Leiche durfte ich allerdings nicht. Der Tote hatte, wie mir Hemmerle erklärte, unter Laub gut fünfzig Meter oberhalb des Schwellersteins gelegen. Dort werde jetzt alles von der Spurensuche durchgekämmt. Ich gab mich zufrieden und ging, eskortiert von einem Polizeibeamten. Er setzte mich in einen Streifenwagen und fuhr mich zu meinem Auto, das noch mitten im Wald stand. Unterwegs kamen wir an einem Brunnen vorbei, was mich unversehens durstig machte. Und das erinnerte mich daran, dass ich heute Abend noch eine Verabredung mit Nelly in einer Kneipe am Tübinger Marktplatz hatte.

*

Zuerst aber musste ich meine Arbeit erledigen. Ich rief den Reutlinger Amtsrichter an und fragte ihn, wie der Neonazi-Prozess ausgegangen war. Das Ergebnis brachte mir ein Schmunzeln. Einer der rechtsradikalen Schläger musste für einen Monat in Jugendarrest, fast 2000 Euro Schmerzensgeld an sein Opfer bezahlen und dazu noch über 100 Stunden für die Allgemeinheit schrubben. Recht so. Das gab ihm genug Zeit zum Nachdenken. Auch die anderen beiden Neonazis mussten für kurze Zeit hinter Gitter und ordentliche Geldstrafen bezahlen.

Danach rief ich Micha Becker in der Redaktion an und erzählte ihm, was ich alles über die Schönbuchleiche in Erfahrung gebracht hatte. Er stöhnte, als er erfuhr, dass es sich nun sicher um einen Mord handelte. Es bedeutete für ihn, dass er seine Lokalseite nun völlig umstellen musste. Und dass er den Abend wohl in der Redaktion verbrachte.

„Ich hatte schon den Aufmacher und jetzt muss ich ihn von der Seite schmeißen und auf morgen schieben. Und ich dachte, ich komme heute einmal früher nach Hause."

Mein Mitleid hielt sich in Grenzen. Ich informierte Micha über die Pressekonferenz im Polizeihochhaus am nächsten Morgen. Doch diese Information rührte ihn nicht sonderlich.

„Da gehst du hin", sagte Micha Becker bestimmt. Er war einer der Journalisten, die lieber vom Schreibtisch aus recherchierten, als in die kalte, böse Welt hinauszugehen. Deshalb war es ihm gleich klar gewesen, dass ich den Termin machen sollte, zumal er schon um neun Uhr angesetzt war, also noch vor Redaktionsbeginn. Das war zu früh für den Langschläfer.

„Okay", sagte ich nur. Auch ich mochte eigentlich gerne die erholsame Tiefschlafphase am Vormittag, doch Dienst ist Dienst und ich war jung und brauchte das Geld.

Gerade als ich auflegen wollte, hatte Micha Becker noch eine unliebsame Überraschung für mich parat.

„Du hast doch heute Abend sicher noch nichts vor."

„Doch, hab ich."

„Und was hast du vor?"

„Das ist privat."

„Eine Rendezvous? Das kannst du doch sicher verschieben?"

„Nein."

„Nun komm schon, du kannst mich doch nicht hängen lassen."

Ich stöhnte in den Telefonhörer. Wenn er seine Mitleidstour anstimmte, war ich machtlos.

„Was hast du denn im Angebot?", fragte ich.

„Ich suche dringend noch jemand für die Herbstfeier der Wanderfreunde in Altenriet."

„Herbstfeier? Aber wir haben doch noch Sommer. Zumindest noch ein paar Tage."

„Da hast du recht, aber die Wanderfreunde sind halt schnell zu Fuß. Die wollen immer die Ersten sein, die in den Herbst feiern. Noch vor den Kollegen aus dem Nachbardorf. Das ist eine Prestigefrage."

„Was steht denn auf dem Programm?", fragte ich vorsichtig.

„Es ist ein bunter Abend mit reichlich Programm. Lass dich überraschen. Nimm doch deine irische Freundin mit, damit sie das originelle Brauchtum hierzulande kennenlernt." Micha Becker kicherte vor sich hin.

Nein, das konnte ich Nelly nicht antun. So viel schwäbische Folklore vertrug sie nicht und ich eigentlich auch nicht. Aber ich konnte Micha Becker, der Hand, die mich ernährte, keine Absage erteilen. Ich brauchte die Aufträge, egal, ob sie nun geistige Hö-

henflüge erforderten oder in die Niederungen des Journalismus führten. Vielleicht hatte ich die Chance, mich früher aus dem Staub zu machen. Ein paar Fotos vom Kessel Buntes und dann ab durch die Hintertür. Ich legte mir jedenfalls schon einmal eine Ausrede für den Vereinsvorsitzenden zurecht, warum ich dieses tolle kulturelle Ereignis nicht bis zu Ende verfolgen konnte.
Ich sagte Micha Becker zu. Ich werde irgendwie beides, Brauchtum und Nelly, unter einen Hut bringen, dachte ich hoffnungsvoll.
Doch zuerst wartete noch Arbeit auf mich. Ich setzte mich an meinen Computer und schrieb mit Genuss den Artikel über die verknackten Rechten. Danach schickte ich per E-Mail die Fotos, die ich im Wald gemacht hatte, in die Redaktion.
In der Zwischenzeit merkte ich, dass ich seit heute Morgen noch gar nichts Essbares zwischen den Zähnen gehabt hatte. Mein Magen knurrte. Ich ging in die Küche zum Kühlschrank, doch da empfing mich, wie üblich, gähnende Leere. Fürs Einkaufen war keine Zeit. Mein Blick fiel auf den Backofen. Darin lagen noch die Reste einer Fertigpizza von gestern. Teig und Belag sahen zwar schon etwas geschrumpft aus, aber die Flade reichte für den ersten Hunger. Ich schaltete den Backofen an und wartete, bis die Pizza heiß war.
Die eintägige Lagerung im Backofen hatte nicht gerade dazu beigetragen, den Geschmack der Teigscheibe zu verfeinern. Ich hielt das heiße Stück in der Hand. Am ersten Bissen hätte ich mir fast die Zunge verbrannt. Ich griff zu einem halb gefüllten Glas Apfelschorle, das seit gestern dort auf dem Tisch stand, um die Verbrennung zu kühlen. Glücklicherweise waren meine Geschmacksnerven durch die heiße Pizza schon soweit abgetötet, dass ich die abgestandene Saftschorle nicht mehr schmecken musste.
Ich ging mit dem Rest der Pizza zum Fenster und schaute hinaus. Im Garten gegenüber werkelte sich verbissen die Nachbarin durch ihre Beete. Sie versuchte mit aller Gewalt ihre Pflanzen in Reih und Glied zu bringen. Jedes Stück Natürlichkeit war bei ihr offensichtlich verpönt und alles im Garten reißbrettartig geplant. Wehe, ein kleiner Grashalm oder irgendwelches Unkraut wagte es, sei-

nen Kopf herauszustrecken. Und ab war er. Alles war äußerst akkurat hergerichtet. Die bügelt sicher noch das Altpapier, bevor sie es an die Straße stellt, dachte ich.

„Und außerdem sollte die gute Frau sich einmal einen Imageberater zulegen“, flüsterte ich vor mich hin. Die bunte Kleider-Vielfalt aus Blümchen und Streifen, die sie recht gewagt kombiniert zur Gartenarbeit angelegt hatte, störte sogar mein nicht gerade üppig ausgeprägtes modisches Empfinden. Sicher war ich nicht in der Prêt-à-porter-Welt zu Hause, aber diese schwäbische Kreation war schon auf den ersten Blick ein glatter Fehlgriff. Da hätte auch Heidi Klum als Trägerin nicht mehr weitergeholfen.

Ich ließ die Jalousie nach unten und wandte mich schöneren Dingen zu, einem Telefongespräch mit Nelly. Ich teilte ihr vorsichtig mit, dass es heute Abend etwas später werden könnte. Sie war nicht gerade begeistert.

Ich schaute auf meine Wetterstation im Regal und sah, dass sie Regen für heute Abend ankündigte. Als mein Blick etwas weiter nach unten ging, stellte ich fest, dass es schon fast 19 Uhr war. Ich setzte mich noch eine Stunde vor den Fernseher und zappte ziellos durch alle Programme.

*

Altenriet war ein kleiner vergessener Ort im Niemandsland des Kreises. Ich hielt mein Auto vor der Gemeindehalle an, die inzwischen schon deutlich in die Jahre gekommen war. Die Einheimischen strömten in das Gebäude in der Erwartung eines bunten Abends mit viel schwäbischem Lokalkolorit. Und den sollten sie auch bekommen.

Ich hängte mich gleich an den Pressewart der Wanderfreunde, die normalerweise als Markenzeichen Kniebundhosen und Wollstrümpfe trugen. Nur so schien es ihnen offenbar möglich, zünftig durch Wald und Flur zu wandern. Für diesen Abend hatte sich der Pressewart aber mit schwarzen Hosen und einem weißen Hemd richtig in Schale geworfen. Er führte mich zu meinem Platz direkt neben der hübschen Bürgermeisterin, was mir nicht unrecht war.

„Da ist ja mein abendlicher Begleiter“, begrüßte sie mich mit ausgestreckter Hand und lächelte mir zu. Ich setzte mich neben sie.
„Was macht Ihr zweiter Kriminalroman?“, fragte sie mich.
„Der kann warten. Die Wirklichkeit ist viel spannender“, gab ich ihr zur Antwort.
„Sie meinen wohl den Toten vom Schwellerstein?“
Da hatten wir das Label schon wieder. Kaum bist du tot, schon hast du ein neues Etikett umhängen. „Der Tote vom Schwellerstein“, klingt fast schon wie eine geschichtliche Person. Hätte sich der Tote zu Lebzeiten wohl auch nicht gedacht.
„Hat sich das bis hierher schon herumgesprochen, das mit der Schönbuchleiche?“
„Natürlich. Der Dorffunk funktioniert schnell und unkompliziert.“
„Was hat man Ihnen denn erzählt?“, wollte ich wissen.
„Nicht viel.“ Und das stimmte. Die Bürgermeisterin konnte mir jedenfalls nichts berichten, was ich nicht schon wusste.
Und so schwiegen wir uns noch kurze Zeit an, doch nicht lange, denn nun hatte der Vereinsvorsitzende das Wort ergriffen.
Mit „Ich begrüße heute Abend recht herzlich…“ ging die erste Viertelstunde vorüber. Jede noch so kleine Lokalgröße wurde willkommen geheißen. Am schönsten fand ich die Version „ich begrüße auch den Herrn Ortsvorsteher samt Gattin aus unserem Nachbarort, die beide heute leider verhindert sind.“ Eine interessante Variante.
Danach ging es nahtlos ins Unterhaltungsprogramm der Herbstfeier über. Zuerst durfte die Flötengruppe auf die Bühne. Doch das was die Hobbymusiker ihren Instrumenten an Tönen entlockten, stimmte nicht oft mit den kleinen schwarzen Noten auf den Notenblättern vor ihnen überein – und knapp daneben ist eben auch vorbei, besonders bei Blockflöten.
Nach der Flötengruppe setzte gleich darauf der gemischte Chor der Wanderfreunde zum mehrstimmigen Loblied auf die schöne Heimat droben auf den Bergen und drunten im Tal beim Mühlenbächlein an. In diesen Lieder kommt mit fast an Sicherheit grenzender Wahrscheinlichkeit immer die Zeile ‚Oh, wie schön

bist du' vor. Danach ging es gesanglich durch bunte Wälder und über goldgelbe Stoppelfelder.
Dem musikalischen Abstecher in die einheimische Folklore folgte der bunte Teil des Abends. Ich hielt mich an meinem Rotweinglas fest, das allerdings leider nicht mit Dornfelder gefüllt war. Nach dem ersten Schluck wandte ich mich meiner Nebensitzerin zu. Die Bürgermeisterin hatte allerdings ihr Pokerface aufgezogen. Man konnte ihren Gesichtszügen nicht entnehmen, ob sie von dem Abend genauso begeistert war wie ich. Sie applaudierte höflich und freute sich offiziell. Bei mir allerdings setzte Bauchgrimmen ein, und meine Gesichtsmuskeln begannen nervös zu zucken. Denn jetzt legte eine schwäbische Theatergruppe los, die die Wanderfreunde eingeladen hatten. Ein Einakter stand auf dem Programm, der sich seine derben Witze immer leicht unter der Gürtellinie abholte. Die schwäbische Verwechslungskomödie nahm unbarmherzig ihren Lauf, wobei es recht chaotisch auf der Bühne zuging. Dabei konnte man aber nicht genau auseinander halten, ob dieses Chaos nun wirklich Teil des Stückes war oder von den Volksschauspielern selbst produziert wurde. In Kostümen, die so überzogen waren, dass sie auch der Zuschauer in der letzten Reihe noch als „Witz-komm-raus" identifizieren konnte, pflügten sich die Mimen händerudernd durch das Seelenleben einer schwäbischen Familie, in der sich jeder selbst der nächste Tollpatsch war.
„Eine Probe mehr hätte der Aufführung sicher nicht geschadet", murmelte ich leise vor mich hin.
Als ich mir das Elend auf der Bühne nicht mehr länger anschauen konnte, ließ ich meinen Blick durch den leidlich gefüllten Saal wandern. Im nächsten Moment stutzte ich. Meine Augen hatten ein bekanntes Gesicht gestreift. Ich drehte meinen Kopf wieder in die andere Richtung und entdeckte einen Vollbart mit Gesicht und Federhut. Es war der Unheils-Charly vom Nachmittag. Dies überraschte mich nun doch. So viel folkloristisches Interesse hätte ich ihm gar nicht zugetraut, trotz der Feder.
Ich wollte gerade meine Entdeckung mit einem Glas Rotwein hinunterspülen, als ich feststellte, das es leer war. Ich brauchte

Nachschub, um meinen Theaterabend besser verdauen zu können. Ich nickte meiner Nebensitzerin zu, um ihr anzuzeigen, dass ich ihr auch ein Glas mitbringen könnte. Doch sie schüttelte mit dem Kopf, markierte ein Luftlenkrad mit beiden Händen und deutete dann auf die Sprudelflasche, die vor ihr stand. Ich zuckte mit den Schultern, hatte ein schlechtes alkoholisches Gewissen und lief zur Bar. Dort genoss ich den Vorteil, dass während der Theatersause auf der Bühne kein Mensch etwas zu trinken wollte. Deshalb musste ich nicht lange warten, bis der Mann hinter dem Tresen mein Glas wieder aufgefüllt hatte.
Ich ging mit meinem Rotwein Richtung Ausgang. Die Tür war halb geöffnet. Sie führte in einen Vorraum, in dem die Garderobe war. Dort war die Luft unverbrauchter und etwas kühler als im Saal. Nur zwei, drei Leute standen im Vorraum und unterhielten sich. Draußen im Freien, vom Garderobenlicht gerade noch ausgeleuchtet, stand Charly. In Ermangelung anderer Alternativen wollte ich mir einen kurzen, humorvollen Small Talk mit ihm gönnen und ging nach draußen.
„Na, wann geht die Welt heute unter? Reicht es noch für ein Glas Wein?“, fragte ich ihn.
Er antwortete mir nicht, sondern lächelte mich nur an.
„Ich habe ihn übrigens auch gesehen“, sagte ich in Anlehnung an seine Bemerkung vom Nachmittag.
„Wen?“, fragte er.
Ich wartete einen Augenblick, um meine Pointe setzen zu können.
„Den Witz, gerade eben auf der Bühne. Sie haben ihn umzingelt und zur Aufgabe gezwungen.“
„Sehr witzig.“
Einen Moment lang herrschte Stille.
„Sie glauben mir nicht.“ Charlys Stimme klang nun sehr dunkel.
„Was soll ich Ihnen nicht glauben? Wenn Sie so geheimnisvoll tun und mir nicht sagen, wen Sie gesehen haben und was Sie daran so bedeutungsvoll finden, kann ich Ihnen auch nicht sagen, was ich davon halte.“
Wieder herrschte Stille. Mein joviales Gefühl war in den Keller gesackt. Eine merkwürdige Unruhe hatte mich gepackt. Dieser

Wurzel-Charly wollte mir etwas mitteilen, doch er zeigte sich reichlich verstockt.
Er drehte sich nun plötzlich zu mir um und legte eine Hand auf meine Schulter. Mit der anderen Hand deutete er einen Schlag in meine Magengrube an. Ich zuckte unwillkürlich zurück.
„Was soll das?“
„Kennen Sie den Ranzenpuffer?“, fragte er mich und schaute mir direkt in die Augen.
„Wen?“
„Den Ranzenpuffer. Ich sagte doch, ich habe ihn gesehen.“
„Wo?“
„Im Wald.“ Er deutete in die Dunkelheit.
Wut stieg langsam in mir auf. Der Kerl wollte mich wohl auf den Arm nehmen.
„Was soll der Quatsch?“, antwortete ich ungehalten.
„Das ist kein Quatsch. Ich habe ihn gesehen, bei der Leiche im Wald. Fragen Sie doch einmal bei der Polizei nach, die kennt ihn auch. Ganz sicher.“
Wortlos schaute ich ihn an. Sein Gesicht war nun völlig ausdruckslos geworden.
Wollte sich der Typ nur wichtig machen oder wusste er wirklich etwas? Ich konnte ihn allerdings nicht mehr ausfragen, denn innerhalb von Sekunden war ich von vielen Leuten umgeben. Offensichtlich war gerade Pause und die Theaterbegeisterten strömten ins Freie und steckten sich eine Zigarette an, um die frische Luft nicht zu gesund werden zu lassen.
Charly wandte sich von mir ab.
„Halt, warten Sie“, rief ich ihm nach, doch Charly war schon in der Menge und der sich anschließenden Dunkelheit verschwunden. Und ich hatte mir den Rotwein über die Hose geleert.

5

Volker Schmittinger war völlig durch den Wind. Er saß an der Bar einer Kneipe in der Reutlinger Wilhelmstraße und stürzte bereits sein zweites Bier hinunter. Normalerweise trank er nicht so viel Alkohol, doch der mörderische Tag hatte

ihm so zugesetzt, dass er nur Haltung bewahren konnte, wenn er sich selbst an etwas festhielt, das aussah wie ein Weizenbierglas. Die Kohlensäure rumorte unangenehm in seinem Magen und er versuchte die kleinen Rülpser so leise entweichen zu lassen, dass es niemand in seinem Umfeld mitbekam, vor allem nicht die junge Frau, die ihm schräg gegenüber saß und die ihn immer wieder anlächelte. Sie hatte Mitleid mit dem kleinen Häuflein Elend, das so unkoordiniert an der Bar hing und das hohe Glas so durchdringend mit seinen glasigen Augen anstarrte, als offenbare sich im Bierschaum die Lösung aller Probleme.
Schmittinger hatte noch nie zuvor eine Leiche gesehen. Die starren Augen, das bleiche Gesicht, die Flecken – wenn er die Augen schloss, sah er noch einmal alles ganz deutlich vor sich. Der Mann hatte so eigenartig im Laub gelegen, so unnatürlich. Als die Schüler ihm die Leiche gezeigt hatten, war ihm sofort schlecht geworden, doch er hatte den Brechreiz gerade noch in den Griff bekommen, schließlich wollte er sich vor seinem Kollegen und vor allem vor Amelie Wagner nicht blamieren.
Auch die Schülerin, die den Toten gefunden hatte, tat ihm leid. Sie war beim Anblick der Leiche zusammengebrochen und in ein unkontrolliertes Schluchzen verfallen, das nicht mehr aufhören wollte. Er hatte sie in den Arm genommen und zu trösten versucht, obwohl er selbst Beistand gebraucht hätte. Und sein Kollege Vohrer hatte sich natürlich in erster Linie um Amelie Wagner gekümmert und sie fest umschlungen und ganz behutsam vom Fundort der Leiche weggeführt. Der Tag war für Schmittinger eine glatte Katastrophe gewesen. Er verfluchte im Nachhinein seine Idee, mit den Schülern einen Ausflug zu machen.
„Möchten Sie noch ein Bier?“, fragte der Mann hinter dem Tresen.
Die unvermittelte Ansprache hatte Schmittinger aus seinen Gedanken gerissen. Er schaute etwas verdutzt auf sein Glas, das er in seiner rechten Hand festhielt, und stellte fest, dass es schon wieder leer war. Er drehte das Weizenbierglas in seiner Hand hin und her und überlegte. Doch sein Entschluss kam schnell.
„Nein, ich möchte nichts mehr“, gab Schmittinger leise zur Antwort, ohne den Mann anzusehen.

„Alles in Ordnung?“, fragte der kahlköpfige Barkeeper, der sich eine weiße Schürze um seine Jeans gebunden hatte, um sie vor Flecken zu schützen.
„Wie?“
„Sie sehen so niedergeschlagen aus. Was ist Ihnen denn passiert? Wenn jemand so aussieht wie Sie, dann hat er meist Liebeskummer. Hat Ihre Freundin Sie sitzen lassen?“
Der Mann hinter der Theke sah Schmittinger mit neugierigen Augen an, doch der hatte die Frage gar nicht recht verstanden. Schmittinger hing immer noch seinen eigenen Gedanken nach.
„Sorry, ich hab nicht verstanden, was Sie gerade gesagt haben.“, fragte er nur.
„Hat sie Sie sitzen lassen?“, fragte der Barkeeper nochmal.
„Wer?“
„Ach vergessen Sie's“, meinte der Mann hinter dem Tresen angesäuert und verzog sich.
„Nein, nein, alles ist in Ordnung“, brummelte Schmittinger dem Barkeeper leise hinterher und fühlte, wie sich das Weizenbier wieder in seiner Speiseröhre bemerkbar machte. Er hielt sich dezent die Hand vor den Mund und bedauerte es, keinen Wein bestellt zu haben.
Schmittinger beugte sich nach vorne und stützte seinen Kopf mit beiden Händen auf dem Tresen auf. Er wollte jetzt mit niemandem reden, auch nicht mit der Frau, die ihm gegenüber saß und die ihn jetzt wieder anstrahlte. Er wollte keinem Fremden erzählen, was er heute morgen im Wald erlebt hatte. Er wollte auch nicht über das Verhör am Nachmittag bei der Polizei reden. Die hatte ihn über eine Stunde lang ausgefragt, hatte alles wissen wollen, obwohl er doch nichts wusste, zumindest nichts von der Leiche und wie sie mitten in den Schönbuch gekommen war.
Nach dem Verhör war er kurz in seiner Wohnung gewesen, doch er hatte es dort nicht lange ausgehalten. Es war ihm in seinen eigenen vier Wänden zu eng geworden, er hatte den Eindruck gehabt, in dieser Enge ersticken zu müssen. Schmittinger hatte sich seine Jacke geschnappt und war hinausgerannt. Er brauchte Leben, er brauchte Stimmen um sich, um das Gefühl zu haben, nicht alleine zu sein. Er wollte unter Leute gehen, doch hier in

der Kneipe fühlte er sich auch einsam, obwohl viele Menschen um ihn herum waren. Aber sie interessierten ihn nicht und er interessierte sie nicht. Schmittinger fühlte sich völlig leer und ausgebrannt.
Er schaute sich um. Es saßen zwei, drei Pärchen an den Tischen. Eine junge Frau hatte sich ganz an ihren Partner geschmiegt und schaute ihn von unten mit großen, verliebten Augen an. Schmittinger entfuhr ein kurzer Stoßseufzer. Amelie Wagner kam ihm wieder in den Sinn, doch er verdrängte diesen Gedanken schnell. Morgen würde er sie wieder in der Schule treffen, aber ob er sich darauf freute, wusste er nicht. Wo war sie nach dem Leichenfund im Wald gewesen? Später in der Schule und auch auf dem Polizeirevier hatte er sie nicht mehr gesehen. Er hatte sich nicht getraut die Beamten zu fragen, was mit seiner Kollegin geschehen war. Vielleicht hatte sie auch einen Schock erlitten und war ins Krankenhaus eingeliefert worden. Und dann saß sicher Vohrer bei ihr am Bett. Schmittinger verdrehte die Augen.
Wegen der schrecklichen Erlebnisse im Schönbuch hatten die Schüler von der Schulleitung für morgen frei bekommen. Der Rektor versuchte zudem eine psychologische Betreuung für die Schüler zu organisieren. Auch ihm hatte es der Rektor überlassen, ob er am nächsten Tag zur Schule kommen wollte. Doch was sollte er zu Hause, allein in seiner Wohnung, dachte Schmittinger. Die ganze Zeit die kahlen Wände anstarren? Nein, lieber wollte er zur Schule gehen, etwas tun, das ihn von seinen Gedanken ablenkte.
Schmittinger schaute auf die Uhr. Es war kurz nach elf. Er wollte vor Mitternacht noch ein paar Schritte durch die Wilhelmstraße gehen, um die frische Luft in seinen Lungen zu spüren. Hier in der Kneipe wurde zwar nicht mehr geraucht, aber die Luft war dennoch stickig. Er bezahlte seine Zeche bei dem Mann hinter der Theke, der ihn noch einmal von oben bis unten musterte.
Schmittinger rutschte langsam von seinem Barhocker, griff sich seine Jacke und warf sie sich über die Schultern. Sein Blick fiel kurz auf die Frau, die immer wieder zu ihm herübergeschaut hatte. Auch jetzt trafen sich wieder ihre Blicke. Ein flüchtiges Lächeln, dann gingen ihre Augen nach unten. Mit dieser Reak-

tion wusste Schmittinger nichts anzufangen. Bedeutete dies nun Desinteresse oder die Aufforderung an ihn, herüber zu kommen und sie anzusprechen? Er wusste es nicht, aber es war ihm jetzt auch egal. Schmittinger zuckte kurz mit den Schultern, hielt noch einen Augenblick inne, so als ob er überlegen würde, wohin er sich jetzt wenden sollte, drehte sich dann doch resigniert um und ging Richtung Ausgang.

Gerade als er aus der Tür trat, rempelte ihn jemand an, der in die Kneipe drängte.

Verärgert drehte sich Schmittinger um und wollte etwas sagen. Doch der Mann hatte ihn nur kurz und auffordernd ins Gesicht geblickt und war dann sofort, ohne ein Wort zu sagen, weitergegangen.

„Was für ein ungehobelter Bauer", dachte Schmittinger im Hinausgehen.

Doch es war kein Bauer, sondern vielmehr ein Richter gewesen, der gerade an ihm vorbei gestürmt war. Schmittinger hatte das Gesicht nach kurzem Nachdenken wiedererkannt, allerdings fiel ihm der Name des Rüpels nicht ein. Der Mann war untersetzt, glattrasiert und hatte für einen Richter sehr jugendliche Gesichtszüge. Allerdings konnte man bei genauerem Hinsehen an den Schläfen schon die ersten Ansätze grauer Haare erkennen. Damals im Gerichtssaal hatte Schmittinger den Richter im ersten Augenblick für einen Gerichtshelfer gehalten, der sich einen Spaß daraus machen wollte, sich auf den Richterstuhl zu setzen. Erst mit einiger Verspätung hatte er gemerkt, dass diese halbe Portion der Richter selbst gewesen war, der nun die Verhandlung führte.

Das Verhalten des Mannes war Schmittinger damals schon sauer aufgestoßen, als er mit seiner Klasse bei einer Gerichtsverhandlung im Amtsgericht in Tübingen gewesen war. Es war um einen Zivilstreit gegangen und der Rowdy von eben hatte den Prozess geleitet. Der Richter war ihm damals sehr arrogant erschienen, weil er die Zeugen nie hatte ausreden lassen. Es wirkte so, als habe er bereits vor der Verhandlung sein Urteil gefällt und die ganze Verhandlung nur noch als lästige Pflicht angesehen. Wahrscheinlich fühlte sich der Mann zu Höherem berufen und es

wurmte ihn, dass er sich erst durch die Niederungen der Gerichtsbarkeit nach oben kämpfen musste.
Schmittinger hatte den Richter bei der kurzen wie schmerzhaften Begegnung in der Kneipentür nicht sofort wiedererkannt, weil er die Orte, Gericht und Kneipe, nicht zusammengebracht hatte.
„Was macht ein Richter aus Tübingen hier in einem Reutlinger Lokal?“, fragte er sich jetzt.
Es war Schmittinger einfach schwergefallen, den Richter ohne seine alltägliche Verkleidung als einfachen Menschen wahrzunehmen. Ohne Robe, weißes Hemd und Krawatte, nur so in Jeans und Windjacke, wirkte der Richter plötzlich nicht wie eine unnahbare Institution, die angeblich Urteile im Namen des Volkes verkündet.
Schmittinger merkte, dass er einem Richter gar kein Privatleben zugestanden hatte. Wie lächerlich waren doch seine Gedanken, als er jetzt in die frische Reutlinger Nachtluft hinaustrat.
In der Wilhelmstraße war es um diese Zeit menschenleer. In Reutlingen waren nachts selten viele Menschen unterwegs, das war in Tübingen anders. Dort war in den Straßen bis weit nach Mitternacht etwas los, vor allem nachdem sich jetzt alle Raucher bei Wind und Wetter vor den Kneipen trafen, um gemeinsam ihrer Sucht nachzugehen. Und im Sommer war der Marktplatz sowieso immer noch der größte öffentliche Biergarten in Tübingen, wo sich zum Leidwesen der Anwohner Hinz und Kunz trafen, um die Weltprobleme lautstark bei Flaschenbier zu lösen.
Schmittinger lief Richtung Marienkirche, die er für eines der schönsten Bauwerke der Gotik in Württemberg hielt. Er blickte allerdings etwas ängstlich am wuchtigen Kirchenschiff nach oben. Vor ein paar Monaten hatte sich ein Stein vom Turm der Marienkirche gelöst und war in die Fußgängerzone gestürzt. Glücklicherweise war dabei niemand verletzt worden, allerdings war eine Schaufensterscheibe zu Bruch gegangen. Der Gedanke, dass ihn jetzt nach den Erlebnissen vom Morgen auch noch ein Stein auf den Kopf fallen könnte, kam ihm reichlich makaber und unsinnig vor. Aber seine Schritte wurden schneller und er ging in einem weiten Bogen um den Kirchturm herum, auf dessen Spitze

ein vergoldeter Engel saß, der nur einen Flügel hatte, um sich mit dem Wind drehen zu können.
Die meisten Schaufenster in der Wilhelmstraße waren noch hell erleuchtet. Schmittinger ging ein paar Schritte weiter und kam zu einer Buchhandlung. Er stellte sich einen Augenblick vors Schaufenster und schaute sich die Bücher in der bunt drapierten Auslage an. Die Buchhandlung hatte auf einer Seite die Bände einer regionalen Krimireihe nebeneinander aufgereiht, die ein Reutlinger Verlag in den vergangenen Jahren herausgebracht hatte. Sein Blick ging von Titel zu Titel, die ihm nicht viel sagten. Ein Buch-Cover, auf dem eine große Hand abgebildet war, zog aber seine Aufmerksamkeit an. Er begann sich den Titel langsam vorzulesen: „Zwischen den Zeilen…", weiter kam er nicht, denn plötzlich landete eine kräftige Hand auf seiner Schulter. Schmittinger zuckte unwillkürlich zusammen.
„So spät noch unterwegs, Kollege?", hörte er hinter sich. Schmittinger drehte sich um. Vor ihm stand Vohrer. Das hatte ihm gerade noch gefehlt. Vohrer war der letzte Mensch, dem Schmittinger in dieser Nacht noch begegnen wollte. Die Idee mit den unheimlichen Steinen und den merkwürdigen Aktionen, die die Schüler erschrecken sollten, war doch ursprünglich von Vohrer gekommen. Und aus dem sinnlosen Spaß war blutiger Ernst geworden. Und dann Vohrers übertriebene Aufmerksamkeit für seine Kollegin. Schmittinger stöhnte innerlich, nach außen hin aber ließ er sich die Antipathie für seinen Kollegen nicht anmerken.
„Ja, ich will mir noch etwas die Beine vertreten", sagte Schmittinger nur.
„Recht so", antwortete Vohrer.
Sie liefen nun ein paar Schritte schweigsam nebeneinander her Richtung Marktplatz.
„Schlimme Sache", sagte Vohrer, um die Stille nicht ausufern zu lassen.
Schmittinger antwortete nicht.
„Hast du eigentlich den Polizeibeamten etwas von dem Mann mit der Schweinsmaske im Wald erzählt?", fragte Vohrer plötzlich seinen Kollegen.
„Was meinst du?"

„Du weißt doch, die merkwürdige Geschichte, die einer deiner Schüler uns aufbinden wollte."
Jetzt fiel es Schmittinger wieder ein. Er hatte die seltsame Geschichte, die er eigentlich Vohrer zugeschrieben hatte, vor lauter Aufregung vergessen und den Polizisten beim Verhör auch nicht erzählt.
„Ich dachte, der Typ gehört zu dir. Du hattest doch die Idee, die Schüler zu erschrecken."
„Ja, stimmt, aber..."
„Eine wirklich blödsinnige Idee", entfuhr es Schmittinger.
„Das war aber keiner von meinen Leuten. Da bin ich mir sicher."
„Wer soll es denn sonst gewesen sein?"
„Ich weiß es nicht. Vielleicht irgendein Scherzbold von eurer Schule, der euch einen Streich spielen wollte."
„Quatsch. Bei uns gibt es niemanden an der Schule, der einen solch schrägen Humor hätte", meinte Schmittinger kühl, für den Humor sowieso eher ein Fremdwort war.
Wieder sagte keiner der Männer für eine Weile ein Wort.
„Es gibt noch eine andere Möglichkeit", brach Vohrer das Schweigen.
Die beiden blieben kurz stehen und schauten sich an.
„Was meinst du?"
„Vielleicht war es ja der Mörder, der zum Tatort zurück gekommen ist und der von deinen Schülern aufgeschreckt wurde. Vielleicht musste er noch Spuren beseitigen oder er hat etwas gesucht, das er bei der Leiche verloren hat. Bei dem Gedanken könnte es einen richtig gruseln", meinte Vohrer, der sich nun in Rage geredet und Schmittinger am Arm gepackt hatte.
Die beiden Lehrer hatten jetzt fast den Marktbrunnen erreicht, auf dessen Rand zwei reichlich alkoholisierte Männer saßen, die eine Batterie Bierdosen neben sich aufgebaut hatten.
„Jetzt geht deine Fantasie aber wirklich mit dir durch", sagte Schmittinger.
„Da kannst du recht haben."
Sie standen vor dem Spital, unter dessen Dachgesims ein mittelalterliches Prangerbild hing, das dem Reutlinger Narrenverein als Vorlage für die Figur des Schandele gedient hatte.

„Komm Schmitti, gehen wir noch einen trinken“, versuchte Vohrer wieder die Stimmung zu heben. Er legte Schmittinger kraftvoll die Hand auf die Schulter und wollte ihn mit leichtem Druck mit sich ziehen. Doch Schmittinger blieb stehen.
„Nein, danke, ich hab schon genug. Ich geh jetzt lieber nach Hause.“
„Dann halt nicht. Leg’ dich ins Bett und schlaf’ dich aus. Das alles ist uns heute doch etwas an die Nieren gegangen“, meinte Vohrer.
Sie verabschiedeten sich voneinander und Schmittinger lief in die entgegengesetzte Richtung, in der seine Wohnung lag, davon.

6

Nach meinem Rotwein-Desaster hatte ich das Weite gesucht und war nicht mehr zur Bürgermeisterin und den Wanderfreunden zurückgekehrt. Glücklicherweise war das Gesöff im Henkelglas ein leichter schwäbischer Landwein namens Trollinger und kein tiefroter Dornfelder gewesen, denn sonst hätte ich die Hose gleich im Mülleimer entsorgen können. Zuhause schüttete ich einen Zentner Salz auf den Fleck, mit dem Erfolg, dass der Rotwein zwar fast draußen aus dem Stoff war, ich aber nun ein kunstvolles Gebilde aus lauter Salzringen auf der Hose hatte. Ich warf das Kleidungsstück entnervt auf den überquellenden Wäschekorb und kramte meine zweite Hose aus dem Schrank hervor. Mehr als zwei Beinkleider sind für mich Luxus. Außerdem verspüre ich nur wenig Lust, mich durch Boutiquen oder Kaufhäuser zu quälen, um zahllose Hosen in der Umkleide anzuprobieren, bis mir endlich eine passt. Ich mag die Kaufhäuser am liebsten, die ihre Hosen schön nach Bundweite und Länge geordnet in die Regale legen und ich nur die Hose meiner Größe herausziehen muss – ein Griff, und fertig. Kein Anprobieren, nichts. Wenn ich dann zu Hause feststelle, die Hose ist doch zu eng, muss ich halt beim Anziehen etwas die Luft anhalten und in den nächsten Wochen das eine oder andere Guinness weniger trinken, um die überflüssigen Pfunde loszuwerden. Nelly hatte mich in der Vergangenheit schon öfters zu

einem ausgiebigen Einkaufsbummel durch Tübingen überreden wollen, doch bisher war ich standhaft geblieben.
Apropos, Nelly, ich musste mich beeilen, sie wartete sicher schon in der Kneipe am Tübinger Marktplatz. Ich rannte die Treppe zur Haustür hinunter, knickte an der untersten Stufe mit einem Fuß um, fluchte laut vor mich hin und humpelte in die Nachtluft.
Zehn Minuten später war ich in der Tübinger Innenstadt. Ich stellte mein Auto im Nonnenhaus ab. Das Parkhaus wurde zwar inzwischen renoviert und hell gestrichen, es ist aber trotzdem noch immer kein angenehmer Aufenthaltsort zu so später Nachtzeit. Es gibt schönere Orte in der Altstadt, weshalb ich schleunigst den Ausgang suchte.
Endlich draußen, lief ich zwischen Nonnenhaus und Stadtbücherei hindurch Richtung Ammerkanal. Gerade als ich um die Ecke bog, rauschte ein Radfahrer an mir vorbei. Erschrocken trat ich beiseite und schüttelte nur mit dem Kopf. Als Fußgänger hat man in Tübingen keinen leichten Stand.
Auf der Stiftskirchentreppe saßen um diese späte Zeit noch eine Handvoll Leute, obwohl es inzwischen recht frisch geworden war. Auch auf dem Marktplatz waren einige Nachtlichter unterwegs. Ich ging in die Kneipe, in der Nelly wartete. Sie saß an einem kleinen Tisch im Eck und winkte mir etwas säuerlich zu.
Ich berichtete ihr von den spannenden Erlebnissen eines investigativen Journalisten bei den Altenrieter Wanderfreunden und sang das hohe Lied auf die einheimische Theater-Folklore. Schließlich hatte ich das erreicht, was ich erreichen wollte. Meine wohl dosierte Ironie hatte sie zu einem Lächeln verleitet, ihr Ärger war verraucht. Ich beglückwünschte mich leise für meinen ausgeprägten Charme, klopfte mir gedanklich auf die Schultern und begann mit dem Zählen ihrer kleinen Sommersprossen, die sich in der Summe zu einem außerordentlich hübschen Gesicht formten. Ich küsste Nelly auf die Nasenspitze und war zufrieden mit mir.
Doch diese Zufriedenheit hielt nicht lange an. Wir landeten bei unseren Turtel-Gesprächen, aus welchem Grund auch immer, plötzlich beim Thema Irland und schwelgten in Erinnerungen, wie schön es doch auf der grünen Insel bei Regen, Bier und Ge-

sang sei. Nelly setzte einen verklärten Blick auf, ihre Augen wurden leicht wässrig und ich träumte vor mich hin. Gerade als ich mit Nelly Hand in Hand über grüne Wiesen hüpfte – aus Liebe und nicht um den Moskitos zu entfliehen –, landete ich abrupt auf dem Boden der Tatsachen.

„Ich muss nach Hause." Mit diesem überraschenden Statement riss mich Nelly aus allen Träumen.

„Wie? Nach Hause hier oder nach Hause in Irland?", fragte ich sie.

„Nach Irland. Dort ist mein Zuhause."

„Wieso?" Ich erntete einen Blick, der mir die Unsinnigkeit meiner Frage sehr deutlich vor Augen hielt.

„Ich weiß, du bist Irin, aber ich bin hier, und du und ich ..." Ich hatte keine Ahnung mehr, was ich eigentlich sagen wollte.

„Ich fühle mich nicht mehr wohl hier."

Dieser Satz saß wie ein Blitz, der im Höllentempo einmal quer durch meinen Körper raste. Ich war sprachlos.

„Es ist nicht deinetwegen. Es ist schön mit dir", sagte sie.

Das klang zwar gut, ich verstand dennoch nicht, was sie meinte. Aber habe ich jemals die Frauen verstanden? Nein, habe ich nicht. Also wartete ich erst einmal ab. Doch allzu lange hielt ich die Stille nicht aus.

„Ist dir das Leben hier zu langweilig? Brauchst du etwas Abwechslung, mehr Unterhaltung, vielleicht wieder einen Kriminalfall, den wir zusammen lösen?", fragte ich sie schließlich.

Nelly lächelte und schüttelte vehement den Kopf.

„Nein, bitte nicht", sagte sie und lachte.

„Komm schon, wir zwei, wieder unterwegs als Detektive."

„Nein, tue mir das bitte nicht an. Ich habe vom letzten Mal noch genug."

Aber ich wollte nicht locker lassen.

„Ich hätte da sogar etwas für uns." Ich erzählte ihr alles, was sich heute abgespielt hatte. Von der Leiche im Schönbuch bis zur seltsamen Begegnung mit dem skurrilen Charly bei den Wanderfreunden.

„Das klingt wirklich spannend", sagte sie schließlich. Hatte ich sie nun herumbekommen oder nicht?

„Aber ich möchte trotzdem lieber nach Hause."
Ich hatte sie nicht.
Inzwischen war die Bedienung, wie immer im unpassendsten Augenblick, an den Tisch getreten und fragte mich, was ich trinken wollte.
„Drei Halbe Bier und fünf Obstler, mindestens", sagte ich.
Die Bedienung schaute mich verwirrt an.
„Bringen Sie ihm einfach ein großes Bier", sagte Nelly zu der Frau, die immer noch ein größeres Fragezeichen im Gesicht trug.
Jetzt hatte sie aber verstanden oder sie glaubte es zumindest und trollte sich mit der Bestellung zur Theke.
„Nelly, du kannst mich doch nicht hier in dieser bösen Welt allein zurücklassen. Überall lauern Verbrecher und Halunken."
Sie sah mich mit ihren großen Augen an.
„Ich war so lange nicht mehr in Irland. Über drei Jahre. Ich habe einfach Heimweh, wenn du das verstehen kannst."
Ich konnte. Dieses Gefühl überfiel mich selbst regelmäßig. Obwohl ich als Pfälzer schon länger im Schwabenland hauste, hatte sich die Integration doch völlig unbemerkt an mir vorbei geschlichen und nicht beachtet. Ich blieb sozusagen ein Mensch mit Migrationshintergrund und wehrte mich hartnäckig gegen jegliche schwäbische Infiltration. Nach zwanzig Jahren sprach ich immer noch deutlich mit pfälzischem Akzent und trank abends lieber ein Glas Dornfelder oder zwei, als ein schwäbisches Viertele im Henkelglas zu schlotzen.
Es fehlten mir hier im Schwabenland die feucht-fröhlichen pfälzischen Weinkneipen, in denen man so schnell Kontakt bekommt. Die Menschen dort waren offen, neugierig und mitteilsam. Es konnte leicht passieren, dass man bei einem Schoppen innerhalb weniger Minuten die ganze Familiengeschichte seines Gegenübers erfuhr, ob man nun wollte oder nicht.
„Ich sehe, du verstehst mich. Aber ich meinte eigentlich Irland und nicht die Pfalz." Nelly konnte offensichtlich Gedanken lesen.
„Und was wird aus mir?" Ich setzte meinen Dackelblick auf.
Sie nahm meine Hand. Gut. Sie zog mich zu sich herüber. Besser.
Sie küsste mich. Jeder weitere Kommentar überflüssig.

„Du bleibst hier oder kommst einfach mit mir“, sagte sie.
„Nach Irland?“
„Klar. Warum soll ich immer nur hier in Deutschland leben. Du könntest doch auch einmal ins Ausland gehen. Neue Erfahrungen sammeln.“
Da hatte sie recht. Aber was sollte ich dort tun? Ich war hier ein rasender Lokalreporter, der sich mit Ach und Krach über Wasser hielt. Aber ich schaffte es, dass jeden Monat mein Geldbeutel so gefüllt war, dass ich nicht hungern musste und mir zusammen mit Nelly das eine oder andere Guinness im Irish Pub erlauben konnte. Aber in Irland hatte ich keinen Job, nichts, nur Nelly. Aber von Luft und Liebe allein konnte ich nicht leben. Auch wenn mir die Vorstellung schon verheißungsvoll erschien. Mit jedem weiteren Wort wurden meine Gedanken trüber. Nelly war entschlossen, zumindest für ein paar Wochen nach Irland zu fahren. Sie wollte erst danach entscheiden, wie es mit ihr, und vor allem, wie es mit uns weitergehen sollte. Nelly hielt immer noch meine Hand. Aber meine Stimmung war im Keller.
Als ich aufblickte, stand das Bier vor mir. Ich hatte gar nicht bemerkt, wie sich die Thekenfrau herangeschlichen hatte, um mit flinken Fingern das Bier vor meiner Nase zu platzieren. Das Gebräu schmeckte mir nicht, ich trank nur ein paar Schluck und ließ den Rest stehen.
„Komm mit zu mir“, sagte Nelly plötzlich.
„Ach, lass mal, ist schon gut“, sagte ich traurig, stand auf und ging mit ihr nach Hause.
Vielleicht hatte der Kritiker doch recht gehabt, Liebesgeschichten gehören nicht in einen Kriminalroman, sie kosten zu viele Nerven.

*

Reichlich verkatert, seelisch wie körperlich, machte ich mich am nächsten Morgen zur Pressekonferenz der Polizei auf. Nach Nellys Heimweh-Geständnis war es mir gleich, was die Spurensucher herausgefunden hatten und ob es inzwischen noch mehr Leichen gab und der ganze Schönbuch bei der Spurensuche abgeholzt worden war. Und obwohl Nelly mir vergangene Nacht über

Stunden sehr zärtlich klargemacht hatte, warum sie so dringend nach Irland musste, kam ich nicht aus meinem Tief. Dazu hätte ich eine Bergsteiger-Ausbildung fürs Hochgebirge benötigt.
Ich fuhr Richtung Polizeihochhaus, das weithin sichtbar am westlichen Ende von Tübingen wie ein drohender Zeigefinger in den Himmel ragte. Wie immer war alles zugeparkt und ich fand nur im hintersten Eck der Straße einen Parkplatz, der halb in eine Einfahrt hineinreichte. Ich stieg aus und hatte schon wieder eine unheimliche Begegnung der Zweiräder-Art. Wie aus dem Nichts schoss ein Radler an mir vorbei. Ich wollte ihm lautstark hinterher schimpfen, aber noch rechtzeitig erkannte ich, dass es sich bei dem flotten Raser mit Drei-Tage-Bart und Sturzhelm um den Tübinger Oberbürgermeister handelte. Also verkniff ich mir meinen Fluch und schimpfte nur innerlich. Wer will es sich schon mit seinem Medien-OB verscherzen, von dem Spötter behaupten, er müsse mindestens einen Doppelgänger haben. So oft wie er in den Medien präsent ist, könne das unmöglich von einer Person zu bewältigen sein. In der einen Woche radelt er hinter einem Kamera-Team her, das aus dem offenen Kombi filmt, wie fit der Tübinger OB den Berg nach Waldhäuser-Ost hochstrampeln kann, in der nächsten Woche sitzt er in einer Prominenten-Talkrunde im Fernsehen in der ersten Reihe, Aug in Aug im Shootout mit dem emsigen Stellen- und Streckenstreicher der Bahn – das nennt man Medienpräsenz. Clever, so clever wie der smarte Wechsel des OB vom Hybrid-Japaner zum deutschen Kleinwagen, womit auch die gekränkte Schwabenseele nach dem kurzzeitigen Japan-Ausflug des Rathaus-Chefs wieder weitgehend ihre Ruhe gefunden hatte – nichts ist unmöglich …!
Doch ich schweife vom Thema ab. Die Polizei mit ihren Ermittlungen zur Leiche im Schönbuch hat eindeutig Vorrang. Also lief ich weiter zum Polizeihochhaus, in der Hoffnung, die Spurensucher und Gerichtsmediziner könnten mir so viel Neues sagen, dass wieder einige Storys und Artikel für mich heraus sprangen, die Geld in meine gebeutelte Kasse brachten.
Ich lief in den Presseraum der Landespolizeidirektion und sah die ganze Mannschaft versammelt. Hemmerle war da und natürlich auch der Leitende Oberstaatsanwalt, der nervös an sei-

nen Unterlagen herumnestelte und nachdenklich in die Runde schaute.
Die Rundfunk- und Fernsehleute drängten sich in den Vordergrund. Die Mitarbeiter der Sender bauten geschäftig ihre Gerätschaften auf. Einer der Fernsehleute blickte ungeduldig auf seine Uhr. Sein Beitrag sollte in der nächsten Nachrichtensendung über den Bildschirm flimmern, aber der Oberstaatsanwalt wartete noch auf die restlichen Pressevertreter. Kurz nach mir kam der Kollege von der Konkurrenz. Wie ich stammte er aus der Pfalz, woraus er keinen Hehl machte.
Mit seinen langen Lockenhaaren und seinem breiten Schnauzer sah er wie immer etwas zerzaust aus. Als Erkennungszeichen trägt er nur karierte Hemden und nach drei Sätzen landet er meist beim Pfälzer Wein oder den fußballerischen Leidenszeiten des FCK.
Er setzte sich neben mich und wollte mir gerade fröhlich etwas zuflüstern, als der Leitende Oberstaatsanwalt das Wort ergriff und die Medienvertreter begrüßte. Nach den Formalitäten begann er mit den Fakten.
„Zuerst einmal möchte ich klar stellen, dass für die Ermittlungen vor Ort nach wie vor die Reutlinger Kriminalpolizei zuständig ist. Die Landespolizeidirektion in Tübingen führt hier nur alle Fäden in diesem Fall zusammen und ist gerade dabei, die Sonderkommission ‚Schönbuch' einzurichten, deren Leiter Hauptkommissar Hemmerle sein wird. Er ist ein erfahrener Kommissar, der schon einige schwierige Fälle lösen konnte." Er zeigte auf seinen Nebensitzer, der dem Oberstaatsanwalt kurz zunickte.
„Wir werden eine Reihe von Beamten aus allen Abteilungen abziehen und in der Soko ‚Schönbuch' zusammenführen. Wir wollen einen schnellen Erfolg, wir möchten nicht, dass hier ein Mörder frei herumspringt und sich die Leute nicht mehr trauen, in den Wald zu gehen. Wir werden alles daran setzen, den Täter so schnell wie möglich dingfest zu machen. Wir haben bereits erste Hinweise aus der Bevölkerung erhalten, die uns allerdings noch nicht viel weitergebracht haben. Was wir bisher zusammengetragen haben, wird Ihnen nun Herr Hemmerle vorstellen." Er nickte seinem Nebensitzer zu.

Hemmerles Informationen waren in der Tat recht dürftig und brachten nicht viel Neues. Der Tote hieß Egidius Heim und stammte aus Walddorfhäslach. Er war 65 Jahre alt und seit einigen Jahren nicht mehr berufstätig. Heim hatte im Haus seiner Eltern gelebt, die allerdings schon Ende der neunziger Jahre gestorben waren. Weitere Angehörige hatte er nicht.
„Herr Heim hat vor drei Tagen ein Lokal in Pfrondorf besucht. Danach hat ihn niemand mehr lebend gesehen. Deshalb ist davon auszugehen, dass Herr Heim bereits vor drei Tagen getötet wurde“, berichtete Hemmerle.
Der Gerichtsmediziner hatte nach Aussage von Hemmerle multiple Verletzungen im Bauchbereich des Opfers festgestellt, die von Schlägen und Tritten herrühren mussten und zu einer Vielzahl von Rippenfrakturen geführt hatten. In ihrer Summe waren diese Verletzungen auch für den Tod des Opfers verantwortlich gewesen. Heim starb an inneren Blutungen. Damit war endgültig klar, der Walddorfhäslacher Rentner war nicht versehentlich den Abhang hinuntergestürzt, sondern ermordet worden.
Und Hemmerle lieferte noch einen interessanten Hinweis.
„Die Spurensuche hat eindeutig ergeben: Der Fundort der Leiche stimmt nicht mit dem Tatort überein. Heim wurde an einer anderen Stelle getötet.“
„Wo?“, fragte sofort einer der Journalisten.
„Das wissen wir leider noch nicht. Die Leiche wurde zum Fundort transportiert und offensichtlich die letzten Meter den Hang hinunter Richtung Schwellerstein geschleift“, antwortete Hemmerle.
„Wurde das Opfer im Wald getötet?“
„So sieht es jedenfalls aus. Wir wissen, dass das Opfer gerade auf dem Weg nach Walddorfhäslach gewesen war. Unterwegs muss er wohl im Schönbuch auf den Täter getroffen sein. Heims Fahrrad wurde an einem Waldweg gefunden. Wir suchen derzeit noch weitere Waldwege ab. Allerdings hat der starke Gewitterregen vor zwei Tagen wahrscheinlich viele Spuren verwischt.“
„Wissen Sie schon etwas zum Tatmotiv?“, fragte einer der Journalisten. Hemmerle blickte zu dem Mann hinüber, der ihn unterbrochen hatte.

„Nein. Bei der Frage nach dem Motiv für den Mord tappen wir noch im Dunkeln. Nach unseren ersten Erkenntnissen war Herr Heim gut im Ort integriert. Es gibt bisher keinen Hinweis auf jemanden, der sich für irgendetwas an Heim hätte rächen wollen. Aber unsere Befragungen im Umfeld des Getöteten haben erst begonnen", meinte der Kommissar bestimmt.
Es entstand eine kleine Pause.
„Vielleicht war Herr Heim auch einfach nur zum falschen Zeitpunkt am falschen Ort gewesen", fuhr Hemmerle fort.
Als keiner der Journalisten eine Frage mehr hatte, schlossen Hemmerle und der Oberstaatsanwalt die Pressekonferenz. Sie sahen sich gleich von den Fernseh- und Radiojournalisten umringt, die für ihre Nachrichten noch O-Töne brauchten. Es entspann sich eine kurze, aber heftige Diskussion, ob Radio oder Fernsehen wichtiger ist, und wer als Erster sein Mikrofon unter die Nase des Oberstaatsanwaltes halten durfte. Allen saß die nächste Nachrichtensendung im Nacken. Doch der Streit interessierte mich wenig. Als Print-Journalist konnte ich mir mehr Zeit lassen.
Ich las noch einmal kurz meine Aufzeichnungen durch. Ich hatte das Gefühl, irgendeine Frage übersehen zu haben, nur welche fiel mir nicht ein. Ich packte schließlich alles zusammen, stand auf und ging zum Ausgang. Ich war, außer den Fernseh- und Radioleuten, der letzte Journalist, der den Raum verließ. Auch mein Pfälzer Kollege von der Konkurrenz war schon verschwunden.
Als ich gerade das Polizeihochhaus verlassen wollte, kam mir Martin Röder, Oberkommissar bei der Reutlinger Kripo, entgegen. Ich hatte ihn in der Vergangenheit schon bei einigen Presseterminen getroffen. Er war eigentlich sehr umgänglich, auf der anderen Seite aber auch leicht reizbar, wenn etwas nicht nach seinem Kopf lief. Unter seinen rechten Arm hatte Röder einen dicken Schnellhefter geklemmt.
„Na, Blum, jetzt haben Sie sicher wieder genügend Stoff, um sich einen Sensationsartikel zusammen zu reimen. Das ist doch endlich einmal ein Highlight zwischen all den langweiligen Vereinsfesten und Jahreshauptversammlungen, über die Sie normalerweise schreiben müssen", meinte Oberkommissar Martin Röder. Er lachte mich frech von der Seite an.

Röder hatte mich genau an meinem wunden Punkt erwischt. Jeder Journalist sehnt sich nach aufregenden Enthüllungsgeschichten, doch die waren in Tübingen rar gesät. Also blieb nur die mühevolle Kleinarbeit im öden Alltag übrig, um sich seinen Lebensunterhalt zu verdienen.
Ich wollte Röder etwas Geistreiches entgegnen, aber meine Fantasie ließ mich im Stich. Also lachte ich aus Höflichkeit mit. Wir standen uns nun direkt gegenüber.
„Gehören Sie auch zur Soko ‚Schönbuch'?", fragte ich ihn.
„Ja, klar. Ich leite die Ermittlungen vor Ort."
„Warum waren Sie dann nicht auf der Pressekonferenz?"
„Dafür habe ich keine Zeit. Das überlasse ich Hemmerle, der kann das besser." Aus seiner Stimme war allerdings etwas Neid auf den eloquenten Kollegen herauszuhören.
„Wenn Sie die Ermittlungen vor Ort leiten, warum treiben Sie sich dann hier in den Amtsstuben herum und sind nicht im Wald und suchen den Mörder?" Endlich hatte ich meine Riposte gefunden.
„Das erledigen meine Kollegen."
„Die Armen, die müssen jetzt durchs dichte Gehölz stiefeln und jeden Stein nach Spuren umdrehen. Da ist es hier doch viel gemütlicher." Ich grinste.
Röder sah mich an und überlegte, ob er verärgert auf meine Bemerkung reagieren sollte. Er entschied sich für die freundliche Variante und lachte kurz auf.
„Da haben Sie recht. Aber sagen Sie es nicht weiter, sonst haben wir bald keinen Beamten mehr bei der Spurensuche."
Röder wollte gerade weitergehen, als mir einfiel, was ich vergessen hatte. Es war Charlys Bemerkung über den Ranzenpuffer, die ich noch loswerden wollte, und da Hemmerle noch mit den O-Tönen für die Radio- und Fernsehleute beschäftigt war, hielt ich mich an seinen Stellvertreter.
„Halt, warten Sie einen Augenblick."
Röder blieb stehen und sah mich fragend an.
„Wie bitte?"
„Eine Frage noch: Sagt Ihnen der Name Ranzenpuffer etwas?", fragte ich ihn ins Blaue hinein.

Röder blieb, wie vom Blitz getroffen, stehen.
„Ich verstehe Sie nicht."
„Der Ranzenpuffer. Das ist eine Sagenfigur aus dem Schönbuch."
Es entstand wieder eine Stille, in der man eine Stecknadel hätte fallen hören.
„Ja, kenne ich. Aber wieso kommen Sie gerade auf diese Figur."
Röder wartete. Er wirkte angespannt.
Ich spürte, ich hatte, Charly sei dank, einen Volltreffer gelandet. Aber ich hatte keine Ahnung, wie ich weitermachen sollte.
„Der Ranzenpuffer geht der Sage nach im Wald umher und erschreckt die Spaziergänger. Vielleicht ist er heutzutage ja immer noch unterwegs und hat den Mörder gesehen? Oder er ist selbst der Mörder. Man weiß ja nie, was solche Sagengestalten im Sinn haben."
Was von mir eher als lockere Bemerkung gedacht war, mit der ich im Nebel herumstochern und Zeit gewinnen wollte, entpuppte sich als offensichtlicher Tiefschlag. Röders Gesichtsfarbe hatte urplötzlich eine vornehme Blässe angenommen.
„Wo haben Sie die Geschichte mit dem Ranzenpuffer aufgeschnappt? Davon kann noch niemand wissen. Wir haben das nicht an die Presse herausgegeben", sagte er erstaunt.
Wovon redete Röder eigentlich? Doch meine Unwissenheit wollte ich ihm nicht auf die Nase binden.
„Ich bin Journalist. Ich habe meine Informanten." Ich versuchte, cool zu bleiben, obwohl ich immer aufgeregter wurde. Hier gab es zusätzliche Informationen, die die Konkurrenz offenbar noch nicht hatte. Doch wie konnte ich sie Röder entlocken?
„Lassen Sie das. Woher haben Sie diesen Namen?" Sein Ton wurde merklich ernster.
„Ich gebe meine Informanten nicht preis."
Das Gespräch mit Röder nahm nun eine deutlich ernstere Wendung.
„Wir können Sie wegen Behinderung der Polizeiarbeit belangen, wenn Sie uns wichtige Informationen vorenthalten. Das ist kein Spaß mehr. Da stecken Sie schneller im Knast, als Sie denken", drohte er mir nun unverblümt.

„Langsam, langsam, jetzt lassen Sie mal die Kirche im Dorf", versuchte ich ihn zu beruhigen. Charly hatte mir offensichtlich wirklich einen guten Tipp gegeben. Diese Quelle musste ich mir warmhalten. Deshalb hatte ich nicht vor, Röder den Namen meines wertvollen Informanten preiszugeben. Sonst schüttete er die Quelle noch zu. Aber auf der anderen Seite brauchte ich auch die guten Kontakte zur Kripo. Also überlegte ich mir eine andere Geschichte.
„Ich habe den Namen zufällig im Dorf aufgeschnappt, als sich die Leute über den Mord im Wald unterhielten. In den Gesprächen ist immer mal wieder der Name des Ranzenpuffers gefallen. Ich habe das aber alles nur für ein Märchen gehalten."
Röder sah mich skeptisch an. Er schien mir meine Ausrede nicht so recht zu glauben. Trotzdem wurde er langsam wieder ruhiger. Röder gab sich fürs Erste mit meiner Antwort zufrieden. Für mich allerdings war die ganze Geschichte noch nicht gegessen. Ich wollte nicht locker lassen, zumal der Oberkommissar nun wieder Anstalten machte, das Gespräch zu beenden.
„Was ist nun mit dem Ranzenpuffer?"
„Das kann ich Ihnen nicht sagen."
„Kann ich das so in meinem Artikel schreiben?"
„Wie meinen Sie das?"
„Dass die Figur des Ranzenpuffers in Ihren Ermittlungen offensichtlich eine Rolle spielt, die Polizei derzeit aber dazu nichts sagen will."
Das hatte ich gut formuliert.
Röder reagierte gereizt, aber er hatte sich schnell im Griff. Man sah ihm an, dass er nach Worten suchte. Nach kurzer Zeit hatte er sie gefunden.
„Nein, warten Sie."
Ich hatte ihn und wartete.
„Es gibt da etwas, das wir derzeit noch nicht an die Öffentlichkeit geben wollen. Wir brauchen noch etwas Zeit. Wenn wir das zu früh bekannt geben, könnte es unseren Ermittlungen schaden."
„Und dabei spielt die Figur des Ranzenpuffers eine Rolle?"
„So könnte man es sagen."

„Sie machen mich wirklich neugierig."
„Ich darf Ihnen das eigentlich nicht sagen."
Röder sah mich durchdringend an. Dann packte er mich am Arm und zog mich beiseite.
„Kommen Sie mit." Wir gingen den Gang hinunter in ein kleines Besprechungszimmer. Er schloss die Tür hinter sich.
„Ich bin gespannt", sagte ich voller Erwartung.
„Hören Sie, was ich Ihnen jetzt zeige, bleibt unter uns. Ich gebe Ihnen diese Informationen nur, damit Sie nichts Unbedachtes schreiben. Ein Wort davon in der Zeitung und Sie bekommen großen Ärger. Und wer will schon großen Ärger mit der Polizei haben?" Sein Blick wurde ernst. Ich hatte verstanden, gut verstanden.
„Okay, okay, meine Lippen sind versiegelt", sagte ich nur.
Röder zog den Schnellhefter hervor und blätterte ihn auf. Er suchte nach einer Seite, die er nach wenigen Sekunden gefunden hatte.
„Hier, sehen Sie sich das an." Er hielt mir den Schnellhefter vor die Nase. Mein Blick fiel auf die Kopie eines Fotos.
„Was ist das?"
„Ein Foto."
„Das sehe ich auch."
„Wir haben es innen im Jackett, das das Opfer getragen hat, gefunden. Es war dort mit einer Sicherheitsnadel am Futter befestigt."
Ich schaute mir noch einmal die Kopie an. Auf dem Bild war eine eigenartig maskierte Figur zu sehen, mit einer Schweinsmaske auf dem Gesicht und einem Federhut auf dem Kopf. In der rechten Hand hielt er einen groben Stock, auf den er sich stützte. Sein linker Fuß ruhte auf einem Körper. Das Bild sah wie das erfolgreiche Ende einer Jagd aus, wenn der Jäger stolz mit seinem erlegten Wild vor der Kamera posiert. Doch der Körper unter dem Jägerstiefel gehörte keinem Wild, sondern einem Menschen.
„Das ist Heim", sagte Röder und deutete auf den leblosen Körper am Boden.
„Und das hier ist mit großer Wahrscheinlichkeit der Mörder." Sein Finger wanderte auf dem Bild weiter nach oben.

Ich war sprachlos. Die Grausamkeit, die mir aus dem Bild entgegenschlug, war unerträglich.
„Der Kerl muss verrückt sein", entfuhr es mir.
„Das kann man so sehen. Aber vielleicht ist er es auch nicht. Vielleicht versucht er uns nur auf eine falsche Spur zu lenken. In jedem Fall will er sich mit uns anlegen. Er fühlt sich überlegen, brüstet sich mit seiner Tat und will damit Aufmerksamkeit erregen, die wir ihm aber so nicht geben wollen. Deshalb haben wir bisher den Medien von diesem Foto nichts erzählt. Wir werten das Bild noch nach Hinweisen aus, wo es aufgenommen wurde oder woher die eigenartige Verkleidung des Täters stammen könnte. Erst, wenn wir nicht mehr weiterkommen, werden wir mit dem Foto an die Öffentlichkeit gehen."
„Aber bisher sind Sie in dieser Sache noch nicht viel weitergekommen."
„Ja, das stimmt. Aber wir stehen mit unseren Ermittlungen ja erst am Anfang."
Ich starrte immer noch auf das Foto.
Röder nahm den Schnellhefter wieder an sich und klappte ihn zu.
„Aber eines ist mir immer noch nicht klar. Was hat dieser maskierte Mensch mit dem Ranzenpuffer zu tun?", wollte ich wissen.
Röder schaute mich an.
„Auf der Rückseite des Fotos steht ein Satz, der, wie man es im Kriminalfilm häufig sieht, aus Buchstaben zusammengesetzt ist, die der Täter aus einer Zeitung ausgeschnitten hat."
„Was für ein Satz? Jetzt spannen Sie mich nicht so lange auf die Folter", sagte ich.
Er blätterte eine Seite weiter und hielt mir den Schnellhefter direkt vor die Nase. Ich blickte auf ein Blatt, auf dem offenbar die Rückseite des Fotos zu sehen war. Und mitten drin konnte man das Puzzle-Werk des Mörders erkennen. Sorgfältig war Buchstabe neben Buchstabe platziert. Der Puzzle-Leger hatte sich viel Mühe gegeben.
Ich sah Röder fragend an und wiederholte laut den Satz auf der Rückseite des Fotos, den ich gerade entziffert hatte.
„Die Rache ist mein." Und darunter standen die beiden Worte: „Der Ranzenpuffer".

7 Lisa Wenzel beugte sich kurz nach unten, nahm die beiden Einkaufstüten in die Hand, richtete sich mit einem kurzen Stöhnen, weil ihr Rücken schmerzte, wieder auf und ging dann durch die sich automatisch öffnenden Glastüren aus dem Supermarkt hinaus. Draußen auf dem Parkplatz, der nur halb gefüllt war, hielt sie kurz an. Von hier aus konnte man den ganzen Ort, der in einer kleinen Senke lag, überblicken. Über die Dächer hinaus ragte weithin sichtbar der Kirchturm mit seinen glänzenden, grünen Schindeln. Nicht weit von der Kirche entfernt wohnte Lisa Wenzel in einem alten Fachwerkhaus.

Früher, als der Supermarkt noch mitten im Ort, nur ein paar hundert Meter von ihr entfernt, gelegen hatte, war es für sie nicht so beschwerlich gewesen, einkaufen zu gehen. Jetzt musste sie hinauf auf die „Bullenbank", in ein kleines Gewerbegebiet am Rande des Dorfes. Dorthin war der Supermarkt vor zwei Jahren umgesiedelt. Jetzt war die Verkaufsfläche größer, so groß, dass sich Lisa Wenzel manchmal nur schwer zurecht fand. Manchmal brauchte sie einige Zeit, bis sie genau das fand, was sie suchte.

Gerade als sie weitergehen wollte, sprach sie jemand von hinten unvermittelt an.

„Soll ich Ihnen beim Tragen helfen?"

Lisa Wenzel drehte sich erschrocken um und beäugte neugierig den Mann, der vor ihr stand. Sein Gesicht kam ihr bekannt vor, doch es fiel ihr nicht ein, woher sie den Mann kannte. In der letzten Zeit passierte es ihr immer öfters, dass sie Begriffe oder Namen vergaß. Sie musterte den Fremden noch einmal von oben bis unten. Er sah zwar normal aus, doch irgendetwas an seiner Erscheinung beunruhigte sie.

„Nein, lassen Sie mal, junger Mann, das schaffe ich noch alleine", sagte sie nur und machte Anstalten weiterzugehen.

Doch der Mann ließ nicht locker.

„Aber ich sehe doch, wie Sie sich abmühen. Lassen Sie mich die Taschen tragen."

„Wenn ich es doch sage, ich schaffe es alleine", herrschte sie den Mann energisch an.

„Gut, wie Sie wollen." Der Mann drehte ab und ging zu seinem Auto, das in der Nähe stand.

„Komischer Kerl", dachte Lisa Wenzel. Sie blickte dem Fremden hinterher. Der Mann trug ein rosafarbenes Hemd, dunkle Jeans und Sportschuhe.
„Männer mit rosa Hemden sind mir suspekt", brummelte sie vor sich hin. Sie nahm ihre Tragetüten fester in die Hand und ging Richtung Walddorf.
Nach wenigen Metern erreichte Lisa Wenzel die Straße, die zum Ortskern hinunter führte. Immer wieder hielt sie kurz an, um tief durch zu atmen. Das Herz machte ihr heute wieder zu schaffen. Die Ärzte hatten sie zwar mit Medikamenten gut eingestellt, doch sie hatten ihr auch befohlen, sich zu schonen. Keine großen Anstrengungen und vor allem keine großen Aufregungen, hatte ihr Hausarzt sie vor kurzem noch eindringlich ermahnt.
Allerdings hörte sie nur selten auf seine Ratschläge. Sie hatte all die Jahre über immer gut für sich selbst sorgen können und deshalb wollte sie jetzt nicht klein beigeben. Auch wenn das Herz geschwächt war, sie fühlte sich immer noch stark genug für den Alltag. Sie war immer eine Kämpfernatur gewesen. Solange es noch ging, wollte sie zu Hause in den eigenen vier Wänden leben, ohne Hilfe. Später konnte sie immer noch in das neue Pflegeheim umziehen, das die Reutlinger Bruderhaus Diakonie gerade mitten im Ort baute. Diese Möglichkeit gab ihr Sicherheit und Rückhalt. Wenn es einmal nicht mehr ging, hatte sie immer noch einen Platz im Ort, in dem sie schon ein Leben lang wohnte. Sie war froh, im Alter nicht mehr in einen anderen Ort umziehen zu müssen.
Sie bog in die Brühlstraße ab. Nach ein paar Schritten hielt sie wieder an. Egidius Heim kam ihr in den Sinn. Man hatte ihr erzählt, dass sie ihn tot im Wald gefunden hätten. Sie fasste sich kurz ans Herz. Sein Tod hatte sie tief getroffen. Er war eine Jugendliebe von ihr gewesen. Auch wenn es nicht das Verhältnis geworden war, das sie sich erhofft hatte, waren sie doch immer gute Freunde geblieben. Sie hatten sich nie aus den Augen verloren und bei großen Festen im Ort immer wieder zusammen gefeiert. Sie mochte Egi immer noch. Und dass ihn jemand so kaltblütig im Wald ermordet hatte, machte sie wütend.
„Was ist nur aus dieser Welt geworden?", fragte sie sich und

schüttelte den Kopf. Sie nahm wieder ihre Taschen in die Hand und lief weiter. Sie kam am Rathaus vorbei und grüßte einen der Angestellten des Rathauses, der gerade aus der Tür kam und über den kleinen Platz zur Postagentur lief.
Ein paar Minuten später hatte Lisa Wenzel ihr Haus erreicht. Sie kramte umständlich den Schlüssel aus der Manteltasche und schloss die Haustüre auf. Langsam ging sie den Gang entlang bis zur Küche. Dort stellte sie die Einkaufstüten auf den Tisch und wartete, bis ihre Atemzüge wieder gleichmäßiger geworden waren. Danach setzte sie sich auf den Stuhl, um sich einen kurzen Augenblick auszuruhen. Nach einer Viertelstunde packte sie die Taschen aus und räumte alle Einkäufe in die Schränke. Kochen wollte sie heute nicht. Freunde von ihr hatten einen Mittagstisch im Vereinszimmer der Gemeindehalle eingerichtet, dort wollte sie später hingehen. Er war zu einem wichtigen Treffpunkt geworden, bei dem man die Neuigkeiten aus dem Ort austauschen konnte. Und nach dem gewaltsamen Tod von Egidius Heim gab es sicher viel zu erzählen.

*

Charly zuckte nervös zusammen. Ein Auto kam langsam die Gasse herunter, die Frontscheinwerfer des Fahrzeugs waren kurz über Charlys Körper gehuscht. Hatte der Fahrer ihn gesehen? Charly zog sich ganz in die Dunkelheit einer Hausecke zurück und wartete. Der Wagen hielt wenige Meter von ihm entfernt kurz an. Der Fahrer schaltete die Scheinwerfer aus. Dann passierte einige Zeit nichts. Charly wurde unruhig. Was machte das Auto hier? So spät um diese Uhrzeit? Die meisten Leute in Walddorf schliefen doch schon.
Charly spähte vorsichtig um die Hausecke und beobachtete angespannt das Wageninnere. Nichts rührte sich. Er hielt einen kurzen Augenblick den Atem an und lauschte in die Nacht. Wieder nichts. Kein Laut, alles blieb ruhig.
Charly zählte die Sekunden. Warum stieg der Fahrer, dessen Gesicht er in der Dunkelheit nicht erkennen konnte, nicht aus? Plötzlich leuchteten die Scheinwerfer wieder auf, der Fahrer startete sofort den Wagen und fuhr los. Charly schälte sich aus

der Ecke und sah dem Auto nach, wie es ein paar hundert Meter weiter auf die Hauptstraße abbog und aus seinem Sichtfeld verschwand. Er schüttelte nachdenklich den Kopf. Die überraschende Begegnung hatte ihn verunsichert.
Charly zog sich wieder in die Dunkelheit zurück und wartete ein paar Minuten. Das Bündel, das er unter dem Arm trug, stellte er an der Hauswand ab. Als nach ein paar Minuten immer noch alles ruhig war, packte er alles zusammen und tastete sich in der Dunkelheit an der kalten Hauswand entlang. Es war bereits nach Mitternacht. Wolken hatten sich vor den Mond geschoben, weshalb die Nacht sehr dunkel war. Das einzige Licht kam von den Straßenlaternen, von denen allerdings zwei Lampen ausgefallen waren. Dies half Charly, sich fast unsichtbar in der Gasse vorwärts zu schleichen.
Wenige Meter weiter blieb er stehen. In einem Fenster der Häuser brannte noch Licht. Es musste das Wohnzimmer sein, das so hell erleuchtet war.
Charly schlich vorsichtig an einer Gartenmauer entlang, immer den Blick auf das helle Fenster gerichtet. Er wusste, wer in diesem Haus wohnte, und er wunderte sich nicht, dass das Licht noch brannte. Die alte Frau, die seit vielen Jahren in dem Haus lebte, war ein Nachtlicht. Sie ging selten vor Mitternacht ins Bett.
Charly stieg mit schnellen Schritten über die Gartenmauer und kniete sich hinter einen Busch. Behutsam drückte er die Zweige beiseite. Niemand war zu sehen. Von seinem Versteck aus hatte er einen guten Blick auf das erleuchtete Fenster und die Eingangstür des Hauses. Charly wartete. Er hatte Zeit.

*

Lisa Wenzel hatte draußen ein seltsames Geräusch gehört. Sie stand auf, ging zum Fenster und schaute hinaus auf die Straße, die im Dämmerlicht der Straßenlaternen lag. Sie nahm auf der Straße eine kurze Bewegung wahr, machte sich aber keine Gedanken, was diese Bewegung verursacht haben könnte. Wahrscheinlich war es nur eine Katze gewesen. Von diesen Tieren gab es viele im Ort, einige von ihnen lebten sogar wild zwischen den Häusern und in den Gärten und ernährten sich von Katzenfutter, das

Leute vor die Tür stellten, oder von Mäusen, die es reichlich im alten Ortskern gab. Lisa Wenzel blieb noch eine Weile am Fenster stehen. Sie hatte die Kirchturmuhr vor kurzem schlagen hören und wusste, dass es schon nach Mitternacht war. Sie fühlte sich nicht müde. Für alte Menschen sind die Nächte einfach zu lang, dachte sie und starrte weiter in die Dunkelheit, bis es ihr zu viel wurde und sie sich wieder zu ihrem Sessel zurück begab.
Mit einer Hand griff sie automatisch zur Seite und zog den Strickkorb zu sich herüber. Stricken war ihre Hauptbeschäftigung in den langen Nächten. Den Fernseher hatte sie schon vor Stunden ausgeschaltet. Um diese Zeit kam in keinem Programm etwas, das sie interessiert hätte. Sie lehnte sich in ihrem Sessel zurück und zählte die verschiedenfarbigen Strickreihen, die sie für einen Schal aneinandergereiht hatte.
Gerade als sie die Nadeln zum ersten Mal kreuzen wollte, hörte sie wieder ein Geräusch. Sie legte ihr Strickzeug für einen Augenblick beiseite und schaute zur Tür. Da war es wieder, dieses seltsame Knarzen. Es musste jemand draußen vor der Tür sein. Sie starrte gebannt auf die Türklinke, die sich langsam nach unten schob. Ihre Hände fingen zu zittern an, was sie am Klappern der Stricknadeln, die aufeinanderschlugen, merkte. Sie griff die Nadeln fester und wartete.
Mit einem Knarren öffnete sich langsam die Tür. Weil sie nach innen aufging, konnte Lisa Wenzel zuerst nicht sehen, wer hinter der Tür stand. Ihr Herz fing heftig zu klopfen an. Sie fühlte sich wie gelähmt. Etwas Weißes schob sich langsam ins Zimmer hinein. Mit starren Augen betrachtete Lisa Wenzel die weiße Figur, die sich nun vor ihr aufbaute. Sie fühlte, wie sie heftig zu schwitzen anfing. Schweißperlen rannen an ihrer Schläfe hinunter. Sie wollte die eigenartige Figur, die ihr große Angst bereitete, ansprechen, doch ihre Stimme versagte beim ersten Ton. Sie nahm einen zweiten Anlauf und brachte nur mit Mühe ein „Wer sind Sie?“ heraus, doch die weiße Gestalt gab keine Antwort. Sie stand nur im Zimmer und schaute in Lisa Wenzels Richtung. Die nächsten Sekunden kamen der alten Frau wie eine Ewigkeit vor. Ihr Blick folgte der unheimlichen Gestalt, die sich langsam, fast unmerklich, auf sie zubewegte.

„Was wollen Sie von mir?", fragte Lisa Wenzel mit brüchiger Stimme. Sie glaubte, unter dem weißen Schleier eine Frau ausmachen zu können, doch sie war sich nicht sicher. Der Schleier war zu dicht, sie konnte die Gesichtszüge der Gestalt nicht erkennen. Sie fühlte aber den stechenden Blick, der sie zu durchbohren schien.
Alles war weiß an der Gestalt, Rock, Bluse und Schuhe. Auch die Hände steckten in weißen Handschuhen.
„Gehen Sie weg oder ich rufe die Polizei!"
Doch Lisa Wenzel hätte das Telefon gar nicht erreichen können. Die weiße Gestalt stand nun unmittelbar vor ihr und versperrte ihr den Weg. Sie beugte sich langsam nach vorne und nahm das Strickzeug aus Lisa Wenzels Hand und setzte sich auf den Hocker, der vor dem Sessel stand. Im Zimmer war es völlig still geworden, so still, dass Lisa Wenzel glaubte, ihren eigenen Herzschlag zu hören. Ging er noch normal, regelmäßig Schlag für Schlag, oder hatte der Herzschlag eben nicht kurz ausgesetzt? Panik stieg in der alten Frau auf. Was wollte diese Gestalt von ihr, die nun zu stricken anfing, die Nadeln dabei aber so ungeschickt hielt, dass Masche nach Masche fiel.
„Lassen Sie das!", sagte Lisa Wenzel, doch ihre Stimme klang schwach. Die weiße Gestalt zeigte keine Reaktion. Dann drang ein leises Lachen unter dem Schleier hervor.
„Sie sind undankbar. Ich versuche doch nur zu helfen wie die Heinzelmännchen oder die Erdweiblein, die kennen Sie doch, oder?", sagte die Gestalt plötzlich und schüttelte mit dem Kopf. Das war keine Frauenstimme, dachte Lisa Wenzel. Die Stimme war dunkel und rau.
Die Gestalt bog die Nadeln nach vorne und zog dabei die Wollknäuel aus dem Korb, die auf den Boden fielen.
„Sie sind verrückt."
„So etwas sagt man nicht zu einem Gast, der nur helfen will."
Lisa Wenzel spürte, sie war in Lebensgefahr. Sie suchte nach einem Fluchtweg, doch sie wusste, dass sie keine Chance gegen die weiße Gestalt hatte, die sicher schneller und kräftiger als sie war.
„Es ist so hell hier, viel zu hell."

Die Gestalt stand auf und schaltete das Deckenlicht aus. Jetzt brannte nur noch eine kleine Lampe in der Ecke.
„So ist es besser."
Lisa Wenzel sprang so schnell es ging auf, doch in wenigen Schritten war die Gestalt wieder bei ihr und drückte sie in den Sessel zurück. Lisa Wenzel schnappte nach Luft.
Die Gestalt hatte sich wieder auf den Hocker vor ihr gesetzt und versuchte erneut, mit den krummen Nadeln zu stricken, doch die Handbewegungen sahen diesmal völlig absurd aus. Nichts stimmte in den Bewegungen. Im nächsten Augenblick beugte sich die Gestalt nach vorne und richtete das Strickzeug direkt auf Lisa Wenzel. Die Spitzen der Nadeln waren nur noch wenige Zentimeter von ihrem Hals entfernt.
„Nein, bitte nicht", sagte Lisa Wenzel mit zittriger Stimme.
Die Gestalt lachte kurz auf und zog die Nadeln wieder zurück. Mit einer kurzen Handbewegung warf sie das Strickzeug beiseite.
Lisa Wenzel verfolgte gebannt jede Bewegung.
„Sie sind völlig wahnsinnig."
Die weiße Gestalt legte ihre Hände auf die Beine der alten Frau und schaute sie nun direkt an.
„Mag sein, mag aber auch nicht sein."
Die Bewegungen, die ganze Körperhaltung der weißen Gestalt kamen Lisa Wenzel bekannt vor. War es doch nur irgendein Bekannter, der ihr einen Streich spielen wollte? Ein kleiner Hoffnungsschimmer machte sich breit. Vielleicht hatte sie ja doch noch eine Chance, aus der gespenstischen Situation unbeschadet heraus zu kommen. Sie wartete auf die nächste Bewegung.
Die Gestalt zog nun einen Fetzen Stoff und ein Feuerzeug unter der Bluse hervor. Beides hielt sie in Augenhöhe der alten Frau. Der weiß maskierte Fremde fuhr mit seinem Daumen am kleinen Rad des Feuerzeugs hinab. Sofort sprang eine Flamme auf, die den Stofffetzen in Brand setze.
Lisa Wenzel wollte nach dem Stück Stoff greifen, doch die Gestalt reagierte schneller und zog den brennenden Fetzen zurück.
„Oh weh, oh weh, der Heuchelberg brennt. Meine armen Kinder", rief die Gestalt laut.

Lisa Wenzel kannte den Satz. Er stammte aus einer alten Walddorfer Sage.
„Das weiße Fräulein“, sagte sie mit letzter Kraft.
„Ich sehe, Sie kennen sich in Heimatkunde aus.“ Der Fremde zog ein Foto hervor, das er der alten Frau vor die Nase hielt. „Hier. Erkennen Sie mich wieder? Das weiße Fräulein?“
Lisa Wenzel erschrak. Sie kannte das Foto, auf dem auch sie zu sehen war. Doch sie hatte keine Zeit zu reagieren, denn die Gestalt warf den brennenden Stofffetzen im hohen Bogen hinter sich.
„Nein“, schrie Lisa Wenzel, die aufsprang und auf den Stofffetzen zustürzte. Mit dieser Reaktion hatte die weiße Gestalt offensichtlich nicht gerechnet, eine solche Beweglichkeit hatte sie der alten Frau nicht zugetraut. Lisa Wenzel trat den brennenden Stofffetzen mit zwei, drei Tritten aus. Im nächsten Augenblick spürte sie einen heftigen Schlag im Rücken, der sie zu Boden stürzen ließ. Sie schlug mit den Knien auf und schlug ihre Schulter an einer kleinen Kommode, die unter einem großen Bild stand, an. Sie nahm ihre ganze Körperkraft zusammen und kroch auf allen Vieren weiter zur Tür des Wohnzimmers, die noch halb offen stand.
Im Flur versuchte sie sich an dem kleinen Schrank aufzurichten, auf dem das Telefon stand. Doch die Gestalt war sofort bei ihr und schlug ihr den Hörer aus der Hand.
Der Schlag hatte Lisa Wenzel aus dem Gleichgewicht gebracht. Sie fiel zur Seite, wieder auf die Schulter, die nun noch heftiger schmerzte als zuvor. Trotzdem gelang es ihr, auf den Knien zur Kellertür zu kommen. Sie zog sich an der Klinke nach oben. Sie spürte, wie die Kräfte sie immer mehr verließen. Plötzlich zog sich ein tiefer Schmerz durch ihre Brust. Der Atem blieb ihr weg und es wurde ihr übel.
Sie klammerte sich an den Türgriff und zog mit aller Kraft. Es waren nur noch mechanische Bewegungen, die Lisa Wenzel vorantrieben. Vielleicht war der Keller ihre Rettung. Unten gab es noch eine Tür, die ins Freie führte. Sie klammerte ihre Schmerzen aus ihren Gedanken aus und konzentrierte sich nur noch auf die Flucht.

Die Tür zum Keller stand mit einem Ruck sperrangelweit offen. Lisa Wenzel schaute nach unten. Vor ihr lagen die tristen Betonstufen der Kellertreppe. Ein heftiger Schmerz schoss durch ihren Körper, sie fasste sich instinktiv an ihr Herz. Im nächsten Augenblick gaben ihre Knie nach und sie sank nach unten. Sie spürte noch einen kräftigen Stoß im Rücken, dann wurde ihr schwarz vor Augen. Lisa Wenzel fiel leblos die Kellertreppe hinunter.

8

Es goss in Strömen. Der Sommer verabschiedete sich so, wie er begonnen hatte. Nass und kalt.

„Es könnte alles so einfach sein, isses aber nicht", grönemeyerte es aus meinem Autoradio. „Wie wahr, Herbert", brummelte ich vor mich hin und dachte dabei an Nelly und ihren Heimweh-Tick. Ich fuhr mit gut 100 Stundenkilometern die Bundesstraße Richtung Stuttgart. Ich schaute angestrengt auf die nasse Fahrbahn vor mir. Auf der rechten Seite schälte sich der kleine Ort Kirchentellinsfurt aus dem unwirtlichen Grau. Ich lehnte mich zurück und drehte die Heizung etwas höher.

Auf der linken Spur überholten mich laufend große Limousinen, mit Fahrern, die mit Fremdwörtern wie Aquaplaning völlig überfordert waren. Jedesmal, wenn sie gerade an mir vorbei gerauscht waren, landete ein Schwall Wasser auf meiner Windschutzscheibe, der meinen Scheibenwischer zur Schwerstarbeit und mich zum Fluchen antrieb.

Je länger ich in den dichten Regen starrte, umso mehr kam ich ins Grübeln. Die Pressekonferenz bei der Polizei ließ mich einfach nicht los. Röder und der Ranzenpuffer hatten meinen journalistischen Denkapparat heftig in Aufruhr versetzt. Ich wollte mehr über die Sagengestalt aus dem Schönbuch erfahren. Deshalb hatte ich am Vormittag bei meiner netten und mitteilsamen Informantin in der Walddorfer Verwaltung angerufen und einen guten Tipp erhalten. Im Dorf gab es einen Historiker, der sich mit allen Sagengestalten, die in Walddorf, um Walddorf und um Walddorf herum ihr Unwesen getrieben hatten, gut auskannte.

Er konnte mir sicher etwas über den Ranzenpuffer sagen. In meinem Rechercheeifer hatte ich mich gleich für den frühen Abend bei ihm angemeldet.
Ich fuhr am Gewerbegebiet auf der Höhe vorbei und die Kappel hinunter in den Ort. Ich drosselte kurz die Geschwindigkeit, um nicht geblitzt zu werden, und gab dann wieder Gas. Vom Talbrunnenweg bog ich in die Hauptstraße ab. Der Eismann hatte wegen des Regens heute seinen Wagen nicht an der Ecke aufgestellt. Das Wetter versprach keine langen Kundenschlangen, wie sie sich normalerweise an heißen Sommertagen vor seiner Theke aufreihten. Ich kam am alten Rathaus vorbei. Aus dem Augenwinkel heraus sah ich ein bekanntes Gesicht. Es war Vohrer, der sich mit jemandem angeregt unterhielt. Ich drehte kurz meinen Kopf und erkannte seinen Gesprächspartner sofort. Es war Charly.
„Die beiden kennen sich also auch", dachte ich und wäre fast an dem Abzweig, in den ich einbiegen musste, vorbeigefahren. Ich trat mit aller Kraft auf die Bremse und zog meinen Wagen nach rechts. Der Fahrer hinter mir war von meinem abrupten Lenkmanöver etwas überrascht, was er mit einem lauten Hupen kommentierte. Er überholte mich wild gestikulierend und fuhr weiter Richtung Ortsausgang. Ich winkte ihm genervt zu und bog ab.
In wenigen Minuten hatte ich mein Ziel, das in einem Walddorfer Wohngebiet lag, erreicht. Ich parkte am Straßenrand und stieg aus. Gerade noch rechtzeitig konnte ich mich mit dem Rücken an mein Auto drücken, ehe ein großer Traktor an mir vorbei rumpelte und mir fast die Füße platt gewalzt hätte.
„Willkommen auf dem Land", sagte ich vor mich hin und überquerte die Straße. Der Regen weichte mich ordentlich ein. Ich zog meine Jacke über den Kopf, um nicht so auszusehen, als ob ich gerade aus der Dusche gekommen wäre.
Nach kurzem Suchen hatte ich die richtige Haustür samt Klingel gefunden. Doch ich musste gar nicht auf den Klingelknopf drücken, denn die Tür öffnete sich wie von selbst.
„Ah, da sind Sie ja. Sie haben ein ordentliches Sauwetter mitgebracht. Und sowas schimpft sich Sommer, naja, sagen wir Spätsommer."

Claudius Schall streckte mir seine rechte Hand entgegen und lächelte mich freundlich an. Ich hatte mir den Walddorfer Historiker eigentlich ganz anders vorgestellt, eher alt, verstaubt und trocken, dafür, dass er die meisten Stunden seiner Freizeit in staubigen Archiven mit angegilbten Büchern zubrachte, um die Vergangenheit nicht dem Vergessen zu überlassen. Doch Schall wirkte relativ jung und aufgeschlossen.
„Schall, wie Schall und Rauch, das passt doch zu Legenden, nicht wahr?", stellte sich der Historiker vor und lachte lauthals. Er bat mich in seine Wohnung und bot mir Platz an seinem Esszimmertisch an, der voller Blätterstapel war.
„Ich habe schon alles vorbereitet", meinte er und zeigte auf seine Unterlagen.
„Sehr gut."
„Wenn ich Sie heute morgen richtig am Telefon verstanden habe, wollen Sie etwas über unseren guten alten Ranzenpuffer wissen?", fragte er mich.
„Genau."
Schall stützte sich mit beiden Händen auf die Lehne des Stuhls, der vor ihm stand, so als wollte er gleich mit einem Vortrag beginnen. Er hob kurz den Kopf und sah aus dem Fenster. Dann drehte er sich zu mir um.
„Was interessiert Sie denn so an diesen Sagengestalten wie dem Ranzenpuffer?", wollte er wissen.
Ich konnte Schall nichts von Röders Foto erzählen, deshalb gab ich vor, eine Serie über unheimliche Schönbuch-Legenden schreiben zu wollen, die seit Jahrhunderten von Generation zu Generation weiter erzählt werden.
„Solche Gruselgeschichten lesen die Leute immer gerne."
Claudius Schall zog seinen Stuhl etwas zur Seite und setzte sich. Und nun fing er an, zu dozieren.
„Da haben Sie recht. Auch früher waren die Leute für spannende Geschichten empfänglich. Wissen Sie, vor hundert, zweihundert Jahren hatten die Menschen noch nicht jeden Morgen zum Frühstück die Tageszeitung auf dem Tisch liegen oder haben sich abends zuhause allein vor den Fernseher gesetzt und stundenlang in die Röhre geglotzt. Damals war man noch kommunika-

tiver und hat sich an langen Winterabenden mit Freunden zusammengesetzt und hat genäht, gesponnen oder gemeinsam irgend etwas Handwerkliches gearbeitet. Lichtkarz wurden diese Treffen genannt. Solche Runden kann man sich heute kaum noch vorstellen."

Ich nickte zustimmend und er fühlte sich verstanden und fuhr fort.

„Man holte die Nachbarn herüber, setzte sich in der Stube zusammen, um gemeinsam Licht zu sparen, denn die Leuchtmittel waren damals nicht gerade billig. Und bei diesen Treffen hat man sich dann spannende Geschichten erzählt. Heute schaut man sich den ‚Tatort' an, damals gruselte man sich gemeinsam über unheimliche Sagengestalten."

Ich schaute mich vorsichtig um. Claudius Schall gehörte offensichtlich immer noch zu dieser seltenen Spezies, die kein Fernsehgerät besaß. Ich entdeckte jedenfalls keine Mattscheibe im Wohnzimmerregal und auch keine Fernsehzeitschrift lag auf dem Couchtisch herum.

„Wollen Sie etwas trinken?", fragte Schall plötzlich.

Ich winkte ab.

„Ja, zurück zum Ranzenpuffer. Was wollen Sie wissen?"

„Was das für eine schräge Figur ist."

„Wissen Sie eigentlich, was der Name Ranzenpuffer bedeutet?" Schall wartete erst gar nicht meine Antwort ab, sondern schob gleich ein nächstes Statement nach.

„Natürlich nicht. Sie sind nicht von hier. Das hört man unschwer an Ihrem Akzent."

„Stimmt. Ich bin sozusagen zugewandert. Aus der Pfalz."

„Und haben Sie sich integriert?" Schall schaute mich verschmitzt an.

„Sprachlich nicht."

„Das kann man wohl sagen." Schall lächelte verständnisvoll.

„Zurück zum Ranzenpuffer. Bei uns trägt man einen Ranzen auf dem Rücken und geht damit zur Schule", sagte ich.

„Nein, nein. Mit Ranzen ist hier keine Schultasche gemeint, sondern das schwäbische Wort für Bauch. Wenn ein Mensch so eine richtige Wampe hat, nennt man das hier eben einen Ranzen." Mit der Hand imitierte Schall einen großen Bauch.

„Früher war das auch ein Zeichen von Wohlstand, wenn man einen ordentlichen Ranzen hatte. Heute denkt man dabei eher an ungesunde Fettwerte und das Herzanfall-Risiko.“ Schall lächelte kurz. Er sah mich an und bemerkte, dass ich etwas ungeduldig wurde.

„Und auch der zweite Teil des Wortes hat eine einfache Bedeutung: puffen heißt hier schlicht: schlagen.“

Jetzt wurde mir einiges klarer. Bei Heim hatte der Ranzenpuffer ordentlich in den Ranzen gepufft. So heftig, dass er das Zeitliche gesegnet hatte.

„Also, der Ranzenpuffer war jemand, der den Leuten in den Bauch geschlagen hat. Klingt recht brutal“, meinte ich trocken.

„Sicher. Aber die Geschichten um den Ranzenpuffer hatten ihren Sinn. Sie wurden meist erzählt, um die Jungen davon abzuhalten, sich nachts draußen herumzutreiben oder zu spät nach Hause zu kommen. Dann hieß es: Macht keine Dummheiten im Wald, sonst begegnet euch der Ranzenpuffer.“ Bei dieser Bemerkung grinste Schall vielsagend. Langsam hatte Schall seine unterhaltsame Ader entdeckt. Ich wollte ihn etwas fragen, doch der Historiker fuhr ungebremst fort. Er war in seinem Element.

„Und was hat man dem armen Ranzenpuffer nicht alles angedichtet? Er soll als wildes Wesen im Schönbuch plötzlich hinter einem Baum hervorgesprungen sein und seinem überraschten Gegenüber unvermittelt in den Ranzen gepufft haben. Es existieren auch noch andere Geschichten. So heißt es, dass er sich in eine Herde unbändiger Schweine verwandeln konnte, die durch die Gegend hetzte, um die Leute zu erschrecken, oder dass er sich auf einen Schimmel setzte, durch die Wälder ritt und dabei mit den Wanderern seinen Schabernack trieb.“

„Netter Zeitgenosse.“

„Ja, da haben sich die jungen Pärchen schon überlegt, ob man nachts nicht doch lieber, jeder für sich natürlich, zu Hause blieb.“ Schall zwinkerte mir zu.

„Der Ranzenpuffer ist also eine rein erfundene Figur, um den jungen Leuten den Spaß zu verderben?“

„Nein, das sollten Sie nicht so eng sehen. Er war eine kleine Erziehungshilfe oder einfach eine unheimliche Figur, mit der man sich gegenseitig das Gruseln lehrte. Sie schauen sich doch auch gerne Kriminalfilme an oder lesen gerne einen Kriminalroman, oder?“

Ich hatte verstanden.

„Aber meistens haben diese Figuren doch einen wahren Hintergrund, oder?“, fragte ich.

„Ja, das stimmt, das ist auch beim Ranzenpuffer so. Er soll früher ein Jäger gewesen sein, der auf dem Einsiedel bei Tübingen ein gottloses Leben geführt hat. Wein, Weib und Gesang haben ihm aber nicht sonderlich gut getan. Und deshalb musste er nach seinem Ableben im Schönbuch als Strafe herumspuken. So erzählt man es sich jedenfalls. Und dabei hat man dann die Ranzenpuffer-Geschichten immer weitergesponnen. Aber so grausam war der Ranzenpuffer sicher nicht, man hat ihm eben alles nur einfach angehängt.“

Nun, da war der ermordete Heim jetzt sicher anderer Auffassung. Doch die Details über den Mord im Schönbuch wollte ich Schall jetzt nicht erzählen. Schließlich hatte Röder mir die Bilder unter dem Siegel der Verschwiegenheit präsentiert. Ich überlegte kurz: Hier war also jemand in die Figur des Ranzenpuffers geschlüpft und hatte einem Mitmenschen auf recht brutale Art und Weise das Lebenslicht ausgeblasen oder besser ausgeschlagen. Dies war allerdings keine herumspukende Sagengestalt, sondern ein realer Mensch gewesen, der bewusst getötet hatte. Doch was sollte dieser ganze Zinnober mit der Verkleidung und mit der Anlehnung an den Ranzenpuffer?

„Hat der Ranzenpuffer in den Geschichten, die im Schönbuch über ihn erzählt wurden, auch Menschen umgebracht?“

„Nicht, dass ich wüsste.“

„Hier ist der neue Ranzenpuffer bei seiner Schlägerei wohl übers Ziel hinausgeschossen“, brummelte ich leise vor mich hin. Claudius Schall hatte meine Bemerkung nicht mitbekommen. Er blätterte in seinen Unterlagen. Er schien etwas zu suchen.

Was wollte er noch? Ich hatte doch meine Stunde mit schwäbischer Heimatkunde hinter mir. Das reichte mir für den ersten Augenblick. Ich machte Zeichen, um aufzubrechen. Doch Schall ließ mich nicht gehen.

„Das ist lange noch nicht alles. Ich dachte, Sie wollten noch andere Legenden hören, nicht nur die vom Ranzenpuffer?“
Ich hatte keine Ahnung, wie ich mich aus dieser Nummer herausmanövrieren konnte. Also blieb ich erst einmal sitzen.
Schall zog ein bedrucktes Blatt Papier hervor.
„Der Ranzenpuffer ist nicht die einzige Gestalt, von der man sich solche Geschichten erzählt.“
Claudius Schall hielt mir jetzt das Blatt vor die Nase. Ich überflog die Zeilen und erkannte, dass dort die Ranzenpuffer-Geschichte in Kurzfassung stand. Zwischen den Zeilen war eine Zeichnung, die offensichtlich den Ranzenpuffer darstellen sollte. Ich schaute mir die Figur etwas näher an. Sie hatte durchaus eine gewisse Ähnlichkeit mit dem verkleideten Mörder auf dem Foto, das mir Röder gezeigt hatte.
„Hier, das können Sie mit nach Hause nehmen“, meinte Schall und legte das Blatt vor mir auf den Tisch.
Ich wollte mich bei ihm bedanken und gleich die nächste Chance zum Aufbruch nutzen, doch er schob sofort ein zweites Blatt hinterher.
„Was ist das?“, fragte ich ihn erstaunt.
„Glauben Sie, wir haben hier nur den Ranzenpuffer? Unsere Heimatgeschichte ist voll von solchen Storys.“
Ich schaute ihn fragend an.
„Kennen Sie die weißen Fräulein von Walddorf?“
Welche Geschichte wollte mir Schall denn jetzt noch andrehen? Mein Bedarf an Geistergeschichten beschränkte sich vorerst nur auf den Ranzenpuffer. So tief wollte ich nicht in die Heimatkunde hier vor Ort einsteigen. Der Ranzenpuffer war die Figur, die mich interessierte, nicht irgendwelche weiße Damen, die in Walddorf ihr Unwesen getrieben hatten. Ich packte meine Unterlagen zusammen, um Schall anzuzeigen, dass ich jetzt eigentlich gehen wollte, doch er ließ sich nicht beirren.
„Die Geschichte von den weißen Fräulein zählt zu den bekanntesten Walddorfer Sagen.“
„Was Sie nicht sagen.“
„Ja.“
Und Schall legte los und erzählte etwas von weiß gekleideten

Frauen, die abends in eine Walddorfer Stube kamen, sich zu den Mädchen ans Spinnrad setzten und mit ihnen um die Wette spannen. Ich driftete mit meinen Gedanken ab, denn die spinnenden Damen interessierten mich wenig. Ich hörte noch etwas von einem Heuchelberg, der brennt, und dass die weißen Frauen danach verschwunden und nie mehr in Walddorf aufgetaucht sind. Aber weil ich nicht richtig zugehört hatte, waren mir die ganzen Zusammenhänge nicht klar. Allerdings wollte ich lieber nicht nachfragen, sondern schwieg. Ich machte weiter ein interessiertes Gesicht und gab vor, genau zuzuhören, was ich mit einem zustimmenden Nicken zu unterstützen versuchte. Ich musste Schall bei Laune halten, vielleicht brauchte ich ihn später noch für weitere Informationen.
Nach einer Viertelstunde schien Schall, mit seiner Erzählung am Ende zu sein.
„Und wie alle Geschichten hat auch diese eine Moral. Und die lautet: Man soll mit anderen Menschen eben keine bösen Scherze treiben, sonst ist man am Ende selbst der Dumme."
„Aha", sagte ich nur und nickte wieder.
Aber das war noch nicht alles. Schall hatte noch eine weitere Geschichte parat.
„Und kennen Sie den Kappelgeist, der sich in verschiedene Tiergestalten verwandelte und die jungen Frauen erschreckte?"
Einmal in Bewegung gesetzt, wollte Claudius Schall offensichtlich gar nicht mehr aufhören mit seinen Legenden. Er fuhr sich mit der rechten Hand durch seine Haare, die allerdings zu kurz waren, als dass diese Bewegung irgendetwas bewirkt hätte. Die einzelnen Haare standen noch genauso senkrecht wie zuvor.
Ich gab allerdings Schall zu verstehen, dass ich keine Zeit mehr hatte. „Ich muss noch zu einem weiteren Termin in Tübingen", log ich ihn an.
„Gut, gut, dann will ich Sie auch nicht mehr länger aufhalten."
Ich verabschiedete mich und stand bereits in der Tür, als Schall mich mit einem Satz wieder eingefangen hatte.
„Und vom Schwellerstein wollen Sie nichts wissen?"
Jetzt waren wir doch direkt beim Schönbuch-Mord angelangt. Im gleichen Moment fiel mein Blick auf Schalls Garderobe. Dort

hing, etwas von anderen Kleidungsstücken verdeckt, ein schwarzer Hut mit einer langen Feder. War dies nicht der gleiche Hut, wie ich ihn auf Röders Foto gesehen hatte? Unzählige Fragen ratterten mir innerhalb von Sekunden wirr durch den Kopf. War der freundliche Herr hinter mir nur mein neuer Heimatkundelehrer oder war er gar Mister Ranzenpuffer persönlich, der anderen Leuten gerne in den Ranzen puffte? Und die nächste Frage schloss sich gleich an. Spürte ich eine Gänsehaut auf meinem Rücken oder war es nur Einbildung? Ich atmete tief durch und drehte mich um. Claudius Schall schaute mir direkt in die Augen. Seine Gesichtszüge schienen wie eingefroren. Ich versuchte aus ihnen irgendwelche Hinweise herauszulesen, in welcher Stimmung sich mein Gegenüber befand. Es gelang mir nicht.
„Schwellerstein?", fragte ich etwas ideenlos.
„Ja, der Stein, unten im Schaichtal, in dessen Nähe vor ein paar Tagen der Mord passiert ist."
„Richtig."
„Wollen Sie nichts über diesen Stein wissen?"
„Doch." Im Augenblick war ich etwas wortkarg geworden. Sollte ich mir seine Geschichte anhören oder lieber sehen, dass ich Land gewann und mich, noch relativ gesund, aus dem Staub machen?
Ich schloss die Haustür wieder vorsichtig, ging aber nicht mit ihm ins Wohnzimmer zurück. Wenn er mir noch etwas erzählen wollte, sollte er es mir hier im Gang sagen. Mit dem Fluchtweg im Rücken fühlte ich mich sicherer.
Schalls Gesichtszüge wurden etwas lockerer. Doch was er sagte, klang nicht sehr aufbauend.
„Die Geschichte von Carl Schweller, an den der Stein erinnert, ist ziemlich blutrünstig. Sie dreht sich um Liebe, Eifersucht und Rache. Aber haben nicht alle wilden Mordgeschichten diese Motive als Ausgangspunkt?"
„Da können Sie recht haben."
„Hab ich. Aber hören Sie zu, das ist eine wahre Geschichte. Carl Schweller war im 19. Jahrhundert Unterförster in Walddorf gewesen und mit der Tochter des Ochsenwirts liiert. Wie die Quellen besagen, hat sie von ihm ein uneheliches Kind bekommen,

das aber nur ein paar Tage gelebt hat. Danach ist die Beziehung wohl in die Krise geraten. Man sagt, sie hat später auch anderen Burschen im Ort den Kopf verdreht. Und das hat den guten Carl Schweller wild und unbändig eifersüchtig gemacht. Aber vielleicht war auch die Ochsenwirt-Familie der Auslöser für die Krise. Eine Wirtsfamilie zählte damals zum Establishment im Ort, und ein Unterförster, ein einfacher Gehilfe des Försters, war vielleicht für die angesehene Wirtstochter nicht gut genug gewesen. Jedenfalls hat die Catharina, so hieß die Tochter, dem Schweller wohl den Laufpass gegeben."

Mein Interesse an der Geschichte stieg. Schall hatte wieder seine normale Dozierhaltung eingenommen und schien völlig in seiner Erzählung aufzugehen. Er schaute mich kurz an, ob ich ihm noch zuhörte. Ich nickte ihm wortlos zu und er fuhr fort.

„Das hat der Schweller nicht verkraftet."

„Er hat ihr aber nicht in den Ranzen gepufft, oder?" Ich versuchte die Bemerkung als Witz zu verkleiden. Doch sie kam bei Schall nicht so an. Er stockte in seiner Erzählung und seine Mundwinkel fielen nach unten.

„Nein, er hat sie mit einer Schrotflinte erschossen und sich anschließend mit der Flinte selbst gerichtet. Der Schuss ging direkt in den Kopf. Muss kein schöner Anblick gewesen sein", sagte Schall trocken und ungerührt.

9

„Ich bring ihn um."

Max Burger stürmte wutentbrannt aus dem Gerichtssaal. Noch ehe die Tür hinter ihm ins Schloss fiel, tauchte die dürre Gestalt von Burgers Anwalt Siegbert Hehn auf.

„Warten Sie", rief Hehn, dessen schwarze Kutte hinter ihm her wehte.

„Auf was denn? Dass der Himmel auf die Erde fällt? Der Richter hat doch sein letztes Wort gesprochen, was gibt es dazu noch zu sagen? Nichts. Da ist jeder Atemzug zu viel."

„Aber…" Weiter kam Hehn nicht. Burger hatte sich mit Schwung umgedreht und stand nun direkt vor ihm. Mitten auf

Burgers Stirn hatte sich eine dicke, angeschwollene Ader gebildet. Eine Strähne seines Haares fiel ihm ins Gesicht. Die Wut stand in seinen Augen.
„Ich sage Ihnen, was ich heute gelernt habe: Recht und Gerechtigkeit sind zwei Dinge, die überhaupt nichts miteinander zu tun haben.“ Seine Worte hallten durch die langen Gänge.
„So können Sie das nicht sagen.“
„Doch, das kann ich.“ Burger ließ Hehn stehen und eilte dem Ausgang zu.
„Wir können doch in Berufung gehen“, rief ihm Hehn nach.
Wieder drehte sich Burger abrupt um.
„Das hat doch keinen Sinn. Dieser Richter hat Scheuklappen auf. Den interessiert doch gar nicht, was hinter der ganzen Geschichte steckt. Der hat nicht nur ein Brett, der hat einen ganzen Wald vorm Kopf...“, er suchte nach Worten und fand sie: „Der hält sich an leeren Worthülsen fest, die im Gesetz stehen, und lässt den gesunden Menschenverstand außen vor.“
Hehn fasste Burger kurz am Arm.
„Beruhigen Sie sich doch. Ich kann Sie ja verstehen.“
„Jeder kann mich verstehen, der nur einen Funken Grips im Kopf hat, nur dieser Richter nicht. Dieses Urteil ist eine bodenlose Frechheit.“
Seit Monaten stritt sich Burger schon mit einem Landwirt, der ihm ohne Genehmigung einen hässlichen Heuschober aus Holz vor die Nase gesetzt und ihm damit rücksichtslos jede Aussicht aus dem Wohnzimmerfenster verbaut hatte. Jetzt starrte Burger jeden Tag auf eine dunkle Wand anstatt ins Grüne.
„Es gibt kein Recht auf Aussicht“, hatte ihm der Richter genüsslich vorgehalten und Burger hatte ihm entgegnet: „Es gibt auch kein Recht auf Rücksichtslosigkeit.“
„Wir finden noch einen anderen, besseren Richter. Wir sollten dringend noch einmal miteinander reden, wie wir weiter vorgehen.“
Burger hatte die letzten Worte seines Anwaltes in seiner Erregung gar nicht mehr gehört.
„Dieser Mensch hat es nicht einmal für nötig befunden, sich dieses unglaubliche Denkmal der Rücksichtslosigkeit vor Ort an-

zuschauen. Das Wetter sei ihm zu schlecht gewesen, sagt er. Er urteilt offensichtlich lieber vom trockenen Amtszimmer aus. Vor lauter Paragrafen sieht er doch gar nicht mehr über den Tellerrand hinaus."

Die beiden Männer waren ein paar Schritte zusammen weitergelaufen und standen nun mitten im langen Gang des Gerichts, der zum Ausgang führte. Von hier aus konnte man durch die Fenster direkt in den kleinen Gerichtssaal schauen, aus dem sie gerade gekommen waren.

„Da, schauen Sie, die Verbrüderung persönlich", sagte Burger.

Hehn drehte sich um und blickte in dieselbe Richtung wie Burger. Dort stand der Richter und unterhielt sich in bester Laune mit dem Anwalt des Landwirts. Die beiden schienen sich außerordentlich gut zu verstehen, so gut, dass auch in Hehn Zweifel aufkamen, ob die Ausgelassenheit der beiden nicht etwas zu weit ging. Offenbar kannten sich die Männer recht gut. Hehn sah zu seinem Erstaunen, wie der Richter seinem Gegenanwalt kräftig die Hand schüttelte und ihm anerkennend auf die Schultern klopfte.

„Ich bekomme keine Luft mehr. Ich muss hier raus", sagte nun Burger einen Ton zu laut. Ein Justizwachtmeister lief gerade an den beiden vorbei und schüttelte mit dem Kopf.

Burger hastete zur Glastür, die als Windfang diente und die restlichen Stufen, die zum Ausgang führten, vom Rest des Gebäudes abtrennte. Er wartete nicht, bis Hehn ebenfalls durch die Tür gegangen war, weshalb der Anwalt fast gegen die Glasscheibe gerannt wäre. Erst jetzt bemerkte Hehn, dass er immer noch seine Juristenrobe trug. Er versuchte, das schwarze Kleidungsstück, während er durch die Glastür ging, auszuziehen. Doch er verhedderte sich dabei so sehr, dass er ins Stolpern geriet. Nur mit einem schnellen Schritt zur Seite verhinderte er, dass er unsanft auf dem Hosenboden landete.

Burger drehte sich um und sah den Anwalt, der bei seinen Umkleideversuchen eine unglückliche Figur machte, entgeistert an.

„Jetzt kommen Sie schon, wir müssen miteinander reden", sagte Burger trocken und wandte sich wieder dem Ausgang zu. Er nahm die eiserne Klinke der großen Eichentür in die Hand. Nur mit viel Mühe konnte er die schwere Tür öffnen.

Burger trat mit einem forschen Schritt ins Freie – und mir fast auf die Füße. So kreuzen sich die Wege. Ich war etwas verspätet und die Stufen zum Eingang des Tübinger Landgerichts hinauf gehetzt. Micha Becker hatte mich wieder einmal in letzter Minute zu einem Gerichtstermin geschickt. In der Redaktion war die Tagesordnung des Gerichts offenbar unter einem Stapel von Papier verschwunden gewesen und erst vor einer halben Stunde wieder aufgetaucht. Micha Becker hatte mich aufgeregt angerufen und mir mitgeteilt, ich solle alles stehen und liegen lassen und ins Gericht gehen. Und als folgsamer Journalist hatte ich alles stehen und liegen gelassen, was mir nicht schwergefallen war, da Micha mich gerade beim Aufräumen meines Arbeitszimmers erwischt hatte. Nun stand ich also hier, Nase an Nase, Bauch an Bauch, mit Burger.
„Kannst du nicht aufpassen?“, brummte mich Burger an, um gleich ein „ach, du bist's“ hinterher zu schicken. Ich kannte Burger. Er wohnte in meiner Nachbarschaft. Ab und zu trafen wir uns auf ein Glas Wein, auf eine Runde Nordic Walking über die Pfrondorfer Höhe oder gingen zusammen ins Kino. Burger war eigentlich ein friedliebender Mensch, deshalb war ich überrascht, ihn so zerknirscht anzutreffen.
„Was ist los? Du siehst aus wie drei Tage Regenwetter“, sagte ich. Als ob der Wettergott mich gehört hätte, fing es zu tröpfeln an.
„Ach, frag mich net.“ Burger fiel nun, da er sich langsam entspannte, in seinen schwäbischen Akzent zurück.
Er schien nicht gewillt, diese Aussage noch auf irgendeine Art und Weise zu modifizieren. Außerdem war der enge Platz zwischen Tür und Angel nicht gerade der richtige Ort für eine Aussprache. Ganz abgesehen davon hatte ich ein eklatantes Zeitproblem. Ein Drogenprozess wartete auf mich.
„Sorry, ich hab's eilig. Lass uns mal bei einem Glas Wein über die Laus reden, die dir über deine Weinleber gekrochen ist“, sagte ich schnell.
„Ja, ja“, antwortete Burger kurz. Er schaute mich an, als ob ihm ein Licht aufgegangen wäre. Er hatte irgendeine Idee, doch er sprach sie nicht aus, winkte nur ab und schaute missmutig nach oben. Es hatte nun zu regnen angefangen.

„Das Wetter passt zu meiner Stimmung", polterte Burger. Er schüttelte den Kopf, zog den Kragen seiner Jacke höher und sprang die letzten Stufen der Treppe hinunter. Er ging seines Wegs, gefolgt von einem Mann, der eine Anwaltsrobe über seinen Arm gelegt und der Mühe hatte, mit Burger Schritt zu halten. Der Regen schien ihm, im Gegensatz zu Burger, nicht viel auszumachen. Mich dagegen zog es in die entgegengesetzte Richtung. Nach wenigen Schritten stand ich im Flur des Gerichtsgebäudes. Vor mir zog sich die breite Steintreppe nach oben, die direkt zum Schwurgerichtssaal führte. Ein Flügel der Tür stand noch offen und ich konnte den Kronleuchter an der Decke im Inneren des Saals sehen. Dies bedeutete, ich kam noch nicht zu spät, der Prozess hatte noch nicht begonnen.
Ich wollte gerade zum Endspurt die Treppe hinauf ansetzen, als mir ein Mann in die Quere kam und mich leicht anrempelte. Er lief einfach weiter, ohne ein Wort zu sagen. Ich schaute ihm kopfschüttelnd nach. Was für ein ungehobelter Kerl. An seiner Robe konnte ich erkennen, dass es ein Richter war. Und als er den Kopf leicht zur Seite drehte, sah ich auch sein Gesicht. Es war der Amtsrichter, den ich vor einiger Zeit einmal in einem Prozess erlebt hatte. Er war für Zivilstreitigkeiten zuständig und war mir in der Verhandlung sehr selbstgefällig und schlecht vorbereitet vorgekommen. Der Richter lief auf das Zimmer der Geschäftsstelle des Amtsgerichts zu und war im nächsten Augenblick durch die Tür verschwunden. Er hatte mich offensichtlich gar nicht wahrgenommen. Zum Glück gibt es noch andere Richter, munterte ich mich auf.
Ich drehte mich um und lief die Steintreppe nach oben. Ich nahm bei jedem Schritt gleich mehrere Stufen, um schneller ans Ziel zu kommen, was mich leicht außer Atem brachte. Oben an der Treppe wartete Oberstaatsanwalt Hermann Gramer, der mich durch seine dicke Brille, die ihm ein schalkhaftes Aussehen verlieh, musterte.
„Auf Sie haben wir gerade noch gewartet", empfing er mich lachend.
„Ich weiß", sagte ich und versuchte meinen Puls wieder auf Normalmaß zu drücken.

„Sie haben sich umsonst so verausgabt. Wir haben noch gar nicht begonnen“, kommentierte er mein tiefes Schnaufen.
„Ja, so sieht es aus. Warum haben die hohen Herrn noch nicht gegongt?“, fragte ich. Jedes Mal, zu Beginn eines Prozesses und nach den Verhandlungspausen, ertönt ein Vierklang, der signalisiert, dass weiterverhandelt wird. Und dieser Vierklang hätte auch dem Pausengong einer Schule oder der Ankündigung einer Durchsage auf dem Bahnsteig alle Ehre gemacht.
„Der Verteidiger ist noch nicht so weit. Er muss noch mit seinem Mandanten sprechen.“ Gramer grinste vielsagend.
In diesem Augenblick kam der Mann in Schwarz aus dem Schwurgerichtssaal gestürmt. Sein Blick wirkte gehetzt.
„Wissen Sie, wo der Justizbeamte mit den Schlüsseln ist? Ich muss zu meinem Mandanten, aber der sitzt in der Vorführzelle und ich komme nicht hinein.“
„Hinein in die Zelle kommen Sie leicht, nur heraus wird's schwer“, scherzte Gramer und beobachtete weiter amüsiert die hektische Aktion des Anwalts, der auf der Suche nach dem Justizbeamten wie ein aufgeregtes Huhn den Gang auf und ab lief.
„Wie heißt sein Mandant eigentlich?“, fragte ich Gramer neugierig.
„Das ist König Siggi, der Sitzende.“ Wieder lachte Gramer laut auf. Nach einem kurzen geistigen Hänger hatte ich den Witz verstanden. Der Name des Angeklagten war Siggi König und er war der Hauptangeklagte in diesem Prozess. Die Polizei war schon lange hinter König her gewesen, doch hatten die Fahnder dem Tübinger Großdealer nie etwas nachweisen können. Doch jetzt war der Rauschgift-Experte bei einem Deal aufgeflogen und saß in U-Haft.
Eine hohe Gefängnisstrafe wartete auf ihn. In Zukunft musste er seinen Lebensunterhalt in der Knastwerkstatt verdienen.
Um den Prozess zu verkürzen, hatte Gramer offensichtlich hinter den Gerichtskulissen mit dem Verteidiger und auch den Richtern wieder kräftig „gedealt“. Prozessökonomie nennt man das: Der Angeklagte gibt alles zu, dem Gericht bleibt ein tagelanger Prozess erspart und der Täter erhält für sein Geständnis eine milde, aber angemessene Strafe, zumindest was

Gericht und der alte Fuchs Gramer unter mild und angemessen verstehen.
Aber offenbar war der Angeklagte noch nicht richtig weichgekocht und wollte günstiger wegkommen, weil er glaubte, man könne ihm nicht alles nachweisen. Doch seine Chancen, ein paar Jährchen hinter Gittern einsparen zu können, standen schlecht. Auf ein Kilo mehr oder weniger kam es letztlich bei der Strafe nicht mehr an. Und nun versuchte also der Anwalt, Siggi zu überzeugen, dass er mit einem umfangreichen Geständnis am besten fährt. Doch dazu musste der schwarze Robenmann erst einmal in die Zelle seines Mandanten kommen.
Gerade als ich in der Ferne das Schlüsselklappern des nahenden Justizbeamten hörte, schlug mir Gramer auf die Schultern.
„Sie sind doch der durch nichts und niemanden zu ersetzende Korrespondent der Unteramtsmetropole Walddorfhäslach, oder?“, fragte mich Gramer und lächelte.
„Ja, so könnte man es auch sagen.“
„Da haben Sie sich ja einen tollen Ort ausgesucht.“
„Wieso?“
„Na, im Augenblick ist doch dort jede Menge los. Zuerst der Mord im Schönbuch mit einem Toten, der aus Walddorfhäslach stammt. Und nun die Frau, die tot am Fuß ihrer Kellertreppe aufgefunden wurde. Man geht zwar von einem Unfall aus, aber die Leiche wird gerade obduziert.“
Als er mein unwissendes wie neugieriges Gesicht sah, rutschte ihm wieder ein Scherz über die Lippen.
„Da weiß ich jetzt doch tatsächlich etwas, was die Presse noch nicht herausgefunden hat. Diesen Moment muss ich auskosten.“
Gramer schmunzelte frech.
„Aber beruhigen Sie sich. Ich glaube, Sie haben nichts verpasst. Die alte Frau war herzkrank und ist wohl beim Sprudel holen unglücklich die Kellertreppe hinuntergefallen. Möglicherweise hatte sie auch einen Herzanfall ausgerechnet auf der Kellertreppe erlitten. Das halten die Mediziner jedenfalls für möglich, wie ich gehört habe.“
„Sie meinen, die haben das alles bereits als Unfall oder besser Unglücksfall abgehakt?“, fragte ich neugierig.

„So sieht es aus."
„Akte geschlossen?"
„Noch nicht ganz, aber ich denke, sie wird bald geschlossen. Wir können nicht alles dem Schönbuch-Mörder in die Schuhe schieben."
„Warum haben Sie uns nicht informiert?"
„Warum sollten wir? Wenn es ein privater Unglücksfall war, muss es nicht in der Zeitung stehen."
Da hatte Gramer recht. Aber dennoch war ich mir unsicher, was ich mit diesen Informationen anfangen sollte. Offenbar hatte die Polizei den Treppensturz doch genauer untersucht und war nicht sofort von einem Unfall ausgegangen. Vielleicht war es das, was mich jetzt etwas beunruhigte. Oder Gramers Gesicht, aus dem ich nicht klar herauslesen konnte, was er wirklich dachte. Hatte er sich nur wichtig tun oder mich doch auf eine neue Spur setzen wollen? Meine Gedanken führten mit meinen Gefühlen einen inneren Disput. Einerseits sagte mir mein Kopf: Wenn es ein Unfall war, was interessiert mich das. Und war es mehr als ein Unfall, wird sich die Polizei schon melden. Mein Bauchgefühl dagegen forderte mich auf, dem Treppensturz gleich nachzugehen und die Initiative in die Hand zu nehmen, ehe die Konkurrenz auf das Thema stieß. Vielleicht gab es ja mehr zu entdecken, als auf den ersten Blick zu sehen war. Ich musste meine Informationsquellen vor Ort anzapfen.
In diesem Augenblick schreckte mich der gerichtliche Vierklang aus meinen Gedanken. Ich blickte kurz über Gramer hinweg der mich die ganze Zeit durch seine dicke Brille gespannt beobachtet hatte. Mein Blick fiel auf die graue Tafel, die über der Treppe prangte. Dort stand ein Spruch von Ludwig Uhland in Stein gemeißelt: „Die Gnade fließet aus vom Throne. Das Recht ist ein gemeines Gut."
„Dann wollen wir mal sehen, wie gemein das Gut nun zum gelackmeierten Siggi ist", dachte ich, drehte mich um und ging Richtung Schwurgerichtssaal.
Über der zweiflügeligen Tür, die in den Saal führte, hing ein Frauenkopf aus Stein. Es war ein Abbild der Justitia mit verbundenen Augen.

„Es ist sicher gut, wenn sie nicht immer das ganze Elend auf dieser Welt sieht", sagte ich leise vor mich hin und ging schnellen Schrittes in den Saal.

10

Gramers Hinweis hatte mich nicht ruhen lassen. Irgendetwas stimmte an dieser Geschichte nicht. Am Nachmittag hatte ich den Pressesprecher der Polizei angerufen, doch der bestätigte mir nur, was Gramer zuvor schon gesagt hatte: Die Frau war durch einen Unglücksfall ums Leben gekommen. So war jedenfalls der vorläufige Stand der Ermittlungen. Ich überlegte kurz, dann rief ich meine Quelle im Walddorfer Rathaus an, doch sie ging nicht ans Telefon. Ich war unzufrieden. Es lief alles nicht so, wie ich es mir vorgestellt hatte.

Nachdem ich meinen Artikel über Rauschgift-Siggi, den Sitzenden, an die Zeitung abgeliefert hatte, widmete ich mich der Nahrungsaufnahme. Kurze Zeit später saß ich vor meinem Fernseher und räkelte mich bequem in meinem Sessel. In der rechten Hand hielt ich einen Dornfelder, der tiefrot in seinem Glas schimmerte, und in der linken drückte ich ein belegtes Brot, das ich in der Hälfte zusammengeklappt hatte, auf ein mundgerechtes Maß zurecht. Nelly würde jetzt sicher meckern, wenn sie sehen könnte, dass ich keinen Teller für das Brot genommen hatte und sicher wieder auf den Boden bröselte. In diesem Augenblick klingelte mein Telefon. Ich schaute auf das Glas Wein, dann auf das gequetschte Brot, bei dem die Wurstscheiben auf beiden Seiten herauslugten, und stöhnte auf, weil ich es mir gerade gemütlich gemacht hatte und eigentlich nicht gestört werden wollte. Außerdem stand die TV-Live-Übertragung eines Fußballspiels auf dem Programm.

Dennoch raffte ich mich auf, stellte das Glas Rotwein etwas kippelig auf dem Tisch ab und legte mein Brot auf die Tagespost, die noch ungeöffnet neben mir lag. Bis ich das Telefon erreicht hatte, war allerdings schon meine Mailbox angesprungen. Und ich hatte keine Ahnung, wie man die Mailbox, während jemand spricht, unterbricht. Also wartete ich einige Minuten, bis der An-

ruf vorbei war, und fragte dann meinen Anrufbeantworter ab, um zu sehen, ob jemand eine Nachricht hinterlassen hatte. Ich wählte die Nummer und wartete ungeduldig, bis die Frauenstimme im Telefon mich durch die Menüsteuerung geführt hatte und mir eine neue Nachricht ankündigte. Doch alles, was ich hörte, war ein Rauschen, das sich einige Sekunden hinzog. Ich konzentrierte mich auf die Geräusche, die hinter dem Rauschen zu vernehmen waren. Ich glaubte, ein Auto vorbeifahren zu hören. Dann der Glockenschlag einer Kirchturmuhr. Ich war mir sicher, zwischen diese Geräusche hatte sich jetzt das gleichmäßige Atmen eines Menschen gemischt. Dann brach die Verbindung plötzlich ab. Ich wählte noch einmal die Nummer meiner Mailbox und ließ mir erneut die sprachlose Nachricht vorspielen. Doch ich entdeckte zwischen all den Geräuschen nichts Neues und legte auf. Die Frauenstimme der Mailbox hatte mir die Nummer des Anrufers nicht genannt. Ich hatte das Mobilteil meines Telefons noch in der Hand, als es erneut klingelte. Ich schreckte unwillkürlich zusammen. Vorsichtig stellte ich die Verbindung her und hielt mir den Telefonhörer ans Ohr. Ich hörte wieder den unruhigen Atem eines Menschen, diesmal ganz deutlich. Ich wartete gespannt darauf, was als Nächstes kam.
„Hallo", drang es leise aus dem Telefonhörer.
Ich antwortete nicht, sondern wartete nur.
„Hallo, Luka."
Jetzt erkannte ich die Stimme. Es war Nelly.
„Nelly", sagte ich nur.
„Mensch, Luka, warum meldest du dich denn nicht?"
„Ich, ich …", stotterte ich.
„Ich dachte zuerst, ich sei falsch verbunden."
„Nein, du bist genau richtig."
„Dann melde dich doch das nächste Mal und lass mich nicht herumrätseln, ob ich die falsche Nummer gewählt habe."
„Hast du gerade schon einmal angerufen?", fragte ich Nelly.
„Nein."
Ich setzte mich mit dem Telefonhörer in der Hand an meinen Esstisch, griff nach dem Rotweinglas und nahm einen Schluck.
„Alles in Ordnung?", fragte Nelly.

„Ja. Ich hatte gerade einen sonderbaren Anruf."
„Erzähl mir, was war."
Ich berichtete Nelly von dem Anruf, bei dem sich niemand gemeldet hatte.
„Eigenartig", sagte Nelly.
„Ja."
Einen Augenblick herrschte Funkstille, die ich für einen weiteren Schluck aus dem Rotweinglas nutzte.
„Warum rufst du an?", fragte ich nach ein paar Sekunden.
„Ich dachte, du freust dich, mich zu hören."
„Ja, sicher."
„Hast du Lust, mit mir in den Irish Pub zu gehen?"
Diese Frage heiterte meine Stimmung auf.
„Wann?"
„Morgen Abend."

*

Am nächsten Morgen war ich um halb neun schon wieder im Gericht. Siggis Rauschgiftprozess ging weiter. Die Verhandlung zog sich den ganzen Vormittag über zäh dahin. Siggi König gab sich immer noch verstockt und wollte nicht alles gestehen, dabei sah die Beweislage sehr schlecht für ihn aus.
Am Mittag erreichte ich dann endlich meine Informantin im Walddorfer Rathaus. Von ihr erfuhr ich immerhin den Namen und die Anschrift der alten Frau, die von der Polizei tot am Fuß der Kellertreppe vorgefunden worden war. Doch auch meine Informantin hielt das Ganze für einen Unglücksfall.
„Das war eine liebe, nette, alte Frau. Die hat jeder hier im Dorf gekannt und gemocht. Was soll es denn anderes als ein Unglücksfall gewesen sein?", fragte sie mich.
Ich konnte ihr keine Antwort darauf geben.

*

Am Abend fuhr ich zum Irish Pub, um Nelly zu treffen. Ich stellte mein Auto in einer Seitenstraße ab und lief gemächlich zur Kneipe. Auf der Wilhelmstraße raste gerade ein Polizeiauto mit hoher Geschwindigkeit, Blaulicht und Sirene stadtauswärts.

Als ich um die Ecke bog, sah ich schon Nelly, die vor dem Pub auf mich wartete. Sie kam auf mich zu, nahm mich in den Arm und drückte mich fester als sonst an sich. Ein paar Sekunden blieben wir einfach so beieinander stehen. Dann schlenderten wir weiter zum Pub und setzten uns an einen der Holztische vor der Kneipe.
Man konnte noch gut draußen sitzen, denn es war wieder wärmer geworden. Der Spätsommer gebärdete sich wie der April. Nach kurzer Kälte und viel Regen war das Wetter wieder besser und die Abende versprachen lauer zu werden. Ein paar Minuten später hatte ich ein Guinness vor mir und Nelly gegenüber, was wollte ich mehr. Doch die Stimmung war gedrückt.
„Ich werde dich vermissen", sagte sie plötzlich.
Ich antwortete ihr nicht. Sie beugte sich zu mir herüber und legte ihre Hand auf meine. Wir sahen uns in die Augen.
Es blieb lange Zeit still. Zumindest zwischen uns. Im Hintergrund allerdings war Musik zu hören, die aus dem Inneren des Pubs nach draußen drang. Mit Irland hatten die Songs, die der Barkeeper aufgelegt hatte, allerdings nicht viel zu tun.
„Komm, lass uns etwas durch die Gegend fahren", sagte ich nach einer Weile. Sie nickte kurz. Wir waren uns einig: Es war besser einen Szenenwechsel zu unternehmen, als hier im Duett Trübsal zu blasen.
Inzwischen war es schon dunkel geworden. Wir fuhren die Wilhelmstraße entlang stadtauswärts und bogen ab Richtung Südstadt. Nach wenigen Minuten passierten wir problemlos auf der B 27 das Tübinger Nadelöhr, das zu Stoßzeiten regelmäßig lange Staus verursacht. Um diese Zeit aber waren nur noch wenige Autos unterwegs, das einzige, was uns aufhielt, waren die schlecht aufeinander abgestimmten Ampeln.
Auf der rechten Seite erschienen die bunten Häuser des neuen Loretto-Areals. Nelly, die sich entspannt auf dem Beifahrersitz zurücklehnte, legte ihre linke Hand auf meine Schulter und massierte mich sanft im Nacken. Das war angenehmer als jede Massage auf Rezept.
Auf der vierspurigen Bundesstraße Richtung Dußlingen drückte ich aufs Gaspedal. Die Tachonadel erreichte schnell den 130er-

Strich. Am Ortseingang von Dußlingen reduzierte ich wegen des stationären Blitzers die Geschwindigkeit auf exakte 50, um gleich danach wieder leicht zu beschleunigen, weil die Ampel an der nächsten Kreuzung kurz davor war, auf Rot umzuspringen.
Wir saßen eine Weile stumm nebeneinander. Manchmal sagt Stille mehr als viele Worte. Ich legte eine CD mit Irish Folk in meinen CD-Spieler. Die Chieftains gaben sich mit einer Reihe von Popstars ganz melancholisch, was zu meiner Stimmung passte. Ich hielt Nellys Hand, die ich nur zum Schalten kurz losließ.
In Hechingen verließen wir die Bundesstraße. Ein paar hundert Meter weiter hielt ich in einer Parkbucht an. Von hier aus hatten wir einen freien Blick auf die noch beleuchtete Burg Hohenzollern. Romantik pur, die nur durch meinen kleinen Fehltritt kurz unterbrochen wurde, als ich den Motor abwürgte. Vor lauter Gefühlen hatte ich vergessen, die Gangschaltung auf Leerlauf zu stellen, ehe ich meinen Fuß von der Kupplung nahm. Ein kurzes Hoppeln und wir standen endgültig. Nelly drehte sich zu mir um und lächelte.
„Michael Schumacher wirst du wohl nie“, sagte sie liebevoll.
Ich zuckte mit den Schultern.
Nelly lehnte sich zu mir herüber. Trotz der Dunkelheit sah ich ihre hübschen Sommersprossen. Nelly küsste mich zärtlich.
Wir waren nun an der Stelle angekommen, an der im Film die Kamera dezent ins Kaminfeuer hinüberschwenkt.

*

Es war spät geworden. Wie spät, das wollte ich gar nicht wissen. Nelly und ich fuhren jetzt wieder Richtung Tübingen. Allerdings nahmen wir einen Umweg über die Härten, um die Fahrt länger werden zu lassen und den Abschied hinauszuzögern. Als wir von Kusterdingen ins Neckartal nach Kirchentellinsfurt kamen, bog ich an der Tankstelle nach links Richtung B 27 ab. Doch gleich darauf setzte ich den Blinker nach rechts. Ich wollte noch nicht nach Tübingen.
„Wo fährst du hin?“, fragte mich Nelly.
„Ich weiß es nicht, ich möchte einfach noch nicht nach Hause.“

Wir fuhren Richtung Stuttgart. Rechts unten konnte man in der Dunkelheit die Umrisse des Kirchentellinsfurter Baggersees erahnen. Auf der Höhe drosselte ich die Geschwindigkeit. An der Ausfahrt nach Walddorfhäslach verließen wir schließlich die Bundesstraße. Nelly sah mich neugierig von der Seite an. Ich reagierte nicht auf ihren Blick, sondern starrte nur stur vor mich hin. Allerdings fragte ich mich, was ich hier wollte.
Ich lenkte meinen Wagen direkt in die Walddorfer Ortsmitte. Hinter dem Rathaus bog ich in eine Seitenstraße ab. Nach ein paar Metern hielt ich auf einem kleinen Platz am Straßenrand an und stellte den Motor ab. Wir saßen eine kurze Zeit schweigend im Wagen.
„Was machen wir hier?“, fragte Nelly schließlich.
Ich antwortete ihr nicht. Nervös trommelte ich mit meinen Fingern auf dem Lenkrad herum und stierte gebannt in die Dunkelheit, als ob ich dort eine Erklärung finden könnte, warum ich hierher gekommen war.
Dabei lag die Antwort gar nicht so fern. Wir standen in der Nähe des Hauses, in dem die alte Frau die Treppe hinuntergestürzt war. Doch erst als wir angehalten hatten, war mir richtig bewusst geworden, wo wir gelandet waren.
„Warte hier einen Augenblick“, sagte ich zu Nelly, die immer noch nicht verstand, was mit mir los war.
Ich wollte gerade die Tür öffnen, als ich kurz inne hielt und mich zu Nelly umdrehte.
„Hast du dein Handy dabei?“, fragte ich sie.
„Ja, warum?“
„Ich bin gleich zurück. Wenn du etwas siehst, was dich beunruhigt, schick’ mir mit dem Handy eine SMS.“
„Wo willst du hin?“
Nelly wollte nach meinem Arm greifen und mich zurückhalten, doch ich war schon ausgestiegen und hatte leise die Tür meines Autos ins Schloss fallen lassen. Ich drehte mich kurz um und versuchte mit einem kurzen Winken Richtung Auto, Nelly zu beruhigen. Dann war ich in der Dunkelheit verschwunden. Ich strich an dem Haus der alten Frau entlang. An einer Ecke lag das Gebäude völlig im Dunkeln. Es schloss sich ein kleiner Schup-

pen an, der bis zur Grundstücksgrenze reichte. Gleich danach begann der Garten, der bereits zum Nachbarhaus gehörte und der von einem alten rostigen Drahtzaun umgegeben war. Ich lief weiter bis zu einer eisernen Gartentür, die so alt und verrostet war, dass sie nicht mehr richtig schloss. Ich öffnete das kleine Türchen und stand im nächsten Augenblick in Nachbars Garten, der völlig zugewachsen war. Ich wollte über das Grundstück an die Rückseite des Hauses der alten Frau gelangen. Vorsichtig und leicht geduckt bewegte ich mich durch das Gestrüpp, das hier recht üppig wucherte. Offensichtlich hatte sich schon lange niemand mehr um diesen Garten gekümmert.
Schließlich erreichte ich die Rückseite des Hauses. Es war genauso, wie ich es mir vorgestellt hatte. Der Garten der alten Frau lag hinter dem Gebäude und war von der Straße aus nicht einzusehen gewesen.
Ich stieg über den Zaun und tastete mich in der Dunkelheit vorwärts. Ich konnte kaum etwas erkennen, da das Licht der Straßenlaternen nicht bis hierher reichte und mir auch die dünne Sichel des Mondes keine ausreichende Beleuchtung verschaffte. Ich lehnte mich mit dem Rücken an die Hauswand und schaute nach oben. Der Himmel war sternenklar.
Ich holte mein Handy aus der Tasche und schaute auf dem Display nach, ob mir Nelly schon irgendeine Nachricht hinterlassen hatte. Doch es gab keine Nachricht. Allerdings bemerkte ich, dass die Beleuchtung des Displays mir genügend Sicht verschaffte. Ich hielt das kleine Telefon wie eine Taschenlampe vor mich hin und beleuchtete so den Weg an der Hauswand entlang. Nach wenigen Schritten kam ich zu einer Tür, die in den Keller des Hauses führte. Ich rüttelte an der Klinke, doch die Tür gab nicht nach, sie war verschlossen. Auf Kopfhöhe gab es allerdings zwei Glasscheiben als Sichtfenster. Aus einer dieser Scheiben war eine kleine Ecke herausgebrochen. Ich leuchtete mit dem Handy ins Innere des Kellers und sah, dass der Schlüssel von innen im Türschloss steckte. Ich schaute mich kurz um und entdeckte ein angerostetes Stück Draht, das an der Hauswand nach unten baumelte. Ich bog es mehrmals hin und her, bis es auseinander brach. Aus dem Draht formte ich mir einen Haken, den ich durch die

kleine Bruchstelle im Fenster hinunter zum Schloss führte. Nach einigen misslungenen Versuchen, die von leisen Flüchen begleitet waren, hatte ich den Schlüssel am Haken hängen. Ich zog den Draht zurück und angelte mir mit der anderen Hand den Schlüssel, den ich sofort von außen ins Schloss steckte, um so die Tür aufzuschließen. Alles klappte wie geschmiert. Wenige Sekunden später stand ich im Keller des Hauses.
Wieder schaltete ich mein Display an, um mich zu orientieren. Der Keller war voller Regale, auf denen allerlei Krimskrams für die Gartenarbeit herum lag. Auch der Boden war voller Gegenstände, die ich allerdings wegen des diffusen Lichts nicht identifizieren konnte. Eine Ecke des Kellers diente offensichtlich als Lagerraum für die Küche. Auf dem Regal, vor dem zwei Sprudelkisten standen, war eine Vielzahl von Lebensmitteln fein säuberlich nebeneinander aufgereiht. Ich tastete mich weiter vor und entdeckte am anderen Ende des Raumes eine Tür, die verschlossen war. Auf dem Weg zur Tür stieß ich an einen Blecheimer, der mit einigem Getöse zur Seite kippte. Ich fluchte und lauschte sofort in die Stille. Nichts rührte sich. Vorsichtig ging ich weiter bis zur Tür, die ich leise öffnete. Im nächsten Augenblick stand ich in einem kleinen Vorraum ohne Fenster. Ich schloss die Kellertür hinter mir und schaltete das Licht ein. Der Raum war ebenfalls voller Regale. Zudem stand ich nun am Fuß einer Treppe, die nach oben in die Wohnung führte.
Hier also musste die alte Frau zu Tode gekommen sein, dachte ich mir. Ich ging zur Treppe. Vor der untersten Stufe entdeckte ich einen roten Fleck, den ich für die weggewischten Reste einer Blutlache hielt. Ich schaute mir die Treppe genauer an. Sie war recht steil und ganz aus Stein. Jemand, der hier herunterfiel, kam sicher nicht ohne Blessuren davon. Ich konnte mir gut vorstellen, dass beide Versionen, die mir Gramer geschildert hatte, zutreffen konnten. Entweder war die alte Frau gestolpert und die Steintreppe hinuntergefallen oder das schwache Herz hatte just in dem Augenblick ausgesetzt, als sie irgendetwas aus dem Keller holen wollte.
Was wollte ich also hier? Nichts deutete auf einen weiteren Mord hin. Meine Fantasie schien mit mir durchzugehen. Hier hatte

kein Ranzenpuffer eine arme alte Frau die Treppe hinunter gestoßen. Ich setzte mich auf die unteren Stufen der Treppe und ließ den Raum auf mich wirken. Ich schaute mich um. Dabei fiel mein Blick auf ein weißes Stück Stoff, das hinter einem Regal direkt neben mir hervor lugte. Ich zog an dem Stoff. Es war eine Art weißer Schal aus einfacher Spitze. Ich betrachtete das Stück Stoff, das viel neuer wirkte als alles andere, das hier im Keller herumlag.

„Was suchst du denn hier in diesem Durcheinander?“, sagte ich etwas unsinnig zu dem Spitzenschal, den ich in meiner Hand hin und her drehte. Ich schaute noch einmal hinter das Regal, aus dem ich den Schal gezogen hatte. Hier gab es nichts, was noch von Interesse gewesen wäre. Alle Regalböden waren voll mit Schachteln, großen Töpfen und Flaschen. Hinter einem der Töpfe lag ein kleines Stück Papier, an das ich aber nicht kommen konnte, ohne den unteren Regalboden freizuräumen. Also ließ ich es dort liegen, wo es wahrscheinlich schon einige Jahre dahinschimmelte.

Ich stand wieder auf und hängte den Schal ans Regal. Die Neugier trieb mich nach oben. Wenn ich jetzt schon hier war, dann wollte ich sehen, wie die Frau in ihrem Haus gelebt hatte. Ich zögerte kurz, drehte mich noch einmal um, zog den Schal vom Regal und steckte ihn ein. Dann ging ich hoch. Vorsichtig öffnete ich die Tür zur Wohnung. Durch meine Walddorfer Informantin wusste ich, dass die Frau allein in ihrem Haus gewohnt hatte. Also war ich vor Überraschungen sicher. Außer dem Hausgeist war wohl hier niemand mehr unterwegs.

Das erste Zimmer, das ich betrat, war die Küche. Von der Straße her fiel genügend Licht in den Raum, sodass ich mein Handy nicht weiter als Taschenlampe einsetzen musste. Die Küche roch leicht muffelig, wie es alte Häuser manchmal so an sich haben. Ich ging weiter ins Wohnzimmer. Es war nicht sehr geräumig und mit vielen Möbeln zugestellt. Neben einem Sessel lag noch das Strickzeug der alten Frau. Ich stellte mich vor den Sessel und sah auf den Platz herab, auf dem vor ein paar Tagen sicher noch die alte Frau gesessen und gestrickt hatte. Und jetzt lag sie schon unter der Erde. Was hatte die Frau auf der Keller-

treppe erlebt? Hatte sie Panik gespürt oder war alles sehr schnell gegangen?
Ich lief weiter im Zimmer umher. Vor einem alten Schrank blieb ich stehen. Ich öffnete die oberen Türen und versuchte zu erkennen, was im Inneren aufgestapelt war. Ich entdeckte nichts, was mich interessiert hätte.
Unter den Schranktüren waren noch drei große Schubladen. Ich zog die oberste auf und griff mit beiden Händen hinein. Das Licht der Straßenlaternen war nicht stark genug, um zu sehen, was sich alles in den Schubladen befand. Blind befühlte ich die Gegenstände, die vor mir lagen. Sie fühlten sich an wie alte Schachteln. Ich holte einen der Gegenstände heraus. Mein Tastsinn hatte mich nicht getrogen. Was ich in Händen hielt, war tatsächlich eine Schachtel aus braunem Karton. Ich ging zum Fenster, um mehr Licht von draußen zu haben, und öffnete den Deckel. Im Karton lag unsortiert ein Stapel alter Fotos. Ich blätterte durch die Bilder, die meist eine Frau vor irgendwelchen Gebäuden oder Landschaftsaufnahmen zeigten. Wahrscheinlich waren es Urlaubsfotos. Ich drehte den Deckel der Schachtel um und erhielt die Bestätigung meiner Annahme. Dort stand in Großbuchstaben „Urlaub“ und dahinter die Zahlen „1980–1985“. Die Urlaubsfotos von Lisa Wenzel interessierten mich nicht. Ich ging zurück zum Schrank, legte die Schachtel wieder in die Schublade und zog den nächsten Karton heraus. Auch er enthielt viele wild durcheinander gestapelte Fotos. Auf dieser Schachtel stand allerdings „Walddorf und Umgebung“, weshalb mich die Aufnahmen wesentlich mehr interessierten. Ich kniete mich auf den Boden, stellte die Schachtel vor mich hin und zog ein Bild nach dem anderen heraus und betrachtete es im fahlen Licht der Straßenlaterne.
Es waren Fotos, auf denen viele Menschen abgebildet waren, deren Gesichter ich aber nicht erkannte. Dafür tauchten im Hintergrund immer wieder bekannte Walddorfer und Häslacher Gebäude auf. Auf vielen Fotos war dasselbe Gesicht wie auf den Urlaubsfotos zu sehen. Ich war mir sicher, es gehörte zu der Frau, in deren Haus ich gerade war.
Danach blätterte ich durch viele Aufnahmen, die reichlich ge-

schmückte Festwagen zeigten. Offensichtlich stammten sie von einem Festzug, der allerdings nicht durch Walddorfhäslach gezogen war. Die Gebäude, die im Hintergrund der Bilder abgebildet waren, gehörten zu einem anderen Ort. Auf den nächsten Fotos waren einzelne Gruppen in verschiedenen Maskeraden zu erkennen. Sie gaben wohl die verschiedenen Stationen in der Geschichte des Ortes wieder. Auf einem Bild trug ein junges Mädchen, das vor einer der Gruppen herlief, ein Schild mit der Aufschrift „Altenrieter Musikverein". Der Festumzug musste also durch die Straßen des Nachbarortes gegangen sein.
Ich wollte die Papierabzüge gerade wieder in die Schachtel stecken, als eine Aufnahme mein Interesse auf sich zog. Auf dem Foto waren vier Menschen in einer Reihe nebeneinander zu sehen, die verkleidet waren und die in die Kamera lachten. Ihre Gesichter konnte man gut erkennen, da die vier ihre Masken hochgezogen hatten.
Meine Nervosität steigerte sich mit einem Schlag enorm. Auf dem Foto war ganz links in der Reihe eindeutig Egidius Heim zu erkennen, der Mann, der im Schönbuch dem „Ranzenpuffer" zum Opfer gefallen war. Ich hatte noch genau das Bild vor Augen, das mir Röder gezeigt hatte. Aber was mich viel mehr elektrisierte, war, dass Heim auf dem alten Bild hier vor mir eben genau jenes oder zumindest ein ähnliches Kostüm trug wie der Schönbuch-Mörder vor einer Woche bei der Bluttat im Wald. Heim hatte sich für den Festumzug als Ranzenpuffer verkleidet. Was konnte dies bedeuten? Gab es eine Verbindung zwischen Täter und Opfer, zwischen dem Mörder und Heim? Diese Frage hatte sich sicher auch die Kripo gestellt und deshalb im Umfeld von Heim ermittelt. Aber dieses Foto kannten sie vermutlich noch nicht.
Ich rückte mit dem Foto in der Hand ganz ans Fenster heran, um auf diese Weise so viel Licht wie möglich von außen zu erhalten. Und es lohnte sich. Auf dem Foto war gleich neben Heim eine Person abgebildet, die der Frau glich, die ich eben auf den alten Urlaubsfotos gesehen und die ich für das Treppensturzopfer gehalten hatte. Ich war mir sicher, neben Heim lachte Lisa Wenzel in die Kamera. Also hatten sich auch Heim und Wenzel gut ge-

kannt. Jedenfalls hatten sie damals offensichtlich eine fröhliche Zeit miteinander verbracht.

Was allerdings meine innere Unruhe auf die Spitze trieb, war die Tatsache, dass Lisa Wenzel auf dem Bild ein weißes Kleid am Körper und einen weißen Spitzenschleier um den Hals trug. Unwillkürlich griff ich in meine Jackentasche und befühlte den Spitzenstoff, den ich im Keller eingesteckt hatte.

„Das weiße Fräulein", murmelte ich in Erinnerung an Schalls Erzählungen leise vor mich hin. Hätte ich doch nur genauer zugehört, was er mir über diese Sagengestalt gesagt hatte.

Das Quartett auf dem Foto war offensichtlich für den Festumzug in die Kleider von Sagengestalten aus der Umgebung geschlüpft. Zwei von den vieren waren jetzt innerhalb kürzester Zeit auf nicht ganz normale Art und Weise ums Leben gekommen.

Noch mehr interessierten mich die beiden anderen Personen. Auch sie steckten in eigenartigen Kostümen. Es handelte sich um zwei Männer. Das Gesicht des einen konnte man nur undeutlich erkennen, da er eine weiße Haube über den Kopf gestülpt hatte. Auch sein Körper war von einem weißen Tuch umhüllt. Offensichtlich sollte er irgendeinen Geist darstellen. In der Hand hielt er eine Axt. Was der Mann ganz außen spielen sollte, war leichter auszumachen. Er hatte eine Art grüne Uniform am Körper. Ein Jäger. Eine Schrotflinte hing über seiner Schulter. Ich schaute mir den Kopf des Jägers genauer an. Die eine Seite seines Gesichts war rot geschminkt. Offensichtlich sollte dies Blut darstellen. Recht makaber für einen Festumzug, dachte ich. Das Lächeln auf seinem Gesicht wirkte gequält.

Ich drehte das Foto um. Die Rückseite war beschriftet. Doch die Schrift war so schwach, dass ich sie bei dem dämmrigen Licht nicht entziffern konnte. Ohne lange zu überlegen, steckte ich das Foto ein. Ich sah mich im Dämmerlicht weiter im Wohnzimmer um. Neben dem Sessel stand ein kleines Tischchen auf dem Zeitungen und ein paar Briefe lagen. Ich nahm die Umschläge und rückte wieder näher ans Fenster heran, damit ich die Schrift besser entziffern konnte. Es waren Rechnungen und Reklamebriefe für Kaffeefahrten. Der unterste Umschlag war allerdings etwas größer. Ich drehte ihn in meiner Hand hin und her. Er trug keine Anschrift und auch keinen Absender. Aber ich fühlte, dass er nicht leer war. Meine Neugier trieb mich weiter. Ich öffnete den Umschlag und zog mehrere kleine Fetzen Papier hervor. Sie gehörten zu einem Foto, das Lisa Wenzel, aus welchen Gründen auch immer, zerrissen hatte.

Ich betätigte mich als Puzzle-Spieler und setzte die einzelnen Stücke zusammen. Als das Ergebnis vor mir lag, war meine Überraschung groß. Das Puzzle war eine Kopie des Fotos, das ich gerade eingesteckt hatte. Nur um einiges größer. Auch hier lachten mir die vier Gesichter entgegen. Das Foto musste eine besondere Bedeutung haben, aber welche, war mir nicht klar.

Auf der großen Kopie war allerdings eines der Gesichter durchgestrichen. Es war Heims Gesicht. Hatte Lisa Wenzel einen anonymen Umschlag erhalten, mit dem Hinweis: „Du bist die Nächste"? Oder hatte sie selbst das Gesicht durchgestrichen und die Kopie danach zerrissen?

Ich steckte die Papierfetzen wieder vorsichtig in den Umschlag zurück. Beim letzten Fetzen entdeckte ich, dass auf der Rückseite einige Buchstaben standen. Sie waren so groß und deutlich geschrieben, dass man sie bei dem schlechten Licht recht gut erkennen konnte. Ich konnte das Wort „schlagen" lesen. Ich griff sofort in den Umschlag und holte den nächsten Fetzen wieder heraus und drehte ihn um. Dort standen ebenfalls Buchstaben. Das Wort war nicht vollständig, doch es musste „Gesicht" heißen. Auf zwei weiteren Fetzen standen „Ich" und „werd". Dies spornte mich an, meine Fähigkeiten als Puzzle-Spieler noch einmal in Anspruch zu nehmen. Doch ich kam nicht dazu, das Rätsel zu lösen.

Gerade als ich meine Hand wieder in den Umschlag stecken wollte, um die restlichen Papierfetzen hervorzukramen, spielte mein Handy eine kurze Melodie. Die unerwartet lauten Töne in der absoluten Stille des Wohnzimmers ließen mich zusammenzucken. Mein Herz pochte wie wild. Doch ich konnte es wieder beruhigen, vorerst jedenfalls. Die kurze Melodie meines Handys hatte nur signalisiert, dass eine SMS eingegangen war. Ich nahm das Gerät aus meiner Hosentasche und schaute nach. Sicher ging

Nelly die Warterei inzwischen auf die Nerven und sie wollte mir mitteilen, dass ich langsam wieder bei ihr auftauchen sollte.
Mit zwei Klicks hatte ich die Mitteilung auf meinem kleinen Bildschirm. Allerdings sah ich sofort, dass die SMS nicht von Nelly stammte. Mir leuchteten vier Worte entgegen: „Lisa Wenzel wurde ermordet". Von wem die SMS war, konnte ich nicht erkennen, in der Zeile, in der eigentlich die Nummer des Absenders stehen sollte, war nur das Wort „noname" abgebildet.
„Eine anonyme SMS. Ich dachte, so etwas ist gar nicht möglich", murmelte ich vor mich hin.
Die vier Wörter auf dem Display ließen meine Pulsfrequenz rapide ansteigen, mein Herz musste ordentlich pumpen und meine Gedanken hofften auf einen innerlichen Ordnungsruf. Von wem kam die SMS? Wollte mich jemand im Fall Lisa Wenzel auf die richtige Spur bringen oder fing der Mörder von Heim jetzt an, auch mit mir sein böses Spiel zu treiben? Er musste wissen, dass ich hier in der Wohnung war. Denn es konnte kein Zufall sein, dass er mir gerade jetzt diese SMS schickte. Und wenn er dies wusste, dann wusste er auch, dass vor dem Haus mein Auto stand. Und in dem saß Nelly. Hoffentlich noch. Ich wählte so schnell ich konnte ihre Handy-Nummer, doch es startete sofort die Mailbox.
Ich musste hier raus, und zwar schnell. Ich sprang auf, warf den Umschlag mit den Foto-Fetzen auf das kleine Tischchen und stürzte zur Wohnzimmertür. Wie kam ich auf dem kürzesten Weg aus dem Haus? Die Eingangstür war sicher verschlossen, also musste ich den selben Weg nehmen, den ich gekommen war. Ich eilte zur Kellertreppe. Ich schaute die Stufen hinunter, atmete kurz durch und sprang nach unten. Ich rannte durch den Keller und war in wenigen Sekunden im Garten hinter dem Haus. Bis jetzt hatte sich mir niemand in den Weg gestellt. Im Haus war der SMS-Absender nicht gewesen.
Nach einem nicht sehr eleganten Sprung über den Gartenzaun konnte ich nur mit Mühe verhindern, dass ich auf dem harten Boden der Tatsachen in Nachbars Garten landete. Allerdings geriet ich aus dem Gleichgewicht, kippte leicht zur Seite und stieß mit meinem Kopf an einen Ast. Weil der Ast nicht weichen

wollte, wich ich zurück, und landete auf dem Hosenboden. Den Fluch, den ich nun ausstieß, kann ich hier nicht wiedergeben, um kein öffentliches Ärgernis zu erregen. Ich kontrollierte meinen Kopf, ob ich noch alle Sinne beisammen hatte. Nach einer positiven Rückmeldung meiner Synapsen rappelte ich mich hoch und eilte weiter.

Auf der Straße drückte ich mich, so gut es ging, im Schatten an der Hauswand entlang zu meinem Auto. Ich blickte mich hektisch nach allen Seiten um. Niemand war zu sehen. Und außer meinen Schritten hörte ich kein anderes Geräusch. Ich stürmte zu meinem Auto und riss die Tür auf – und wurde in Sekunden kreidebleich. Der Beifahrersitz war leer, Nelly war weg. Es wurde mir in Sekunden heiß und kalt und dann wieder kalt und heiß und so weiter. Ich richtete mich auf, stützte meinen linken Ellenbogen auf die Fahrertür und hielt mich mit der rechten Hand an der Dachreling fest. Mein Herz raste, meine Knie zitterten. Das wurde auch nicht besser, als ich plötzlich hinter mir eine Stimme vernahm.

„Suchst du mich?"

Ich drehte mich blitzschnell um, um mich auf mein Schreckgespenst zu stürzen. Doch ich hielt mich sofort zurück, die Stimme gehörte Nelly, die nun leibhaftig vor mir stand. Ich atmete tief durch. So etwas nennt man wohl eine Achterbahn der Gefühle.

„Tu mir das bitte nie mehr an", sagten wir beide unisono, meinten aber etwas völlig anderes damit.

Während meine Gesichtsfarbe wieder von mehr Vitalität geprägt war, starrte mich Nelly säuerlich an. Und ich stierte mit starren Augen an Nelly vorbei und sah, wie ein Schatten in der Dunkelheit verschwand.

11

Lisa Wenzel wurde ermordet.

Diese vier Worte hatten sich in mein Gehirn eingebrannt. Immer wieder geisterten sie durch meine Träume und schreckten mich auch jetzt aus dem Schlaf hoch. Ich richtete meinen Oberkörper auf und sah mich um. Mein Kreuz schmerzte und mein Kreislauf versuchte sich mühselig in Bewegung zu setzen. Es war fast völlig dunkel um mich herum, nur eine Lichtquelle schickte fahles Licht in den Raum. Und diese Lichtquelle sendete auch noch Töne aus, die mir bewusst machten, dass ich zusätzlich Kopfweh hatte. Langsam dämmerte es mir. Das Licht kam vom Fernseher, und ich war nach einer Flasche Dornfelder bei Stefan Raab eingeschlafen und mitten in der Nacht bei einer Dauerwerbesendung, die Korsetts in XXL-Größe für 99,99 Euro anpries, wieder aufgewacht. Ich suchte nach der Fernbedienung, doch ich fand sie nicht. Also musste ich mich weiter mit den Korsetts auseinander setzen, zu denen sich jetzt auch noch ein Push-Up-BH in XXL gesellte; für 19,99 – falls es jemanden interessiert.

Langsam wurden die beiden hochgeschminkten Damen, die mir mit penetranter Fröhlichkeit die Damenunterwäsche andrehen wollten, lästig. Mir fiel ein, dass es direkt am Gerät ja auch noch einen Ausschaltknopf gab. Ich stand auf und mit einem Krachen landete die Fernbedienung direkt vor meinen Füßen. Sie musste irgendwo auf der Decke gelegen haben, die ich mir im Schlaf über meine Beine gezogen hatte. Ich griff nach dem kleinen Gerät mit den vielen Knöpfen, deren Sinn sich mir bis heute noch nicht völlig erschlossen hatten. Ich drückte auf Rot und die beiden Korsett-Damen hatten sich im Nu in Schwarz aufgelöst. Dies tat meinem Kopf gut, hatte aber den Effekt, dass ich nun völlig im Dunkeln stand. Nur das kleine rote Lämpchen am Fernseher leuchtete noch. Nun kenne ich mein Wohnzimmer eigentlich recht gut, doch mitten in der Nacht in völliger Dunkelheit mit einer Flasche Wein intus und frisch der Tiefschlafphase entstiegen hat ein solches Zimmer doch einige Fallen parat. Zuerst trat ich mit dem linken Fuß auf einen Teller, der noch neben dem Sofa stand. Bevor ich ganz der Fernseh-Weiterbildung erlegen war, hatte ich mir, um meinen Frusthunger zu stillen, noch belegte Brote gemacht. Und der Rest davon klebte jetzt als Erinnerung an meiner Fußsohle. Vorsichtig entfernte ich Butter wie Brot und bewegte mich weiter in Richtung Wand, wo ich den Lichtschalter vermutete. Ich trat dabei nur mit meiner linken Ferse auf, um den Bodenkontakt zu vermeiden. Dies gelang mir

recht gut, bis ich über den Korbstuhl fiel, der sich mir in den Weg gestellt hatte. Um nicht zu Boden zu gehen, setzte ich meinen linken Fuß auf und hinterließ dabei auf dem hellen Teppich einen herrlichen Abdruck meiner Fußsohle. Ein Indianer-Scout hätte seine Freude an dieser Spur gehabt und die Kavallerie sicher zum richtigen Ort geführt. An dem befand ich mich dagegen nicht. Statt an der Wand mit dazugehörigem Lichtschalter zu stehen, befand ich mich mitten im Zimmer. Ich hatte mich verirrt. In meiner eigenen Wohnung. Und nach dem Kontakt meines Knöchels und meines Knies mit dem Korbstuhl, fiel es mir inzwischen leichter, die Körperstellen zu benennen, die nicht schmerzten. Das war mir einfach zu viel.
„Ach, lasst mich doch alle in Ruhe“, bellte ich in meinem Ärger in die Dunkelheit, wobei nicht klar war, wen ich eigentlich meinte. Ich lief, ohne mich um irgendwelche weiteren Hindernisse zu kümmern, schnurstracks ins Schlafzimmer, wich instinktiv allen potentiellen Schmerzquellen aus, ließ mich ins Bett fallen und schlief nach ein paar Minuten ein. Manchmal findet man eben besser zum Ziel, wenn man für Augenblicke sein Gehirn ausschaltet und nur seinen Instinkten folgt.

*

„Es tut mir leid, ich war gestern Nacht etwas heftig zu dir“, meinte Nelly zärtlich am Telefon.
Ich war noch nicht so richtig wach, aber Nellys Anruf am frühen Morgen, na ja, sagen wir halbfrühen Morgen, machte es mir viel leichter, mein eigenes Büßerhemd überzustreifen.
„Ach nein. Ich hätte dich einfach nicht so lange alleine im Auto sitzen lassen sollen“, versuchte ich die Initiative in die Hand zu nehmen.
Noch eine weitere Viertelstunde ging die gegenseitige Entschuldigungs- und Versöhnungsarie weiter. Sie startete mit einem ruhigen Adagio, nahm über Andante Fahrt auf und steigerte sich zu einem beschwingten Allegro, und wir hätten uns im furiosen Finale in den Armen gelegen, wenn wir nicht kilometerweit auseinander gewesen wären. So blieb mir nur übrig, meinen Telefonhörer liebevoll zu drücken.

Nelly war zurecht sauer auf mich gewesen. Ich hatte sie lange warten lassen. Weil ich nicht aufgetaucht war, war sie nervös geworden. Sie hatte Angst gehabt, um sich und vor allem um mich. Und das gab sie mir deutlich zu verstehen. Um sie nicht weiter zu beunruhigen, hatte ich ihr deshalb nichts von der SMS erzählt, die ich gestern in der Wohnung der alten Frau erhalten hatte.
Nach Nellys Anruf, der mit einer erneuten Verabredung im Irish Pub geendet hatte, kam mir nun allerdings wieder das Erlebnis der vergangenen Nacht in den Sinn. Ich ging zur Garderobe, zog meine Jacke vom Kleiderbügel und durchsuchte meine Taschen. Nach zwei Handgriffen hatte ich das Foto aus dem Haus von Lisa Wenzel. Ich sah es mir noch einmal genauer an. Bei Tageslicht fiel es mir leicht, die Schrift auf der Rückseite des Fotos zu entziffern. Es waren wohl die Vornamen des fröhlichen Masken-Quartetts. Geschrieben als Autogramme. Erkennen konnte ich in jedem Fall die Namen Egi, was für Egidius stand, und Lisa. Bei den beiden anderen Namen war ich mir nicht ganz sicher. Aber ich glaubte so etwas wie „Helle“ und „Matze“, beides sicherlich Spitznamen, ausmachen zu können. Ich betrachtete noch einmal das Bild. Es zeigte deutlich eine Gruppe, die freundschaftlich zusammengehörte, die gerne zusammen etwas unternahm. Vier Freunde, aber einer fehlte auf dem Bild – der Fotograf. Also waren es vielleicht auch fünf Freunde. Und zwei von ihnen hatten innerhalb kurzer Zeit das Zeitliche gesegnet. Im ersten Fall war es ein Mord gewesen, im zweiten, wenn mich mein Gefühl nicht trog, möglicherweise auch. Das Bild trieb meine Neugierde jedenfalls voran. Wer waren die anderen beiden Männer auf dem Foto? Und wer war der Fotograf? Und vielleicht wusste einer von ihnen eine Geschichte, die mich zu den Morden und vor allem zu dem Mörder führte. Zumindest konnten sie mir genügend Stoff bieten, um eine Human-Touch-Geschichte zu schreiben. Ein Interview über den Verlust zweier Freunde und das im Umfeld zweier Morde, das fand sicherlich einige Leser. Mein Spürsinn nahm Witterung auf.
Ich musste die Namen der beiden Männer auf dem Foto erfahren. Doch wer konnte mir diese Auskunft geben? Ich nahm das Bild, lief zurück ins Wohnzimmer und setzte mich zum Nach-

denken neben das Telefon. Ich brauchte nicht lange, um den Namen zu finden, der meine Informationsquelle sein sollte: Claudius Schall. Er kannte fast jeden in Walddorf und Umgebung. Vor allem konnte er mir sicher sagen, wann und wo das Foto aufgenommen wurde. Schließlich musste es sich um irgendeinen historischen Umzug handeln. Aber Schall war mir nach meinem Besuch bei ihm nicht mehr so geheuer. Wenn er irgendetwas mit der Sache zu tun hatte und ich ihm das Bild zeigte, konnte es gefährlich für mich werden. Allerdings sah er nicht gerade wie ein zweifacher Mörder aus.
„Ich muss das Risiko eingehen", machte ich mir Mut.
Ich rief Schall an. Auch er war interessiert, was für ein Bild ich ihm präsentieren wollte. Doch seine Reaktionen am Telefon waren seltsam. Er schien nervös zu sein und hatte etwas dagegen, dass ich bei ihm vorbei kam. Mir war es recht, ein neutraler Boden war sicherer. Schall schlug als Treffpunkt ein Café in Tübingen vor. Ich war einverstanden. Wir verabredeten uns für den Nachmittag.
Ich setzte mich zurück und atmete tief durch. Mein Leben schien in einen Teilchenbeschleuniger geraten zu sein. Es hatte in jedem Fall an Fahrt gewonnen und den Alltagstrott verlassen. Aber ich musste aufpassen, dass ich einen kühlen Kopf bewahrte. Ich brauchte etwas frische Luft, um klare Gedanken fassen zu können. Eine Nordic-Walking-Runde war für mich jetzt genau das Richtige. Ich rief Max Burger an, mit dem ich meist meine Runden drehte und der mir dabei immer das Neueste aus Lustnau berichten konnte. Doch Burger war nicht da. Sein Anrufbeantworter sprang an und verkündete, dass mein Walking-Partner die nächsten beiden Wochen im Ausland unterwegs sei. Ich war etwas überrascht, zuckte mit den Schultern, griff mir meine beiden Stöcke und machte mich allein auf meine Strecke Richtung Pfrondorfer Hochebene.
Bei den Lustnauer Pferdeställen kam mir ein älteres Ehepaar entgegen, das mich ansah, als ob ich meine fünf Sinne nicht beisammen hätte. Ich kenne diesen Blick. Obwohl Nordic Walking schon lange zum In-Sport für Freizeitsportler aufgestiegen ist, gibt es immer noch Menschen, die sich darüber wundern, warum

man zum Spazierengehen zwei Stöcke braucht. Ich ließ mich nicht aus dem Konzept bringen und stocherte mit meinen Stöcken auf dem Feldweg weiter in Richtung Pfrondorf. Als ich den höchsten Punkt kurz vor dem Ortsrand erreicht hatte, hielt ich an. Ich sah mich um. In der Ferne türmte sich der Reutlinger Hausberg, die Achalm, auf, die ihrer Kegelform wegen fälschlicherweise für einen erloschenen Vulkan gehalten wird. Dabei ist sie nur ein Ausläufer der Alb-Hochfläche, die eine prachtvolle Kulisse für den markanten Einzeldarsteller abgibt. Unterhalb der Achalm breitete sich Reutlingen mit seinen Vororten aus. Man konnte deutlich erkennen, wie weit sich die Stadt bereits in die Felder und Grünflächen der Umgebung hineingefressen hatte. Viel Platz für Natur blieb nicht mehr übrig.
Ich lief weiter auf dem Pfrondorfer Feldweg entlang. Man konnte die Hochfläche gut überblicken, weil die meisten Felder bereits abgeerntet waren. Eine Frau mit einem großen Hund kam mir entgegen. Sie nahm ihn kurz an die Leine, als ich an ihr vorbei walkte. Ich streichelte das Tier, das mich neugierig beschnupperte. Die Frau lächelte mich an und freute sich darüber, dass sie auf jemanden getroffen war, der nichts gegen große Hunde hatte. Ich lächelte zurück und ging weiter Richtung Bergkante, von der man einen Blick ins Neckartal hat. Unten zog sich das Band der B27 durch die Neckarwiesen. Um den Bau der vierspurigen Bundesstraße hatte es einen langen Streit gegeben, weil sie einen großen Teil der Auen zerstörte. „Niemals vierspurig durchs Neckartal", hieß es vor vielen Jahren auf den Spruchbändern der Straßengegner. Heute kräht kein Hahn mehr danach. Heute drücken sich täglich Tausende von Fahrzeugen durchs Neckartal und das Tübinger Nadelöhr. Auch jetzt drang wieder das gleichmäßige Rauschen der vielen Autos, die sich wie Perlen an einer Schnur hintereinander aufreihten, bis hinauf auf die Pfrondorfer Hochebene.
Ich schlug den Weg zurück Richtung Herrlesberg ein. Im Wald ging es ein kurzes Stück steil den Berg hinunter. Als ich die ersten Häuser der großen Herrlesberg-Siedlung am Rande Tübingens erreichte, kam mir eine junge Frau mit Buggy entgegen. In dem etwas unförmig aussehenden Gefährt saß ein kleines Kind.

„Willst du eins aus Plastik oder nicht doch lieber ein ordentliches aus Holz“, hörte ich die Mutter sagen, wobei sie das Wort „ordentlich“ ordentlich betonte. Offensichtlich ging es um irgendein Spielzeug.
Die Frage der Mutter war deutlich suggestiv gewesen, doch das Kind zeigte Eigenständigkeit.
„Eins aus Plastik“, sagte es bestimmt.
„Bist du wirklich sicher?“, fragte die Mutter, immer noch betont freundlich.
„Ja, eins aus Plastik.“
„Gut so“, dachte ich, „bleib standhaft. Emanzipiere dich. Du kannst nie früh genug damit anfangen.“
Doch die umweltbewusste Mutter gab nicht so schnell auf.
„Aber aus Holz, da ist es standfester und sicherer. Da kann man drauf klettern und so.“ Wobei sie das „und so“ nicht weiter ausführte.
Man sah in den Augen des Kindes einen letzten Versuch des Aufbäumens, doch der Übermacht der mütterlichen Argumente hatte es schließlich nichts mehr entgegenzusetzen und knickte ein.
„Also gut, dann halt aus Holz“, sagte das Mädchen mit einem Unterton der Enttäuschung in der Stimme.
Was immer das Kind nun auch bekam, es war aus Holz, das hoffentlich nicht aus den tropischen Regenwäldern Brasiliens stammte.
Reichlich erschöpft und nach Luft schnappend erreichte ich meine Wohnung.
Ich setzte mich im Wohnzimmer entspannt aufs Sofa, lehnte meinen Rücken an den Polstern an, verschränkte die Arme hinter meinem Kopf und streckte die Beine von mir. So saß ich zehn Minuten da, ehe ich aufstand und unter die Dusche ging.

*

Erfrischt und gestärkt lief ich ein paar Stunden später die Wilhelmstraße hinunter, um Schall in einem Café in der Tübinger Innenstadt zu treffen. Ich passierte den Irish Pub und die Uni-Gebäude, in der die Neuphilologen und Historiker studieren.

Auf der anderen Straßenseite lagen die beiden großen Glasklötze der Mensa. Als man sie mit den gewaltigen Fensterfronten gebaut hatte, waren Energiekosten noch kein Thema gewesen. Jetzt waren sie sanierungsbedürftig und viele in der Uni-Verwaltung hätten sie am liebsten abgerissen, um eine neue Mensa zu bauen.

Normalerweise war vor dem Glas-Gebäude viel los, doch weil noch Semesterferien herrschten, drückten sich auf dem Vorplatz nur eine Handvoll Studenten herum. Vor vielen Jahren war ich einer von ihnen gewesen und hatte mir manchmal das Einheitsessen der Mensa gegönnt. In meine Erinnerung drängten sich die alten Bilder hinein: Schlangestehen um eins für ein Blech-Tablett voll Nahrung, die in erster Linie dazu da war, satt zu machen und die man an Resopaltischen in hektischer, überfüllter Bahnhofshallen-Atmosphäre zu sich nahm. Und als Leselektüre dienten die vielen Flugblätter, die sich überall auf den Tischen auftürmten. Die Alternative zu Kaltschale, Frikadellen-Bremsklotz und dreistöckigem Salatteller gab es im Bierkeller unter der Mensa oder um die Ecke in Form einer Schinken-Käse-Seele oder des legendären Klappbrots bei den urigen „Unckel"-Damen.

„As time goes by", summte ich wehmütig vor mich hin, überquerte die Wilhelmstraße an der neuen Aula und lief weiter zum Alten Botanischen Garten. In wenigen Minuten war ich beim Nonnenhaus. Auf dem „Affenfelsen" saßen wie immer viele junge Leute in den Straßencafés und wärmten sich an den letzten Strahlen der Spätsommersonne.

Kurze Zeit später war ich beim Treffpunkt auf dem Marktplatz. Schall wartete schon an einem Tisch vor dem Café auf mich.

„Lassen Sie uns hinein gehen", sagte er, ohne eine Antwort abzuwarten. Es schien ihn nicht zu interessieren, ob ich damit einverstanden war oder nicht. Ich folgte ihm ins Innere des Cafés. Schall ging zielstrebig an der langen Theke vorbei zu einem Platz im hinteren Eck des Cafés, wo, kaum einsehbar, ein altes, rotes Sofa hinter einem Bistrotisch stand. Beides verbreitete eine gemütliche Atmosphäre. Schall setzte sich aufs Sofa und ich auf einen Stuhl gegenüber, mit dem Rücken zum Café. Unser Treffen wirkte an diesem verborgenen Platz fast konspirativ.

„Jetzt raten Sie einmal, wer vor kurzem bei mir war?"
Ratespiele mag ich nicht, deshalb sagte ich nur „Keine Ahnung".
„Die Polizei."
Auf mein fragendes Gesicht hin fuhr er seinen Monolog fort.
„Unsere Freunde und Helfer wollten von mir etwas über den Ranzenpuffer wissen. Wie Sie. Und auch etwas über die weißen Fräuleins, was mich schon etwas wunderte. Ich hätte der Polizei gar nicht so viel Interesse für die hiesige Sagenwelt zugetraut."
„Wer war bei Ihnen?", fragte ich.
„Die Polizei."
„Ich weiß. Ich meine, wie hieß der Polizist, der sie ausgefragt hat."
„Das war ein Haupt-, Ober- oder Hauptoberkommissar Röder oder wie auch immer sein Titel war."
Der Titel interessierte mich wenig, aber warum war Röder bei Schall gewesen? Sicherlich nicht, um sich Märchen anzuhören.
Ganz unvermittelt stand plötzlich die Bedienung des Cafés hinter uns. Ich zuckte unwillkürlich zusammen, so als wenn mich jemand bei irgendetwas Verbotenem ertappt hätte. Ich bestellte einen Tee mit Milch, Schall Kaffee und Kuchen. Als die Bedienung gegangen war, versuchte ich Schall zum Thema zurückzubringen.
„Warum war die Polizei gestern bei Ihnen?", fragte ich vorsichtig.
„Das habe ich mich auch schon gefragt. Über den Mord im Schönbuch kann ich nichts sagen, aber offensichtlich hängen die Sagengestalten irgendwie mit dem toten Heim zusammen. Und vielleicht auch mit der armen Lisa."
„Mit wem?"
„Mit Lisa Wenzel."
„Sie meinen die Frau, die die Treppe hinuntergestürzt ist?"
„Genau."
„Haben Sie Lisa Wenzel gekannt?
„Ja, das kann man sagen. Sie hat sich auch für die Dorfgeschichte interessiert. Wir haben uns öfter getroffen."
„Glauben Sie, Lisa Wenzels Treppensturz war ein Unfall?" Mit dieser Frage versuchte ich ihn aus der Reserve zu locken. Doch

er schaffte es, mich mit seiner Antwort aus dem Gleichgewicht zu bringen.
„Nein, das glaube ich nicht mehr. Zumindest nachdem sich die Polizei inzwischen sehr intensiv für den Tod von Lisa Wenzel interessiert."
„Wie meinen Sie das?"
„Nun, heute Vormittag ist die Polizei noch einmal in Walddorf aufgetaucht und hat Lisa Wenzels Haus auf den Kopf gestellt. Sie durchsuchten das Gebäude vom Keller bis zum Dach."
„Woher wissen Sie das?"
„Ach, wissen Sie, wir leben in Walddorf auf dem Land. In so einem kleinen Ort kann man nichts unternehmen, ohne dass es sofort jemand erfährt. Und der erzählt es gleich dem Nachbarn und so geht das weiter. Innerhalb kurzer Zeit macht so eine Geschichte dann die Runde im Dorf. Das kann sehr schnell gehen. Und wenn die Polizei in so großer Besetzung auftaucht, dann sorgt das hier im Ort für viel Aufsehen."
Ich wurde zusehends unruhiger. Gramer hatte mir doch erzählt, die Akte sei geschlossen, aus, fertig, abgehakt, so hatte ich es jedenfalls verstanden. Aber offensichtlich hatte der Staatsanwalt sich getäuscht. Oder er hatte absichtlich versucht, mich in die falsche Richtung zu schicken.
Nun fing ich zu schwitzen an. Der Gedanke, dass die Polizei Lisa Wenzels Haus auf den Kopf stellte, bereitete mir einiges Kopfzerbrechen. Denn wenn die Polizei das Haus gründlich durchkämmte, würde sie sich sicher fragen, was ein Karton voller Fotos auf dem Boden mitten im Wohnzimmer von Lisa Wenzel zu suchen hatte. Ich hatte ihn stehen lassen, als ich nach der SMS Hals über Kopf aus dem Haus gestürmt war. Ich schüttelte den Kopf. Wie stümperhaft hatte ich mich angestellt. Auf dem Karton und überall im Haus waren meine Fingerabdrücke. Ich war so unvorsichtig gewesen, auf meinem Erkundungsgang keine Handschuhe zu tragen. Das konnte mich nun in die Bredouille bringen. Allerdings können die Ermittler mit meinen Fingerabdrücken vorerst nichts anfangen, weil sie nirgendwo registriert sind. Und dennoch, ich musste in Zukunft vorsichtiger sein, nicht dass die Polizei mich noch ins Visier nahm.

Und ich musste Röder anrufen und ihn ausfragen, nach was die Polizei in Lisa Wenzels Haus gesucht hatte.
„Was ist mit Ihnen? Sie sind etwas blass geworden“, riss mich Schall aus meinen Gedanken.
„Es ist nichts, gar nichts“, sagte ich schnell. Wir schwiegen einen kurzen Augenblick.
„Sie wollten doch etwas von mir wissen“, unterbrach Schall die Stille.
„Wie?“
„Sie haben am Telefon doch von einem Foto gesprochen, das ich mir anschauen sollte.“
„Sie haben recht.“
Gerade als ich die Aufnahme aus meiner Jacke holen wollte, kam die Bedienung und servierte Getränke und Kuchen. Als sie weg war, zeigte ich Schall das Foto.
Er nahm das Stück Papier in die Hand und starrte es lange an. Er schien zu überlegen.
„Das Foto wurde nicht in Walddorfhäslach aufgenommen. Hier, sehen Sie.“ Schall hielt mir das Foto hin.
„Diese Ecke hier auf dem Bild gehört zum Rathaus von Altenriet.“ Er deutete mit dem Zeigefinger auf die Stelle auf dem Bild.
Ich nickte.
„Wissen Sie, von wann und von welchem Ereignis das Foto stammt?“
Schall betrachtete sich das Quartett auf dem Bild erneut etwas genauer.
„Ist dies das einzige Foto, das Sie von dieser Veranstaltung haben?“, fragte Schall.
„Ja, leider.“
Schall überlegte lange, während ich an meinem Tee mit Milch schlürfte. Aber plötzlich schien es ihm zu dämmern.
„Ich glaube, ich hab’s. Das muss der Festumzug in Altenriet sein. Warten Sie einen Augenblick.“ Und Schall strengte sichtbar noch einmal seine Gehirnzellen an.
„Ja, das war vor gut zwanzig Jahren. Das war das Große Brezelfest in Altenriet. Der ganze Ort war auf den Beinen. Ich war damals noch ziemlich jung, aber ich erinnere mich noch gut an das

große Ereignis im Nachbardorf. Eine Woche lang wurde dort praktisch durchgefeiert. Der Höhepunkt war der Sonntag gewesen. Damals zog sich ein langer Festumzug über Stunden durchs Dorf. Die ganze Geschichte des Ortes wurde nachgestellt. Altenriet ist an dem Wochenende fast aus allen Nähten geplatzt. So viele Menschen waren da. Es gab nicht einmal genügend Parkplätze für die Besucher von außerhalb. Die mussten ihre Autos auf einer Wiese vorm Ort abstellen und zu Fuß zum Umzug laufen. Tausende standen schließlich an der Straße und haben das Spektakel verfolgt."

„Und die vier hier waren mitten drin?", fragte ich.

„So sieht es aus."

„Das hier ist doch Heim?", fragte ich und zeigte mit dem Finger auf den Ranzenpuffer.

„Genau."

„Und neben ihm, nehme ich an, steht Lisa Wenzel. Als weißes Fräulein."

„Wieder richtig."

„Aber die beiden stammen doch gar nicht aus Altenriet."

„Die beiden nicht. Aber der hier. Das ist Helmut Schroth." Schall deutete mit dem Finger auf den „Geist" in Weiß.

„Und der stammt aus Altenriet?"

„Haben Sie den Namen noch nie gehört?

„Nein."

„Das ist eine alteingesessene Familie in Altenriet. Den Schroths gehört fast der halbe Ort. Der alte Schroth dürfte heute stinkreich sein, aber er zeigt es überhaupt nicht. Läuft die ganze Zeit im gleichen blauen Kittel herum. Schwäbische Bescheidenheit. Oder vielleicht auch Knausrigkeit, je nachdem wie man es nennen will. Ein Landwirt von altem Schrot und Korn." Schall amüsierte sich über sein kleines Wortspiel.

„Der steht noch jeden Tag auf dem Acker. Und sonntags trägt er die Hacke auf der Schulter durch die Gegend, nur damit niemand denken könnte, der Schroth habe Zeit zum Spazieren gehen." Jetzt lachte Schall sogar lauthals.

„Ich weiß, die Schwaben sind schon ein besonderes Volk. Schaffe, schaffe, Häusle baue…", sagte ich, um meine Schwäbischkenntnisse anzudeuten. Ich wurde im Satz aber durch die attraktiven Rundungen einer jungen Frau unterbrochen, die gerade an unserem Tisch vorüber ging.

„... und net nach de Mädle schaue. Ich sehe, Sie sind kein Schwabe.“ Schall lachte wieder.

„Das bin ich allerdings nicht. Bei uns in der Pfalz wird nicht nur geschafft, da darf man sich so einen Blick auch einmal ohne schlechtes Gewissen gönnen“, sagte ich, während ich immer noch die Natur bewunderte, die solche gelungenen Proportionen schaffen konnte.

„Wenn Sie dann fertig sind, können wir vielleicht weitermachen. Ich habe nicht so viel Zeit wie Sie.“

„Gut, wenden wir uns wieder ernsthafteren Dingen zu.“ Mein Blick kehrte zu dem Foto zurück.

„Schroth kannte offenbar Heim und Wenzel, wie man auf dem Bild sieht.“

„Kennen ist gut. Die waren dick miteinander befreundet. Schon seit der Schulzeit. So viel ich weiß, ging Schroth in Walddorfhäslach zur Schule. Wahrscheinlich hat er die beiden damals überredet, beim Festumzug mitzumachen.“

„Heim stellt doch den Ranzenpuffer dar, und Wenzel das weiße Fräulein. Das sind doch beide Walddorfer Sagengestalten. Was machen die bei einem Umzug in Altenriet?“, wollte ich von Schall wissen.

„Der Ranzenpuffer spukte im Schönbuch herum. Den beanspruchen viele Gemeinden. Auch Altenriet. In Wannweil zum Beispiel gibt es eine Narrenzunft, die sich Ranzenpuffer nennt.“

„Und die weißen Fräulein?“

„Die sollen auch einmal in Altenriet unterwegs gewesen sein. Aber die beiden Orte hängen sowieso eng zusammen. Bei dem Festumzug damals waren, so viel ich mich erinnere, auch Musikkapellen aus Walddorfhäslach mit dabei. Man hilft sich gegenseitig gerne aus.“

„Und Schroth mit seinem Kostüm? Wen stellt der dar?“

„Das ist der Altenrieter Waldgeist.“

„Jeder Ort hier hat wohl seine eigenen Geister?“

„Da haben Sie recht.“

„Und was treibt der Waldgeist in Altenriet? Seine Geschichte kennen Sie doch sicher auch?“
„Natürlich und diese Geschichte ist recht blutrünstig. Der Sage nach war der Geist zu seinen normalen Lebzeiten als Waldarbeiter unterwegs gewesen. Seine Frau hatte ihn eines Tages bei einem starken Unwetter in den Wald zum Holzschlagen geschickt. Das Holz sollte er verkaufen, um ihr kostbaren Schmuck schenken zu können. Der Waldarbeiter wäre aber besser zuhause geblieben. Er wurde beim Holzspalten vom Blitz getroffen, und das hat er nicht überlebt. Jetzt kommt der gruselige Teil der Geschichte. Als verkohlte Leiche spaltete er stur weiter Holz, das er aber am Ende nicht verkaufte und in Schmuck umsetzte. Er ging vielmehr nach Hause und schlug seiner Frau mit der Axt den Schädel ein. Er war wohl sauer auf sie gewesen, weil sie ihn bei dem Unwetter hinaus geschickt hatte. Jetzt wartet er als Geist im Wald auf eine Frau, die ihn von seinem Spuk erlöst.“
„Da kann er wohl lange warten?“
„Das denke ich auch. Als Geist büßt man mit der Zeit schon einiges an Attraktivität ein.“ Schall grinste. Ich ging auf seinen Humor nicht ein.
„Auf dem Foto gibt es neben Schroth noch einen vierten Mann.“ Ich zeigte auf dem Foto auf die Gestalt in der grünen Uniform.
„Das soll wohl der Carl Schweller sein, der Unterförster aus Walddorf, der im 19. Jahrhundert seine Geliebte erschossen und sich später selbst gerichtet hat. Die Geschichte habe ich Ihnen doch erzählt.“
Hatte er, nur ich habe nicht so genau zugehört.
„Und wer steckt in der Uniform des Carl Schweller?“, wollte ich wissen.
Schall schaute sich das Bild wieder genauer an. Sein Gesicht verfinsterte sich.
„Keine Ahnung. Das Gesicht kenne ich nicht. Wahrscheinlich jemand aus Altenriet. Zeigen Sie das Bild doch der Else Speidel im Walddorfer Rathaus. Die ist mit einem Altenrieter verheiratet und kennt sicher jeden dort.“
Ich war mir nicht sicher, ob Schall den vierten Mann wirklich nicht kannte oder ob er mir einfach den Namen nicht sagen

wollte, obwohl er ihn wusste. Ich schaute ihn an, doch seine Gesichtszüge verrieten mir nichts mehr.
„Danke für den Tipp", sagte ich nur.
„Jetzt habe ich aber eine Frage an Sie."
„Nur zu."
„Warum interessieren Sie sich so sehr für das alte Foto?"
„Journalistische Neugier."
Schall sah mich fragend an.
„Aber das Foto ist doch veraltet. Und Journalisten interessieren sich normalerweise nur für aktuelle Dinge und nicht für längst Vergangenes."
„Nicht immer. Das hier ist ganz aktuell. Überlegen Sie mal. Zwei Leute auf dem Foto sind tot. Heim und Wenzel. Und beide sind nicht auf natürliche Weise ums Leben gekommen. Und das innerhalb kurzer Zeit. Das eine Mal war es Mord, das ist sicher. Bei Lisa Wenzel weiß man es noch nicht genau."
„Doch. Sie vergessen die Polizei, die gerade in Walddorf unterwegs ist. Ich bin mir sicher, Lisa Wenzel wurde ermordet", unterbrach mich Schall mit einem Gesichtsausdruck, der deutlich machte, dass er überzeugt von dem war, was er sagte.
Und mir blieb gleichzeitig die Sprache weg. Schall hatte gerade die vier Worte der SMS ausgesprochen: Lisa Wenzel wurde ermordet. Hatte er mir diese Botschaft auf mein Handy geschickt? Der Mann wurde mir immer unheimlicher.
„Und Sie glauben, die beiden Morde an Heim und Wenzel hängen miteinander zusammen?", fragte mich Schall.
„Gut möglich. Vielleicht waren sie jemandem im Weg."
Schall schwieg. Er schaute sich das Foto noch einmal an.
„Und was ist mit den beiden anderen auf dem Foto? Sind die nun auch in Gefahr? Der Gedanke macht mir Angst. Aber ich kann mir das eigentlich nicht vorstellen. Hier in dem idyllischen Schönbuch und dem kleinen, beschaulichen Walddorf soll ein Mörder umgehen, der aus irgendeinem Grund ehrbare Leute meuchelt. Das kann nicht sein. Und was für ein Motiv sollte er haben?"
Schall hatte recht, alles musste für ihn völlig zusammenhanglos klingen. Er wusste ja nicht, dass Heim eine tödliche Bekannt-

schaft mit dem Ranzenpuffer gemacht hatte und dass ich bei Lisa Wenzel den weißen Schal am Fuß der Kellertreppe gefunden hatte. Und wenn sie wirklich ermordet worden war, dann waren beide Walddorfer der einheimischen Sagenwelt zum Opfer gefallen. Diese Verbindung wollte ich ihm nicht auf die Nase binden. Zumindest noch nicht.

„Noch etwas. Wo haben Sie das Foto eigentlich her?", fragte mich Schall und sah mich dabei mit durchdringendem Blick an.

„Jemand aus Walddorf hat es mir gegeben", sagte ich schnell.

„Und den Namen wollen Sie mir wohl nicht verraten?"

„Nein. Ein Journalist gibt einen Informanten nicht preis." Die Wahrheit, dass ich das Foto in Lisa Wenzels Wohnzimmer entdeckt hatte, konnte ich ihm nicht erzählen. Aber vielleicht lag ich falsch und es verhielt sich gerade umgekehrt. Vielleicht kannte er schon die ganze Geschichte und verheimlichte mir etwas. Diesen Gedanken bestätigte er sofort.

„Ich weiß, wo Sie das Bild herhaben."

12

Nach meinem Gespräch mit Schall machte ich mich sofort auf nach Walddorf. Vielleicht erwischte ich die Polizei noch in Lisa Wenzels Haus. Ich drückte auf der B 27 aufs Gaspedal und war in einer Viertelstunde in Walddorf. Während der Fahrt rief ich Micha Becker an, um ihm mitzuteilen, dass ich noch eine kleine Crime-Story mit Foto auf der Pfanne hätte, die er unbedingt noch für die nächste Ausgabe der Zeitung mitnehmen müsse. Schließlich wollten wir der Konkurrenz wieder die Sporen zeigen.

Ich fuhr in den Ortskern und hatte Glück. An den silber-grünen Fahrzeugen konnte ich erkennen, dass die Polizei noch vor Ort war. Ich stellte mein Auto beim Rathaus ab und erreichte Lisa Wenzels Haus gerade noch, ehe die Ermittler alles zusammengepackt hatten.

Vor dem Gebäude lief ich Hauptkommissar Hemmerle in die Arme.

„Sie schon wieder, Blum", knurrte er.

„Ich bin immer zur Stelle, wenn es Sensationen gibt."
„Hier gibt es keine Sensationen."
„Warum durchsuchen Sie dann Lisa Wenzels Haus?"
„Das kann ich aus ermittlungstaktischen Gründen noch nicht sagen. Warten Sie die Pressekonferenz ab. Die wird morgen oder übermorgen über die Bühne gehen. Wir werden Sie rechtzeitig informieren."
„Geben Sie mir einen Hinweis. Wurde die alte Frau wie Heim ermordet? Müssen Sie nun einen Doppelmörder suchen?"
„Lassen Sie mich in Ruhe." Hemmerle war offensichtlich schlechter Laune. Er ließ mich einfach stehen und ging weiter zu einem Polizeifahrzeug. Ich schaute ihm kopfschüttelnd hinterher, ließ mich durch sein Verhalten aber nicht von meinen Recherchen abhalten. Ich nahm als erstes meinen Fotoapparat und machte Bilder von Wenzels Haus, aus dem gerade zwei weißgekleidete Spurensucher traten. Das Gesicht des Mannes, der kurz hinter den beiden Weißlingen das Gebäude verließ, kannte ich nur zu gut. Es war Röder, der mich auf die Spur des Ranzenpuffers gebracht hatte.
„Was für eine Laus ist denn Hemmerle über die Leber gekrochen?", fragte ich ihn.
„Keine Ahnung." Auch Röder war kurz angebunden.
„Was gibt's Neues?"
„Warten Sie's ab."
„Geben Sie mir doch einen Tipp. Haben Sie etwas gefunden, das die beiden Fälle verbindet?"
„Welche Fälle?"
„Heim und Wenzel."
„Ich darf nichts sagen. Schon gar nicht der Presse."
„Wieso?"
„Wir müssen alles, was wir gefunden haben, erst noch sichten und auswerten. So schnell geht das nicht."
„Aber eins ist zumindest sicher. Es war kein Unfall. Lisa Wenzel wurde ermordet?", bohrte ich weiter.
„Kein Kommentar."
„Jetzt sagen Sie schon. Was haben Sie im Haus gefunden? Eine Spur vom Täter?"

„Täter? Welcher Täter?"
„Sie haben doch gerade bestätigt, dass Lisa Wenzel ermordet wurde."
„Hab ich nicht."
„Sie haben es aber auch nicht dementiert."
„Lassen Sie uns in Ruhe ermitteln und stecken Sie Ihre Nase nicht in Dinge, die Sie nichts angehen."
„Warum haben Sie das Haus durchsucht, wenn es kein Mord war?"
„Wir hatten unsere Gründe."
„Haben Sie wieder ein Foto wie bei Heim gefunden?" Ich wollte Röder mit dieser Frage aus der Reserve locken. Er schien auch kurz davor zu sein, die Fassung zu verlieren. Der Kommissar sah mich prüfend an.
„Wie kommen Sie darauf?"
„Es war nur eine Frage ins Blaue hinein."
„Was wissen Sie?" In Röders Frage schwang ein scharfer Unterton mit. Er stand direkt vor mir und sah mir in die Augen. Ich merkte, wie ich zu schwitzen anfing.
„Nichts", sagte ich schnell, „gar nichts."
Röder rückte noch ein paar Zentimeter näher an mich heran.
„Hören Sie mir zu. Es war ein Fehler von mir, dass ich Ihnen dieses Foto von Heim gezeigt habe. Vergessen Sie es und hören Sie auf, in unsere Ermittlungen hineinzupfuschen."
Offensichtlich hatte Hemmerle seinem Helfer Röder einen Maulkorb verpasst.
„Fotos scheinen in diesem Fall eine große Rolle zu spielen", sagte ich.
„Richtig. Und Sie werden mir jetzt eine genaue Auskunft geben, sonst sind Sie dran."
So kannte ich Röder gar nicht. Sein Ton war merklich rauer und ich unsicherer geworden.
„Was wollen Sie wissen?"
„Was haben Sie eigentlich bei Schall gesucht?"
„Heimatkunde."
„Sehr witzig."
„Das können Sie sich doch denken, oder? Ich wollte wie Sie

mehr über den Ranzenpuffer wissen. Und wie die ganze Geschichte zu dem Mord an Heim passt."
„Und Schall hat Ihnen auch die Geschichte über die weißen Frauen erzählt?"
„Fräulein."
„Wie?"
„Es sind weiße Fräulein, nicht Frauen."
„Das ist doch schnurz egal. Hat er Ihnen diese Sage erzählt?"
„Hat er."
„Aber was interessiert Sie gerade an dieser Sage?"
„Schall hat sie von sich aus angesprochen. Ich hatte sie zuvor gar nicht gekannt."
„Ich glaube, Sie verschweigen uns etwas."
Ich fühlte mich langsam in die Enge getrieben.
„Sicher nicht. Das würde ich doch nie wagen." Ich versuchte einen scherzhafteren Ton in das immer ernster werdende Gespräch zu bringen, doch Röder ging nicht darauf ein.
„Ich habe heute Mittag noch einmal mit Schall telefoniert. Er hat mir gesagt, dass Sie ihn treffen und ihm ein Foto zeigen wollten. Was ist das für ein Foto?"
Alte Petze, dachte ich, sagte aber nur: „Kein Kommentar."
„Hören Sie auf, selbst zu ermitteln. Überlassen Sie das der Polizei. Das ist kein Spaß hier. Wenn Sie uns etwas vorenthalten, hänge ich Ihnen ein Verfahren an den Hals, das sich gewaschen hat."
„Ich bin sauber."
„Sie sind ein Witzbold. Aber ich sage Ihnen jetzt etwas, das gar nicht witzig ist. Kennen Sie den Begriff Erzwingungshaft? Sie sind schneller in der Zelle, als Sie glauben. Also noch einmal, was ist mit dem Foto?"
„Das hat nichts mit dem Fall zu tun", log ich.
Röder sah mich eine Weile schweigend an. Er wusste nicht, ob er mir glauben sollte.
„Zeigen Sie mir das Foto."
„Ich habe es nicht dabei."
Wieder schwieg Röder. Die Stille wirkte bedrohlich. Sie wurde durch Hemmerle unterbrochen.
„Kommen Sie, Röder, wir müssen los."

Röder zögerte einen Augenblick, dann drehte er sich um und lief los.
„Halten Sie sich aus der Sache heraus. So etwas kann ganz schnell ins Auge gehen. Haben Sie mich verstanden?“, sagte Röder im Gehen.

*

Nun, einen Journalisten aufzufordern, sich aus einer Sache herauszuhalten, bewirkt nur das Gegenteil. So leicht wollte ich mich nicht abdrängen lassen. Ich spürte die große Story, wie sie langsam hochkochte. Ich rief Micha Becker an und sagte ihm, dass es mit dem Artikel noch etwas später werden könnte. Weil ich jetzt schon einmal hier in Walddorf war, wollte ich die Chance nutzen, um Else Speidel im Rathaus aufzusuchen. Sie sollte mir helfen, den vierten Mann auf dem Foto auszumachen.
Auf dem Weg zum Rathaus begegnete mir Vohrer. Er redete lebhaft auf eine attraktive Blondine ein, die neben ihm her lief. Es fiel ihr nicht leicht, mit dem Hauptschullehrer Schritt zu halten. Als das Pärchen an mir vorbei kam, hielt Vohrer kurz an.
„Der Kriminalreporter persönlich“, sprach er mich unvermittelt an.
Ich antwortete ihm nicht.
„Jetzt haben Sie Ihre nächste Story, oder? Schlimm, was mit Lisa passiert ist.“
„Kannten Sie die alte Frau?“, fragte ich Vohrer.
„Ja.“
„Was war sie für ein Mensch?“
„Sie war nett, hilfsbereit, aber in letzter Zeit lebte sie eher etwas zurückgezogen.“ Er dachte kurz nach.
„Sie schien etwas bedrückt. Zumindest kam sie mir so vor. Aber gesagt hat sie nichts.“
„Sie wissen, dass Lisa Wenzel wahrscheinlich ermordet wurde?“
Vohrer nickte.
„Ich habe so etwas gehört.“
Der Lehrer blickte zu seiner Begleitung, die über meinen letzten Satz offensichtlich erschrocken war. Er legte seinen Arm um sie. Dann wandte er sich wieder mir zu.

„Amelie war dabei, als wir Heims Leiche im Schönbuch gefunden haben." Offensichtlich sprach Vohrer nun von seiner Begleitung. „Es war ein ziemlicher Schock für sie." Offensichtlich war der Schock so groß gewesen, dass sie kein Wort mehr herausbrachte. Das Reden übernahm jedenfalls Vohrer für sie.
„Hat die Polizei etwas gesagt, wie Lisa ums Leben gekommen ist?", fragte mich der Hauptschullehrer. Er drückte Amelie Wagner immer fester an sich, die sich nicht dagegen wehrte.
„Nein, bis jetzt noch nicht."
„Wenn's was Neues gibt, lesen wir es ja sicher in der Zeitung."
„Genau."
„Wir müssen weiter. Wir haben noch einen Termin in der Schule", sagte Vohrer plötzlich.
Ich blickte dem Pärchen hinterher, das die Nonnengasse hinunterschlenderte.
Eine Minute später hatte ich das Bürgerbüro im Erdgeschoss des Rathauses erreicht.
Else Speidel stand an der Theke, als ich hereinkam. Sie schien nicht sonderlich überrascht, mich zu sehen.
„So spät noch bei der Arbeit?", fragte ich. Sie lächelte.
„Ja. Hier auf dem Rathaus gibt es halt viel zu tun."
„Das sehe ich."
„Was wollen Sie denn heute von mir wissen?", fragte sie mich ohne Umschweife.
„Es geht um ein Foto. Claudius Schall hat mir gesagt, dass Sie sich auch in Altenriet auskennen. Wir suchen noch den Namen einer Person auf dem Foto."
„Na, dann zeigen Sie mal her." Else Speidel sah mich neugierig an. Sie setzte ihre etwas altmodisch wirkende Brille auf, die sie meist an einer Kette um den Hals hängen hatte.
Ich holte das Foto mit den vier lachenden Gesichtern heraus und gab es ihr in die Hand. Ihr Blick wurde sofort ernster. Sie schwieg einen Augenblick.
„Das können wir hier nicht besprechen. Ich denke, Sie wollen mehr wissen als nur die Namen? Ich habe gleich Feierabend. Dann hab ich mehr Zeit für Sie."
„Wo können wir uns treffen?"

„Wissen Sie, wo das alte TV-Heim ist?"
„Ja."
„Fahren Sie dorthin. Ich komme mit dem Fahrrad. In einer halben Stunde bin ich da. Wir können dann ein paar Schritte laufen. Etwas frische Luft wird uns gut tun."
„Okay." Ich verabschiedete mich und ging zu meinem Auto. Plötzlich stand wie aus dem Nichts Charly vor mir. Langsam kam mir diese schräge Figur wie eine von diesen Schönbuch-Sagengestalten vor. Sie tauchen überall dort auf, wo man sie nicht vermutet und schrecken einem die Seele aus dem Leib. Dieser Waldschrat hat langsam wirklich etwas Unheimliches an sich.
„Können Sie nicht ein einziges Mal auf normale Art und Weise vor einem Menschen auftauchen? Ich habe von Ihren Geist-aus-der-Flasche-Auftritten die Nase voll", blaffte ich ihn an.
Charly lachte nur. Es schien ihm Spaß zu bereiten, mir einen Schrecken einzujagen.
„Der Herr Journalist." Charly machte eine tiefe, altmodisch wirkende Verbeugung. „Wieder hinter blutigen Sensationen her? Ja, in unserem Ort ist etwas los, nicht wahr?"
„Lassen Sie mich doch in Ruhe." Ich hatte keine Lust auf seine Spinnereien.
Doch plötzlich packte er mich am Kragen und drückte mich in eine dunkle Ecke, die von der Straße nicht einzusehen war.
„Was soll das?" Ich versuchte mich aus seinem Griff herauszuwinden. Sein Arm, der mich wie in einem Schraubstock festhielt, fühlte sich eiskalt an. Sein Gesicht rückte ganz nah an mich heran. Ich spürte seinen Atem in meinem Gesicht.
„Hören Sie zu, Sie Schreiberling. Ich brauche Sie. Der Ranzenpuffer geht um, das weiße Fräulein ist heimgekehrt. Die Sagenwelt ist wieder auferstanden. Es wird noch mehr Blut fließen. Und Sie können es verhindern. Aber Sie müssen sich beeilen."
Mit seinem letzten Wort stieß er mich zur Seite. Um nicht das Gleichgewicht zu verlieren, hielt ich mich am Fallrohr einer Dachrinne fest. Allerdings drehte ich mich dabei um die eigene Achse und verlor Charly so aus meinem Gesichtsfeld. Als ich mich gefangen und wieder aufgerichtet hatte, war Charly verschwunden. Ich stürmte auf die Straße und sah, wie er gerade in

die nächste Seitengasse einbog. Ich rannte ihm hinterher. So sollte er mir nicht davon kommen. Als ich die Gasse erreicht hatte, war kein Charly mehr zu sehen. Ich lief noch einige Schritte weiter bis zur nächsten Kreuzung, doch es war sinnlos. Charly hatte sich wieder einmal in Luft aufgelöst.
„Irgendwann kriege ich dich zu fassen", brummelte ich zornig. Aber ich hatte keine Zeit mehr, ein Phantom zu suchen, die Verabredung mit Else Speidel war wichtiger. Ich lief zu meinem Auto und machte mich zu unserem verabredeten Treffpunkt beim ehemaligen TV-Heim auf.
Nur wenige Minuten später hatte ich mein Auto neben der alten Holzbaracke abgestellt. Ich schloss ab und folgte dem Feldweg Richtung Häslach. Von hier aus hatte man einen herrlichen Blick Richtung Schwäbische Alb. Ich betrachtete die weite Landschaft und ging in Gedanken weiter.
„Hallo, nicht so schnell", hörte ich plötzlich eine Stimme, die von der Seite kam.
Else Speidel schob ihr Fahrrad aus einem Feld heraus auf den Weg. Ich musste sie in meiner Hektik völlig übersehen haben.
Ich blieb so lange stehen, bis sie mich erreicht hatte. Dann liefen wir gemeinsam weiter.
„Welche Namen wollen Sie nun von mir wissen?"
Ich reichte ihr wieder das Foto. Sie hielt an, lehnte das Fahrrad an ihre Hüfte und betrachtete das vergilbte Papier.
„Ich wusste, dass diese Geschichte irgendwann wieder hochkommt."
„Welche Geschichte?"
„Eins nach dem anderen. Also das hier sind Egi Heim, Lisa Wenzel und Helmut Schroth."
„Das weiß ich. Aber wer ist der Vierte? Schall konnte mir den Namen nicht nennen."
„Das wundert mich aber. Claudius kennt doch sonst alles und jeden."
Sie drehte das Bild um und las die Namen, die auf der Rückseite standen.
„Ja, Matze. Was der wohl jetzt macht? Ob er überhaupt schon draußen ist?

„Wer ist Matze?"
Else Speidel atmete tief durch.
„Der Vierte hier, das ist Näther. Martin Näther. Mein Gott, das ist schon lange her, aber bei mir ist das immer noch so präsent, als ob es gestern gewesen wäre. Das war der Festzug zum Großen Brezelfest in Altenriet, nicht wahr?"
Ich nickte.
„Man könnte es fast ein historisches Foto nennen. Es ist sicher eines der letzten, auf dem alle vier so fröhlich zusammen zu sehen sind. Die waren einmal sehr eng miteinander befreundet. Bei allen Festen tauchten sie zusammen auf, mit und ohne Anhang. Aber das Geld und die Frauen brachten sie auseinander. Das war schon tragisch."
Else Speidel gab mir wieder das Foto zurück. Ich steckte es sofort ein. Wir liefen nun wieder gemeinsam nebeneinander her.
„Was ist passiert?"
„Da spricht heute keiner mehr gerne darüber. Weder hier noch in Altenriet. Das liegt immer noch wie ein schwarzer Schatten über dem Dorf. Sie werden keinen finden, der ihnen viel darüber erzählen wird."
„Außer Ihnen."
Sie sah mich an und lächelte.
„Außer mir."
„Dann erzählen Sie mir einmal, was geschehen ist."
„Ich habe Ihnen doch gesagt, dass die vier ganz eng miteinander verbunden waren. Doch dann gab es einen fürchterlichen Streit."
„Zwischen wem?"
„Zwischen Schroth und Näther. Es ging zuerst um Geld. Aber wenn Schroth seine Hände im Spiel hat, ist das auch kein Wunder. Der riecht förmlich, wo Geld zu holen ist. Und dann kennt er auch keine Freunde mehr."
„Klingt nicht sehr sympathisch."
„Das ist ein Mann mit zwei Gesichtern. Schroth kann sehr nett und manchmal sogar spendabel sein, wenn es um einen guten Zweck in der Gemeinde geht. Aber wenn er eine Chance sieht, seinen Reichtum zu vermehren, dann wird er zum gefürchteten

Schlitzohr, das sich rücksichtslos durchsetzt. Aber das liegt wohl in der Familie. Die hat mit ihrem Geld über Generationen hinweg das Leben in Altenriet fest im Griff gehabt. Im Dorf hat man hinter vorgehaltener Hand manchmal von der Schroth-Mafia gesprochen."

„Und Näther?"

„Der war ein Zornigel. Und unheimlich ehrgeizig und genauso geldversessen. Er wollte dem Schroth seine Führungsposition im Ort ins Wanken bringen. Der hat es ihm aber ordentlich heimgezahlt."

„Auf welche Weise?"

„Der Schroth hat dem Näther alle Grundstücke, die er haben wollte, vor der Nase weggeschnappt. Aber das wäre nicht so schlimm gewesen. Er hat sich offensichtlich auch noch an Näthers Freundin herangemacht. Und das ging tragisch, sehr tragisch aus. Aber das können Sie auch in den alten Zeitungen, die Sie sicher in Ihrem Archiv haben, nachlesen.

„Jetzt erzählen Sie schon."

„Der Näther hat seine Freundin damals immer gerne herumgezeigt. Das war so eine richtig Aufgetakelte, mit einer beeindruckenden Oberweite. Sie lief immer mit tief ausgeschnittenen Blusen durch die Gegend, um zu zeigen, was sie alles vorzuweisen hatte. Der Näther war richtig stolz auf sie und hat gar nicht gemerkt, dass sich einige im Dorf schon über ihn lustig gemacht haben. Und dann ist es passiert. Schroth hat das Busenwunder dem Näther ausgespannt."

Else Speidel holte kurz Luft.

„Es war an dem Abend nach dem Festumzug. Es war viel Alkohol im Spiel, viel zu viel, und es war eine laue Nacht, die Stimmung war gut und der Hormonspiegel wahrscheinlich hoch. Näther hat die beiden inflagranti erwischt. Der Schroth und Näthers Freundin haben es direkt hinter dem Festzelt miteinander getrieben. Das haben auch Heim und Wenzel mitgekriegt. Und sie haben's wohl Näther gesteckt, um zu sehen, wie er reagiert. Und der eifersüchtige Gockel hat reagiert."

Else Speidel blieb stehen und hielt den Lenker ihres Rades fest in der Hand. Sie sah mich an.

„Beim Festumzug war der Näther doch als Schweller verkleidet gewesen, mit grünem Rock und vor allem mit einer Flinte. Was keiner wusste, er hatte auch ein paar Patronen in der Tasche. Und als er die zwei hinterm Zelt aufstöberte, hat er durchgedreht. Es heißt, er hat die Frau in Rage einfach erschossen. Mit der Schrotflinte. Muss kein schöner Anblick gewesen sein."
„Sicher nicht. Und der Näther ist verurteilt worden?"
„Ja, den haben sie gleich verhaftet und hinter Gitter gesteckt. Und dann vor Gericht zu lebenslänglich verurteilt. Ich habe gehört, dass er den Schuss mit der Flinte zuerst bestritten hat. Er hat versucht, es dem Schroth anzuhängen. Der Schuss sei nach einem Gerangel mit Schroth gefallen, behauptete er."
Else Speidel schaute mich wieder an.
„Doch damit kam er nicht durch. Heim und Wenzel waren Schroths Zeugen. Sie haben ausgesagt, dass der Näther seine Freundin kaltblütig über den Haufen geschossen hat. Das war's dann. Danach hat der Näther bei der Gerichtsverhandlung gar nichts mehr gesagt. Hat einfach geschwiegen und ist in den Knast gewandert. Danach war's auch mit seinem Immobilienbüro zu Ende. Damit hatte er viel Kohle gemacht, aber am Ende war er völlig pleite. Tragisch."
„Allerdings."
„Im Ort hat das große Wunden geschlagen. Hat einige Zeit gedauert, bis die Altenrieter das verdaut hatten. Heute will keiner mehr etwas davon wissen. Das ist aus ihrem Gedächtnis gestrichen."
„Wissen Sie, ob Näther wieder draußen ist?"
„Keine Ahnung. Aber eigentlich müssten Sie ihn ja wieder rausgelassen haben. Das ist ja alles schon so lange her."
Ich nickte zustimmend. Lebenslänglich dauert hierzulande schließlich ‚nur' 15 Jahre, es sei denn, sie stecken den Verurteilten in die Sicherungsverwahrung. Ich wechselte wieder das Thema.
„Haben Sie eine Ahnung, wer das Foto aufgenommen haben könnte?", fragte ich Else Speidel.
„Nein. Vielleicht war es Schroths Frau. Die war damals ab und zu auch mit den Vieren unterwegs. Aber Schroth hatte sie nicht

so gerne dabei. Fragen können Sie sie nicht mehr. Sie ist vergangenes Jahr gestorben. Der ging's die vergangenen Jahre gar nicht gut. Kein Wunder, bei dem Mann."

Else Speidels Blick sagte deutlich aus, was sie von Schroth hielt. Sie schob nun ihr Fahrrad wieder an und ging weiter.

„Vielleicht war es auch Näthers Freundin, die das Foto geschossen hat. Das halte ich für wahrscheinlicher."

Wir liefen ein paar Schritte nebeneinander her, ohne ein Wort zu reden.

„Ich möchte wissen, was aus ihrem Sohn geworden ist", sagte sie plötzlich.

„Aus welchem Sohn?"

„Näthers Freundin hatte einen Sohn. Den hatte sie in die Beziehung mit hineingebracht. Mit Näther hatte sie keine Kinder. Das Kind hat oft mit Schroths Sohn gespielt. Ja, die Kinder leiden unter diesen Sachen immer am meisten."

„Da haben Sie recht."

„Jetzt habe ich aber auch noch eine Frage", sagte Else Speidel unvermittelt nach einer kurzen Pause, in der wir beide wortlos vor uns hingestarrt hatten.

„Bitte, nur zu."

„Wo haben Sie das Foto her?"

Die Frage hatte ich eigentlich schon früher erwartet. Eine gute Antwort fiel mir aber dennoch nicht ein.

„Gefunden", sagte ich nur.

Else Speidel schaute mich mit skeptischem Blick an.

„Verstehe. Und was machen Sie jetzt mit dem Foto?"

„Das weiß ich noch nicht. Aber es sagt viel aus. Zwei sind tot auf diesem Bild. Näther sitzt noch oder ist vermutlich nach dem Knast irgendwo untergetaucht. Bleibt noch der hier übrig." Ich zeigte auf Schroth.

„Und was bedeutet das?"

„Wenn ich das wüsste. Nur, dass die Geschichte immer spannender wird. Und Schroth im Augenblick der einzige Anhaltspunkt ist, an dem ich weitermachen kann."

Wir hatten jetzt Häslach erreicht.

„Na, dann warten wir mal ab, was weiter geschieht."

13 Das Paket an Informationen, das mir Schall und Else Speidel verschafft hatten, musste ich erst einmal verdauen. Was war mit Näther? Wenn er gar nicht der Mörder seiner Freundin gewesen war, hatte er allen Grund Schroth zu hassen. Und Heim und Wenzel auch. War er nun zurückgekehrt, um sich zu rächen? Heim war bei dem Festumzug als Ranzenpuffer aufgetreten. Und der Ranzenpuffer hat ihn nun getötet. Und Lisa Wenzel war als weißes Fräulein unterwegs gewesen. War Näther ebenfalls maskiert bei ihr gewesen und hatte sie die Treppe hinuntergestoßen? Wenn das zutraf, war Schroth jetzt der Dritte auf der Liste, und: Er war in Lebensgefahr. Dann musste ich sofort zu ihm und ihn warnen. Stimmte meine Theorie nicht, würde ich mich bei Schroth fürchterlich lächerlich machen. Also musste ich vorsichtig vorgehen.
Aber es führte kein Weg daran vorbei, Schroth war der Nächste, mit dem ich reden musste. Außerdem hatte ich jetzt einen Informationsvorsprung vor der Polizei und den galt es zu nutzen. Ich stellte mir mit großem Vergnügen Röders Gesicht vor, wenn er aus der Zeitung Neuigkeiten in der Mordgeschichte erfuhr, von denen er noch nichts wusste oder die er zumindest noch nicht an die Öffentlichkeit gegeben hatte. Ich fühlte, wie ein richtiger Wettstreit zwischen uns aufkeimte. Endlich ging es für mich nicht mehr nur um Vereinsjubiläen und Kleintierzüchterausstellungen. Hier wartete eine Story auf mich, die mich groß herausbringen konnte: Luka Blum, der Crime-Reporter, immer dem Verbrechen auf der Spur. Ich sah schon die Schlagzeilen: Lokaljournalist bringt Doppelmörder zur Strecke. Polizei profitiert von den Recherchen von Luka Blum. Ja, das klang wie Musik in meinen Ohren. Allerdings hatte ich sicher dann auch einen verärgerten Kommissar Röder im Nacken. Doch wer berühmt sein will, muss leiden.
Aber zurück zu Helmut Schroth, dem Landwirt von altem Schrot und Korn, wie Schall gemeint hatte. Von Else Speidel wusste ich, wo der alte Haudegen wohnte. Ich wollte mir diesen Schrot-und-Korn-Typen einmal aus der Nähe ansehen, vielleicht erfuhr ich dabei auch etwas über Näther. Also drückte ich auf die Tube und verließ Walddorfhäslach.

Nach einer Viertelstunde hatte ich Altenriet erreicht. Ich fuhr an Neubaugebieten vorbei, deren schmucke Häuser eine heile Welt vorgaukelten. Doch als Gerichtsreporter wusste ich, dass es hinter den Fassaden manchmal ordentlich zur Sache ging.
Zwei Minuten später passierte ich das Rathaus von Altenriet. Ich bog in die nächste Straße ein und hatte kurze Zeit später Schroths Haus erreicht. Mir war klar, dass ich den Landwirt nicht direkt nach seinem Ex-Freund ausfragen konnte. Er würde mir darauf sicher keine Antwort geben und mich wahrscheinlich hochkant hinauswerfen. Ich musste raffinierter vorgehen. Zudem ging es mir in erster Linie darum, dieses Urgestein von Altenriet aus der Nähe kennenzulernen. Ich dachte mir eine ‚Leute-Geschichte' aus, vielleicht konnte ich ihn damit locken. Leute wie Schroth waren eitel und lasen gerne etwas über sich in der Zeitung und wenn ich vorgab, eine Geschichte über einen erfolgreichen Altenrieter schreiben zu wollen, sollte ihn das doch reizen. Und dabei konnte ich vielleicht auch einige Informationen aus seiner Vergangenheit aus ihm herausziehen.
Schroths Haus wirkte sehr einfach. ‚Schwäbische Bescheidenheit', man protzt nicht mit seinem Geld', dachte ich mir. Ich klingelte an der Haustür. Eine Zeit lang tat sich nichts. Dann fing die Sprechanlage, die mir zuerst gar nicht aufgefallen war, zu krächzen an. Es meldete sich eine Stimme, die fragte, was ich wolle. Ich gab mich als Pressemann zu erkennen und sülzte etwas von einer schönen Geschichte über einen wichtigen Altenrieter in die Anlage.
„Da müssen Sie meinen Vater schon selbst fragen", bekam ich als Antwort.
Offensichtlich hatte ich seinen Sohn erwischt. Er musste ein älteres Semester sein, denn seine Stimme, in der ein unangenehmer Unterton mitschwang, klang erwachsen. Weil ich aber nicht orten konnte, warum diese Stimme ein Unbehagen bei mir auslöste, packte ich diese Information in eine hintere Ecke meines Langzeitgedächtnisses und hoffte, dass ich sie später vielleicht einmal wiederfinden würde.
„Und wo kann ich Ihren Vater treffen?", fragte ich den Krächzer.
„Draußen auf dem Feld, wo er immer ist."

Gnädigerweise erklärte mir die Stimme aus dem Lautsprecher, der schon einmal bessere Tage gesehen hatte, noch den Weg hinaus vor den Ort, wo Schroth einen größeren Schuppen und einige Felder drum herum besaß. Ich lief zurück zu meinem Auto und spürte in meinem Rücken die neugierigen Blicke, die mich verfolgten. Als ich mich kurz umdrehte, sah ich, wie sich im ersten Stock die Gardine bewegte. Ich schloss mein Auto auf, stieg ein und fuhr aus dem Ort.
Es dauerte nicht lange und ich hatte die Stelle gefunden, die mir die Krächzstimme beschrieben hatte. Ein großer, hässlich-dunkelbrauner Holzschuppen stand mitten in der herrlichen Landschaft. So viel ich wusste, sollte hier in der Nähe einmal die geplante Umgehungsstraße gebaut werden. Doch die beiden Nachbarorte, die schon seit jeher Konkurrenten waren, konnten sich auf keine Trasse einigen. Sollte es eines Tages eine Einigung geben, dann würde dabei sicher auch Schroth ein gewichtiges Wort mitsprechen. Vor allem, wenn es um seine Felder ging, die der Straße im Weg standen. Sicherlich würde er beim Verkauf seines Grund und Bodens wieder ein ordentliches Sümmchen auf seinem Konto verbuchen können.
Ich stellte meinen Wagen in der Nähe des Schuppens ab. Von hier aus waren es nur noch wenige hundert Meter zum Rand des Schönbuchs, der hier mit einem dichten Buchenwald seinem Namen alle Ehre machte. Ich ging um den Schuppen herum. Als ich die andere Seite erreicht hatte, stand nicht weit von mir entfernt eine sehr kompakte Figur, die mit einem blauen Kittel und einer alten, dunklen Cordhose bekleidet war. Der Mensch, in dem ich Schroth zu erkennen glaubte, hatte mir seinen kräftigen Rücken zugewandt. Er stand leicht nach vorne gebückt und hatte eine Hacke in der Hand, mit der er den Boden aufzulockern schien. Ich ging mit lautem Schritt auf ihn zu, damit er hören konnte, dass sich ihm jemand von hinten näherte. Ich wollte nicht riskieren, dass sich Schroth erschreckte und mir dabei die Hacke auf den Kopf schlug.
Als ich nah genug heran war, rief ich seinen Namen. Er richtete sich auf, immer noch mit dem Rücken zu mir gewandt, und drehte sich langsam um.

„Was wollen Sie von mir?“, raunzte er mich an. Sein Gesicht war vom Wetter gegerbt und hatte bereits eine Vielzahl tiefer Furchen auf der Stirn und um die Mundwinkel herum. Ich schätzte ihn auf Mitte sechzig.
„Sie sind doch sicher Helmuth Schroth?“, fragte ich.
„Ja, und?“, brummte er.
Ich stellte mich als Journalist vor und fiel gleich mit der Tür ins Haus.
„Ich möchte eine Geschichte über Sie schreiben.“
„Über mich? Warum?“
„Sie sind eine wichtige Persönlichkeit in diesem Ort, haben alle möglichen Ehrenämter bekleidet, sich für wohltätige Zwecke eingesetzt und können sicher vieles über Altenriet erzählen. So etwas interessiert die Leute.“
„Eine Geschichte über mich? Nee, das braucht's net“, speiste er mich trocken ab und stützte sich dabei auf seine Hacke.
„Ich denke, Sie sollten sich das überlegen. Ein großes Bild von Ihnen und eine schöne Human-Touch-Story, mit allen Stationen Ihres wichtigen Lebens. Das liest man sicher im ganzen Kreis“, schmeichelte ich ihm.
Schroth sah mich aus seinen Augenschlitzen heraus prüfend an. Ich schien ihn an der Angel zu haben.
„Was wollen Sie wissen?“, knurrte er schließlich.
Ich fragte in kurzen Zügen seinen Lebenslauf ab. Der alte Knurrhahn hatte schon wirklich einiges hinter sich, auch wenn er gar nicht so oft aus seinem Ort herausgekommen war. Er war Vorsitzender des Sportvereins gewesen, hatte die Feuerwehr auf Vordermann gebracht und war als großzügiger Spender für wohltätige Zwecke in Altenriet aufgetreten.
Das war sicher nicht uninteressant und vor allem für eine ‚Leute-Geschichte‘ von Bedeutung, doch ich war aus anderen Gründen hier. Deshalb versuchte ich ganz beiläufig, das Thema zu wechseln.
„Ich habe gehört, Sie sind in der Vergangenheit auch als Organisator von großen Festen aufgetreten.“
„Bin ich. Und die waren alle ein Erfolg.“
„So wie das große Brezelfest vor 20 Jahren?“

„Ja. Da hätten Sie einmal dabei sein sollen. Zwei Wochen lang haben wir gefeiert."
Es schien fast so, als ob er mit seiner Hacke weiter die Erde bearbeiten wollte, doch ich hatte immer noch seine Aufmerksamkeit.
„Ja, bei dem Feschtle war was los." Er stellte seine Hacke kurz beiseite und schien die ganze Schose noch einmal an seinem inneren Auge vorbei laufen zu lassen.
„Ich hab' die ganze Geschichte mit dem Kulturverein auf die Beine gestellt. Ohne mich wär' das ein Granaten-Flop geworden." Dem Mann mangelte es offensichtlich nicht an Selbstbewusstsein.
„Und der Kulturverein hat Ihnen geholfen?", wollte ich wissen.
„Natürlich. Die mussten ja. Ich war damals der Vorsitzende. Viele haben mit angepackt. Ich habe ihnen ordentlich Feuer unter dem Hintern gemacht. Und sie haben gut gespurt, die Jungs und Mädels. Das war auch besser so." Schroth knurrte ein Lachen zwischen seinen Zähnen heraus. Ich konnte mir den knorrigen Landwirt gut als ‚Sklavenantreiber' vorstellen. Es machte sicherlich keinen allzu großen Spaß, mit ihm zusammenzuarbeiten.
„Aber der Abschluss war schon tragisch."
„Wie meinen Sie das?" Schroth sah mir nun direkt in die Augen.
„Na, das mit dem Mord. Das wissen Sie doch sicher noch? Ein Mann hat doch nach dem Festumzug seine Freundin erschossen."
Schroth kniff seine Augen zusammen. Sein Gesichtsausdruck hatte sich verändert. Er wirkte angespannt.
„Das interessiert mich heute nicht mehr. Das ist aus und vorbei. Das war nicht gut für den Ort."
Schroth machte eine kurze Pause.
„So, jetzt haben Sie genug von mir gehört. Jetzt können Sie wieder gehen", fertigte mich Schroth ab. Er nahm seine Hacke und zog sie durch die lose Erde.
Meine Bemerkung hatte offenbar gesessen. Aber so schnell ließ ich mich nicht wegschicken. Jetzt wollte ich meinen zweiten Treffer landen.

„Haben Sie nicht auch Egidius Heim und Lisa Wenzel gekannt? Furchtbar, was mit den beiden passiert ist. Ich habe gehört, Sie waren gut miteinander befreundet?"
Schroth fuhr hoch.
„Was geht Sie das an? Lassen Sie mich in Ruhe. Verschwinden Sie jetzt!"
Schroth war wütend. Ich glaubte aber, auch Furcht in seinem Gesicht zu entdecken. Ich hatte ihn mit meinen Fragen überrumpelt.
„Beide wurden ermordet. Das muss doch schrecklich für Sie sein", schob ich nach.
„Heim wurde ermordet. Lisa nicht. Die ist die Kellertreppe hinuntergestürzt."
„Da ist die Polizei aber offenbar anderer Ansicht."
„Wieso?"
„Sie hat heute Lisa Wenzels Haus in Walddorf noch mal vom Keller bis zum Dachboden auf den Kopf gestellt", berichtete ich Schroth. Der alte Mann geriet nun völlig aus dem Gleichgewicht.
„Das kann nicht sein. Lisa wurde nicht ermordet." Schroth wurde blass. Es dauerte einige Zeit, bis er sich wieder im Griff hatte. Gleich darauf hörte ich ein Geräusch im Schuppen. Schroth reagierte nicht darauf. Ich war mir nicht sicher, ob er es überhaupt wahrgenommen hatte. Ich drehte mich kurz um und blickte Richtung Schuppen, doch ich konnte niemanden sehen. Vielleicht hatte ich mich auch getäuscht.
„Wer kann nur so brutal sein und zwei Menschen umbringen?", versuchte ich Schroth wieder ins Gespräch zu ziehen.
„Jetzt hören Sie auf." Schroth murmelte leise vor sich hin.
„Die Welt ist schlecht, schauen Sie sich doch um. Überall nur Drogen und Gewalt. Jungspunde, die alte Leute halb tot prügeln. Wegen ein paar Euro werden heute Menschen getötet. Da wundert mich gar nichts mehr."
„Für Sie muss es doch ein Schlag gewesen sein, als Sie von Heims Tod hörten."
Schroth schwieg, doch ich musste ihn weiter bearbeiten.
„Ich bin gestern übrigens durch Zufall auf ein Bild gestoßen, auf

dem sieht man Sie mit Heim und Wenzel zusammen. Und Sie feiern alle richtig ausgelassen. Sie müssen wirklich sehr gute Freunde gewesen sein. Das Bild stammt, so viel ich weiß, vom Altenrieter Festumzug."

„Woher haben Sie das Bild?" Schroth sah mich mit ernstem Blick an.

„Aus dem Gemeindearchiv in Walddorf. Nach dem Mord an Heim habe ich mich für alte Bilder von ihm interessiert und das hier gefunden." Überzeugt war ich von meiner Lüge nicht, aber ich wollte jetzt keine Zeit mehr verlieren. Ich zog das Foto aus der Tasche.

„Zeigen Sie her."

Schroth riss mir das Bild aus der Hand.

„Auf dem Foto ist noch ein vierter Mann zu sehen, aber ich weiß nicht, wer das ist. Aber Sie kennen ihn doch sicher?" Noch einmal war ich vom Tugendpfad der Wahrheit abgewichen, aber Notlügen sind erlaubt, heißt es zumindest.

Schroth starrte auf das Foto.

„Ich brauche meine Brille", sagte er plötzlich und zog unvermittelt Richtung Schuppen los. Ich hatte Mühe ihm zu folgen. Kurz bevor er bei der seitlichen Tür des Schuppens angekommen war, öffnete sich die Schuppentür. Der Schock traf ihn wie mich gleichermaßen. In der Tür stand ein menschliches Wesen, das in einer weißen Kutte mit Kapuze steckte. Der eigenartige Aufzug hätte aus dem Kleiderschrank eines Ku-Klux-Klan-Anhängers stammen können. Die merkwürdige Gestalt blickte uns finster aus zwei Sehschlitzen an. Irgendwie wirkte die Figur lächerlich, aber es war besser, sie ernst zu nehmen. In der Hand hielt der Kapuzenmann eine Axt, die er drohend auf uns richtete.

„Bist du noch ganz dicht? Was soll der blöde Aufzug?", bellte Schroth den weißen Geist an. Allerdings war die Frage überflüssig, denn es sah nicht so aus, als ob uns dieser schräge Vogel eine Antwort darauf geben wollte. Ohne ein Wort der Vorankündigung stürzte der Geist auf uns zu und zielte mit der Axt auf Schroth, der gerade auf den Kapuzenmann zugehen und ihm die Kapuze vom Kopf reißen wollte.

Ich sprang sofort nach vorne, ergriff den Arm des stämmigen Schroth und wollte ihn zurückziehen. Schroth hatte im gleichen Augenblick allerdings wohl ebenfalls die Gefahr erkannt, in der er sich befand, und war meiner Vorwärtsbewegung entgegengekommen. Wir prallten zusammen, verloren gemeinsam das Gleichgewicht und kippten Arm in Arm zur Seite. Die weiße Figur ließ sich von unserem eigenwilligen Pas de deux nicht beeindrucken. Die Axt sauste mit Wucht nach unten, traf allerdings zum Glück nur Schroths linken Arm, kurz bevor wir krachend zu Boden fielen. Aber Schroth war schneller wieder auf den Beinen, als der Kapuzenmann vermutet hatte. Auch ich hatte mich leidlich schnell wieder aufgerappelt. Zu zweit versuchten wir, uns dem Angreifer entgegenzustellen. Schroth, dessen Jacke am Ärmel aufgerissen war, griff sofort zu seiner Hacke. Auch ich packte einen Knüppel, der auf dem Boden lag und stellte mich, so gut es ging, in eine Art Angriffsposition. Einen Augenblick verharrten wir drei in dieser bizarren Stellung. Kein Wort fiel, aber auch kein erneuter Schlag mit der Axt. Die Abteilung Attacke war vorsichtiger geworden, unser Angreifer schien zu befürchten, dass seine Position nun wesentlich schwächer war als am Anfang. Er hatte sein Ziel, nämlich Schroths Schädel, deutlich verfehlt und nun standen ihm zwei Männer gegenüber, die sich nicht willenlos abschlachten lassen wollten.
Er machte einen Ausfallschritt mit der Axt nach vorne, doch dies war nur ein Scheinangriff. Im gleichen Augenblick, in dem wir einen Schritt zurückwichen, drehte sich die weiße Figur um und rannte in den Schuppen. Kurz bevor er im Gebäude verschwand, wandte er sich blitzschnell um und warf die Axt in unsere Richtung. Schroth und ich sprangen zur Seite. Die Axt flog zwischen uns hindurch und landete zwei Meter hinter uns auf dem Boden. Wir sahen uns verdattert an und blickten dann zur Tür, die gerade krachend ins Schloss gefallen war. Der Schreck saß uns in den Gliedern. Nach einer kurzen Erholungspause war ich der erste, der wieder die Initiative ergriff. Ich machte einen Satz zur Tür und versuchte, sie zu öffnen. Doch sie ging nicht auf. Unser Geister-Flüchtling hatte meiner angehenden Verfolgungsjagd einen Riegel vorgeschoben oder irgendetwas auf der anderen

Seite gegen die Tür gestellt. Sie ließ sich jedenfalls nicht aufdrücken, so sehr ich mich auch abmühte.
Im nächsten Augenblick hörten wir hinter dem Schuppen das Schlagen einer Tür. Ich rannte um das Holzgebäude herum und sah, wie der Axtwerfer Fersengeld Richtung Wald gab. Er war schon zu weit weg, als dass ich ihn mit einem kurzen Sprint noch hätte erreichen können. Außerdem verspürte ich keine allzu große Lust auf eine Verfolgungsjagd. Ich wollte nicht noch einmal mein Leben riskieren, auch wenn unser Geist sein Wurfgerät inzwischen los war. Zudem erübrigte sich der Gedanke an eine Verfolgung in der nächsten Sekunde sowieso, da ich im Wald den startenden Motor einer Geländemaschine hörte. Der Waldgeist war im Laufe seiner Spukjahre offensichtlich mit der Zeit gegangen und hatte sich einen motorisierten Untersatz verschafft. Tja, die Geister sind auch nicht mehr das, was sie einmal waren.
Erst jetzt bemerkte ich, wie mich die Begegnung mit dem Axtwerfer durchgerüttelt hatte. Meine Knie zitterten heftig. Ich stützte mich an der Wand des Schuppens ab und schnappte nach Luft. Nicht nur die Angst, auch der kurze, aber heftige Sprint um den Schuppen herum, hatten mich völlig außer Atem gebracht.
„Wo ist Schroth?“, schoss es mir plötzlich durch den Kopf. Der weiße Kapuzenmann hatte den alten Mann doch am Arm erwischt. Ich musste mich um Schroth und seine Verletzungen kümmern. Mein gestörter Bewegungsapparat nahm wieder Fahrt auf und ich lief schnellen Schritts zum Ort unserer lebensgefährlichen Geisterbegegnung zurück. Schroth kniete direkt vor der am Boden liegenden Axt und inspizierte das Wurfwerkzeug. Mit einer Hand hielt er sich ein Tuch, das rot gefärbt war, an den Arm.
„Sind Sie schwer verletzt?“, fragte ich Schroth.
„Nein. Es ist nicht so schlimm. Nur ein Kratzer.“ Nach der Farbe des Taschentuchs zu urteilen, sah es danach aber nicht aus. Aber Schroth musste wissen, wie es ihn erwischt hatte.
„Dieser Idiot kann noch nicht einmal richtig zielen“, merkte Schroth makaber an.
„Ich bringe Sie zum Arzt.“
„Nein. Auf keinen Fall. Lassen Sie mich mit den Ärzten in Ruhe.

Die vermurksen nur alles. Letztes Jahr haben sie meine Frau zugrunde gerichtet mit ihren Medikamenten. Denen traue ich nicht mehr über den Weg. Außerdem ist das wirklich nur eine kleine Schramme. Rufen Sie lieber die Polizei, damit sie diesen Schwachkopf hinter Schloss und Riegel setzen."
Nachdem unser Geist verschwunden war, kehrte offensichtlich auch der Mut wieder zu Schroth zurück.
„Wen soll die Polizei hinter Schloss und Riegel setzen? Wissen Sie denn, wer mit der Axt auf uns losgegangen ist?", fragte ich überrascht.
„Klar weiß ich das. Das kann nur Matze gewesen sein. Der ist völlig wirr im Kopf. Dieser Idiot. Jetzt wandert er wieder in den Knast, aber diesmal für immer." Schroth hatte sich in Rage geredet.
Das Rätsel des Axt-Überfalls schien sich mit einem Mal von selbst zu lösen. Matze war wohl Näther. Aber ich musste Gewissheit haben.
„Matze? Wer ist das?", fragte ich mit gespielt unwissendem Unterton in der Stimme.
„Das wissen Sie doch genau. Das ist der vierte Mann auf dem Bild, das Sie mir gerade gegeben haben. Das ist der Mann, der die Conny damals erschossen hat!", brüllte mich Schroth aufgeregt an. Er holte das Foto, das inzwischen recht zerknittert war, aus seiner Tasche und hielt es mir vor die Nase.
„Hier. Der ist es." Schroth zeigte auf den Mann in der grünen Uniform.
„Sie haben doch schon vorher gewusst, wer der Mann auf dem Foto ist."
„Das habe ich nicht", log ich.
Schroth sah mich mit einem kritischen Blick an. Er schien mir meine Lüge nicht zu glauben.
„Matze oder besser Martin Näther hat seine Freundin mit dem Schrotgewehr erschossen."
„Damals nach dem Festumzug?"
„Ja." Schroth sah mich immer noch skeptisch an.
„Und Sie sind sicher, dass der Axtschwinger Näther war?"
„Ganz sicher."

„Aber warum will er Sie jetzt auch noch umbringen?“
„Kennen Sie die Geschichte von damals nicht?“
Als ich den Kopf schüttelte, fuhr er fort.
„Der Kerl bildet sich in seinem kranken Hirn ein, ich sei mit schuld am Tod von Conny. Er kann es wohl nicht ertragen, dass er abgedrückt hat und sucht nach einem anderen Schuldigen. Ich dachte, ich hätte nach dem Prozess für immer Ruhe vor ihm. Aber vor kurzem ist er aus heiterem Himmel bei mir vor dem Haus aufgetaucht. Er muss wohl schon einige Zeit aus dem Knast raus sein, aber gut ging's ihm nicht. Das war unschwer zu erkennen. Er faselte irgendetwas von todkrank. Das glaubte ich ihm allerdings nicht. Er hat sich schon immer alles Mögliche zusammengereimt.“
Schroth brummte verächtlich.
„Was wollte Näther von Ihnen?“
„Er wollte Geld. Er sagte, ich wäre ihm das schuldig, weil er so lange im Knast gesessen sei. Dieser Spinner. Als ich ihm kein Geld gegeben habe, drohte er mir, er würde mir das Leben zur Hölle machen. Was für ein Schwachkopf! Einem Schroth jagt man so schnell keine Angst ein. Ich habe ihn hochkant aus dem Haus geworfen.“
„Und jetzt ist er zurückgekommen und will sich rächen.“
„So sieht es aus.“
„Aber wenn der Mann mit der Axt wirklich Näther war, was sollte dann die Verkleidung?“
„Hier, schauen Sie sich das an. Das habe ich gestern morgen aus dem Briefkasten geholt.“ Schroth holte die zerknitterte Kopie eines alten Fotos aus der Jackentasche. Ich staunte nicht schlecht, als ich mir das Bild betrachtete. Es war dasselbe, das ich vorhin Schroth gegeben hatte. Die vier lachenden Gesichter schienen eine immer größere Verbreitung zu finden.
„Das Foto kommt Ihnen bekannt vor, was?“
„Das kann man sagen.“
„Das hier sind Egi und Lisa und daneben, der Altenrieter Waldschrat, das bin ich. Wir steckten alle in solchen Geisterkostümen.“ Schroth deutete auf die weiße Figur auf dem Bild. Er trug darauf das gleiche Kostüm, das unser Axtwerfer getragen hatte.

„Näther ist der Typ neben mir, der mit der Försteruniform. Er sollte bei dem Festumzug den alten Schweller darstellen, der im 19. Jahrhundert seine Frau umgebracht hat. Aus Eifersucht. Die Geschichte kennen Sie doch, oder?"
Ich nickte.
„Und jetzt wollte mich Näther mit der Maskerade an damals erinnern und mich mit dem Kostüm umbringen, in dem ich gesteckt habe, als das mit Conny passiert ist." Schroth atmete tief durch.
Ich sah mir nochmals die zerknitterte Kopie an.
„Drehen Sie das Blatt Papier einmal um", forderte mich Schroth auf.
Ich folgte seiner Aufforderung und entdeckte eine paar Worte, die in Druckschrift auf die Rückseite des Fotos geschrieben worden waren.
„Ich schlage dir das Lachen aus dem Gesicht", stand dort.
„Sehen Sie das? Der Satz und das Foto können nur von Näther stammen."
„Was ist damals genau passiert? Warum hat Näther seine Freundin erschossen?"
„Er war ganz wild nach ihr. Aber er hat gar nicht gemerkt, dass sie gar kein Interesse mehr an ihm hatte. Die wollte mal einen richtigen Mann. Der Näther war doch nur ein Waschlappen. Und Conny war ein Flittchen. Das wollte ich ihm zeigen und hab sie mir genommen. Der Matze hat das nicht verkraftet. Er drehte völlig durch vor Eifersucht. Da hat er dem Schweller alle Ehre gemacht. Der Näther hat sich damals das richtige Kostüm für sich ausgesucht."
Schroth lachte sarkastisch auf.
„Und Näther hat seine Freundin einfach so erschossen?"
„Ja. Wir haben noch versucht, ihn daran zu hindern, aber es ging nicht. Fast hätte er auch noch auf uns geschossen."
„Was meinen Sie mit ‚wir'?"
„Egi und Lisa waren damals auch dabei. Das hat die beiden ziemlich mitgenommen."
„Und glauben Sie, dass Näther auch Egi Heim und Lisa Wenzel umgebracht hat?"

„Bei Egi bin ich mir sicher."
„Aber warum? Er hat doch nur einen Hass auf Sie."
„Nicht nur. Näther wollte mir damals vor Gericht die Mitschuld am Tod von Conny anhängen. Aber Egi und Lisa haben mir zur Seite gestanden und haben mit ihren Aussagen dafür gesorgt, dass dieser elende Lügner in den Bau wanderte. Deshalb war er auch auf sie nicht gut zu sprechen."
„Und jetzt tritt er als der große Rächer auf?"
„Ja, dieser verdammte Idiot. Der ist jetzt völlig ausgerastet. Der Matze muss für immer hinter Gittern verschwinden. Und er soll beten, dass ihn die Polizei erwischt, bevor ich ihn in die Finger kriege." Schroth stand wieder auf seinen Beinen. Die Angst war von ihm abgefallen, sein alter Tatendrang lugte wieder aus seinen Augen heraus.
„Überlassen Sie das Bestrafen lieber Gott und hier auf Erden dem Gericht. Sonst wandern Sie selbst noch hinter Gitter."
Schroth lachte bitter.
„Das wär noch schöner."
Wir standen uns kurz wortlos gegenüber.
„Jetzt rufen Sie schon die Polizei", bellte er mich plötzlich an.
„Das machen lieber Sie. Der Angriff galt ja in erster Linie Ihnen und nicht mir." Ich hielt ihm mein Handy hin.
Schroth starrte mich an.
„Nehmen Sie schon."
Er nahm mein Handy und wählte den Notruf. Ich hörte, wie er in Kurzform alles durchgab, was er erlebt hatte. Er gab mir das Handy zurück.
„Sie werden gleich da sein", sagte er nur.
Ich steckte das kleine Gerät ein und machte mich vom Acker.
„Halt. Wo wollen Sie hin?"
„In die Redaktion und dann nach Hause. Die Polizei weiß schon, wo sie mich findet."
„Sie bleiben hier. Sie sind mein Zeuge. Ich brauche Ihre Aussage, sonst erfindet der Näther wieder irgendeine Story, die er mir anhängen will. Sie können nicht so einfach verschwinden."
„Kann ich. Meine Aussage ist auch morgen noch die gleiche, keine Angst. Ich sag der Polizei alles, so wie es war."

Ich wollte so schnell wie möglich weg. Röder sollte mir meine Story nicht versauen und mich eventuell mit einem Schreibverbot belegen. Ich hatte meine Schlagzeile und meine Sensationsstory und die wollte ich ganz dringend loswerden.

14

Von wegen morgen. Noch in der Nacht suchte mich Röder zuhause auf. Mit Hemmerle im Schlepptau. Sie spielten das alte ‚Good Cop-Bad Cop-Spiel' mit mir, wobei Röder mit offensichtlichem Vergnügen die Rolle des bösen Polizisten übernahm. Allerdings stieß er bei mir auf reinen Granit. So schnell ließ ich mich nicht einschüchtern. Nicht von so einem Typen wie Röder. Sicher hatte ich mich zu sehr in seinen Bereich hineingewagt. Kriminalermittlungen gehörten schließlich zum Hauptgebiet der Polizei, doch auch ich wollte meinen Platz in der ersten Reihe dieser Mordgeschichte nicht freiwillig räumen. Ich hatte endlich meine Story, mit der ich bekannt werden wollte, und die gab ich so schnell nicht her.

Röder und Hemmerle waren sowieso zu spät gekommen, um meinen Artikel für die morgige Ausgabe noch zu stoppen. Er war bereits im Druck. Auch hatte die Polizei keinen stichhaltigen Grund, meine Geschichte zurückzuhalten, schließlich war ich ja selbst Augen- und Ohrenzeuge des Überfalls auf Schroth gewesen. Und ich hatte Schroths gesammelte Erzählungen über Näther und den Mord vor über 20 Jahren. Details darüber besorgte ich mir noch im Zeitungsarchiv und so hatte ich eine Story, welche die Konkurrenz morgen sicher vor Neid erblassen ließ.

Aber es gefiel Röder nicht, dass ich mich nicht von ihm in die Schranken weisen lassen wollte. Er hatte mit aller Macht vor, das Heft selbst in der Hand zu behalten und sich nicht von mir in sein Handwerk pfuschen zu lassen. Aber genau das gehört eben auch zu meinem Geschäft.

Und so ging das Ausfrage-Spiel weiter. Ich erzählte Röder und Hemmerle brav von meiner unheimlichen Begegnung, aber der Kommissar war nicht zufrieden und das ließ er mich spüren.

„Ich glaube, Sie verheimlichen mir etwas." Röders Lieblingssatz. Er setzte einen durchdringenden Blick auf, der allerdings noch nicht einmal ein Blatt Papier hätte durchbohren können.
„Das mache ich ganz bestimmt nicht. Ich schwöre, wenn ich etwas Neues erfahre, sind Sie sicher der Erste, den ich anrufe", schwor ich einen glatten Meineid.
Und so ging es noch einige Zeit hin und her, bis Röder und vor allem Hemmerle die Nase voll hatten.
„Das bringt doch nichts mehr. Kommen Sie Röder, gehen wir", forderte er seinen Kollegen auf.
„Und was ist mit Näther? Haben Sie eine Ahnung, wo er sich aufhalten könnte?", wollte ich wissen.
„Das geht Sie gar nichts an", schnappte Röder zurück.
Hemmerle war offener als sein Kollege.
„Wir fahnden natürlich nach ihm. Nach Ihren und Schroths Erlebnissen forsten wir nun auch den Schönbuch durch. Früher oder später werden wir ihn erwischen und dann werden wir sehen, ob er das mit der Axt wirklich war."
„Zweifeln Sie daran?", fragte ich.
„Wir werden sehen. Schließlich haben wir das Tatwerkzeug, die Axt, und wenn wir alle Spuren, die wir darauf finden, ausgewertet haben, wissen wir mehr."
„Haben Sie schon herausgefunden, wo Näther zuletzt gewohnt hat?", wollte ich wissen.
„Nein. Nachdem er vor drei Jahren aus dem Knast entlassen wurde, hat sich seine Spur verloren. Er hat jedenfalls nirgendwo einen Wohnsitz angemeldet. Zumindest nicht in Deutschland."
Röder sah seinen Kollegen unwirsch an. Es passte ihm nicht, dass Hemmerle so viel preis gab.
„Glauben Sie, dass er auch Heim ermordet hat?"
„Dafür gibt es noch keine Beweise."
„Und wie sieht es bei Lisa Wenzel aus?", fragte ich.
„Da hat sich das Bild geändert. Wir schließen jetzt auch einen Mord nicht mehr aus. Aber wir ermitteln immer noch in alle Richtungen."
Von Hemmerles Offenheit war ich überrascht. Er nutzte meine kurze Sprachlosigkeit und ließ mich einfach stehen.

„Gehen wir“, sagte er zu Röder. Die beiden Kriminalbeamten verabschiedeten sich kurz und verschwanden in die Nacht.
Es war spät, aber noch nicht zu spät, um sich in liebevoll massierenden Armen von den Strapazen des Tages zu erholen. Also stand ich, der ehrbare Ritter, zur Mitternachtsstunde vor Nellys Burgtor und begehrte Einlass. Doch ihre Sprache war nicht so romantisch wie meine Gedanken.
„Was willst du denn hier?“, fragte sich mich sehr direkt, etwas zu direkt für meinen Geschmack. Ich hatte sie aus ihrer Tiefschlafphase geholt, was sie offensichtlich nicht gerade schätzte. Doch meine Beschwichtigungsversuche hatten nach einiger Zeit Erfolg und Nelly ließ mich in ihre Kemenate.
Ich erzählte ihr von meinen Erlebnissen und sie zeigte sich beeindruckt. Das dachte ich jedenfalls.
„Mein kleiner Philipp Marlowe ist wieder unterwegs“, sagte sie schließlich zärtlich, als ich mit der Kapuzenmann-Story fertig war.
Allerdings war mir nach dem literarischen Vergleich nicht ganz klar, ob sie nun meine Sensationsstory und meinen heldenhaften Einsatz im Kampf gegen das Verbrechen wirklich so zu würdigen wusste, wie ich mir das vorgestellt hatte. Ich sah sie an, aber sie hatte ihr Lächeln der Sphinx aufgesetzt. Frauen zu verstehen, ist unmöglich und so warf ich meine tiefgründigen Gedanken über Bord und mich kompromisslos in ihre offenen Arme. Nelly war inzwischen hellwach und das ließ sie mich mit Haut und Haaren spüren.
Nach einer Stunde, in der die Welt still stand, kehrte ich unfreiwillig wieder auf den Boden der Tatsachen zurück. Nelly selbst hatte mich dorthin zurückgeholt.
„Ich habe einen Flug nach Irland gebucht.“
„Wann fliegst du?“
„In drei Wochen.“
„So bald?“
„Ja.“
Die Sätze wurden immer kürzer, bis uns die Sprache ganz ausging. Wir lagen wortlos nebeneinander und jeder träumte für einen Augenblick von seiner Welt, wie er sie sich vorstellte.

„Willst du nicht mit mir nach Irland kommen?"
Stille.
„Du kannst dort doch auch arbeiten."
Stille.
„Wir werden schon etwas finden."
Wieder Stille.
Das war mir alles zu ruhig, ich versuchte das Thema zu wechseln.
„Lass uns morgen ins Kino gehen."
„Gerne. In welchen Film?"
„Indiana Jones. Teil vier."
Nelly sah mich mitleidig lächelnd an.
„Okay, okay. Du magst das Abenteuer nicht. Such du dir einen Film aus. Ich gehe in jeden Film mit, wie romantisch er auch sein mag." Oder wie schmalzig, aber diesen Teil dachte ich mir nur.
Nelly legte sich zu mir und nach ein paar Minuten waren wir eingeschlafen.

*

Am nächsten Morgen meldete sich gleich Micha Becker bei mir.
„Was unternimmt Philipp Marlowe heute?" Bei ihm klang das nicht so zärtlich wie bei Nelly. Und außerdem gibt es in der Literatur denn keine anderen Privatdetektive, die man zu solchen Vergleichen heranziehen könnte? Wie wär's mit Sam Spade oder Hercule Poirot, um einmal zwei Gegensätze als Auswahl zu nennen.
„Was willst du? Wenn du so früh bei mir anrufst, hast du doch sicher irgendetwas Fieses für mich auf Lager?", fragte ich zurück.
„Sei nicht so misstrauisch. Versorge ich dich nicht immer mit den feinsten Geschichten, die deine literarischen Begabungen so richtig herausfordern?"
„Quatsch nicht. Was gibt's?"
„Zwei Dinge. Als Erstes möchte ich dir meine Anerkennung für deine Kriminalstory aussprechen."
„Jetzt drückst du dich aber geschwollen aus."
„Nein ehrlich. Die Geschichte war klasse. Spannend wie ein Kriminalroman. Und sie hat mächtig für Wirbel gesorgt, und das ist

gut so. Die Konkurrenz hat große Augen gemacht, als sie deine Geschichte heute früh gelesen hat. Die waren mächtig sauer, dass ihnen so etwas durch die Lappen gegangen ist und alles exklusiv bei uns im Blatt stand. Offensichtlich haben sie auch dem Leitenden Oberstaatsanwalt etwas Feuer unter dem Hintern gemacht. Er hat jedenfalls heute früh schon bei uns angerufen. Er war sehr aufgebracht und hat sich darüber beschwert, dass wir die Polizei nicht in Ruhe ermitteln lassen. Und ich hab ihm erklärt, dass wir eine freie Presse haben und wir eine solche Powerstory natürlich nicht zurückhalten können. Das Gespräch hat richtig Spaß gemacht."

„Freut mich für dich."

„Nachdem du schon alles verraten hast, muss die Polizei nun nachziehen. Heute Nachmittag gibt es eine Pressekonferenz. Dann wollen Oberstaatsanwalt und Kripo ihre neuesten Erkenntnisse über den Walddorfer Treppensturz und den Überfall auf Schroth zum Besten geben. Ich bin schon sehr gespannt."

„Wann soll ich dorthin gehen?"

„Nein, du gehst nicht da hin. Wir müssen dich erst einmal aus der Schusslinie nehmen. Ich gehe für dich hin. Du darfst morgen weiterermitteln – wieder im Freien, vor Ort, mit oder ohne Axt, ganz wie du willst."

„Danke für deine Fürsorge", meckerte ich Micha an.

„Ist schon gut. Du kannst dich beruhigen. Ich habe etwas anderes für dich. Hat auch mit Kriminalfällen zu tun. Ein Kollege schreibt gerade darüber, was Richter, Anwälte und solche Leute, die beruflich mit dem Verbrechen zu tun haben, von Kriminalromanen halten. Ob die Geschichten in den Krimis realistisch sind oder an den Haaren herbeigezogen. Du schreibst doch auch Krimis. Da kannst du noch etwas dazulernen. Rudi hat schon Anwälte und Richter befragt. Nur ein Staatsanwalt fehlt ihm noch in seiner Sammlung. Du kennst doch Gramer ganz gut, oder? Der würde, meiner Meinung nach, sehr gut in diese Reihe passen."

„Ja. Da hast du recht."

„Setz dich mit ihm in Verbindung und frag ihn aus, was er von Krimis hält. Er ist doch ein lustiger Kerl und hat sicher ein paar flotte Sprüche auf Lager."

„Ich bin trotzdem etwas sauer, dass du mir den Fall wegnehmen willst", schnauzte ich Becker an.
„Das tue ich doch nicht, Luka. Aber ich möchte nicht, dass du bei der Pressekonferenz Ärger bekommst. Der Oberstaatsanwalt war wirklich nicht gut auf dich zu sprechen. Das nächste Mal bist du wieder dran, und dann wirst du höchstpersönlich den Mörder der staunenden Öffentlichkeit präsentieren." Micha Becker lachte auf.
„Deine Witze sind unschlagbar."
„Weiß ich."
„Okay, ich rufe Gramer an."
„Das klingt schon besser. Ich hoffe, du bist durch deine depressive Phase hindurch? Gut so."
Ich legte auf und wählte Gramers Nummer. Der Staatsanwalt meldete sich sofort und erzählte mir, dass er gerade im Tübinger Landgericht unterwegs sei. Sein Prozess gehe allerdings erst am Nachmittag weiter. Er bot mir einen Termin nach der Mittagspause an. Ich sagte zu.
Kurz nach halb zwei parkte ich mein Auto im Tübinger Nonnenhaus. Die enge Einfahrt bereitete mir wie immer Probleme. Ich fuhr mit einem Hinterrad meines Wagens über eine Bordsteinkante und hoppelte so zu meiner Parkbucht. Ich hatte noch ein paar Minuten Zeit bis zu meiner Verabredung mit Gramer und schlenderte durch die Einkaufszeile im Nonnenhaus. An der Ammer kam ich an einem Obst- und Gemüsestand vorbei. Ein Verkäufer pries lautstark seinen frischen Schafskäse an. Ein paar Schritte weiter stand ein Akkordeonspieler, den ich erst vor kurzem in einer Rolle des Tübinger Sommertheaters hinter der Stiftskirche gesehen hatte.
Ich lief die kleine Steigung hoch und bog in die Neue Straße ab.
Wo mochte Näther jetzt stecken? Hatte er sich im Schönbuch versteckt oder lag er bereits irgendwo auf der Lauer, um Schroth eine Axt auf den Schädel zu schlagen? Vielleicht war ihm auch der Boden unter den Füßen zu heiß geworden und er hatte sich schleunigst ins Ausland abgesetzt?
Eins war jedenfalls sicher: Wenn er es in nächster Zeit bei Schroth

noch einmal versuchen sollte, würde er es nicht mehr so einfach haben wie gestern. Die Kripo hatte Schroth sicher genügend Polizeischutz zur Seite gestellt, um ihn rund um die Uhr bewachen zu können.

Inzwischen hatte ich das Lustnauer Tor erreicht. Wenn mir jetzt Näther entgegenkäme, würde ich ihn sicher nicht erkennen. Das Foto, das ich von ihm hatte, war alt. Der Knast hatte Näther sicher zugesetzt. Außerdem hatte Schroth etwas von Krankheit erzählt. Wahrscheinlich war Näther heute völlig abgemagert und grauhaarig. Ich stand an der Mühlstraße und wartete, bis die Fußgängerampel auf Grün geschaltet hatte. Auf der anderen Straßenseite standen zwei ältere Männer. Ich sah sie mir unwillkürlich genauer an, aber keiner von ihnen machte den Eindruck, als suche er gerade sein nächstes Mordopfer.

„Ich muss meine Fantasie im Zaum halten", dachte ich, während ich langsam die Doblerstraße zum Gerichtsgebäude hinauf lief. Es kamen mir zwei Männer in Anzug und Krawatte entgegen, die wohl Angestellte der Bank an der Ecke waren. Sie unterhielten sich angeregt, wahrscheinlich über fallende Börsenkurse, steigende Zinsen oder vielleicht auch nur über die attraktive Kollegin aus der Kreditabteilung.

Ein paar Schritte später stand ich vor der großen zweiflügeligen Holztür des Gerichtsgebäudes. Ich stemmte mich mit der Schulter gegen einen der Flügel und öffnete die schwere Tür. Als ich mich im Inneren die breite Steintreppe hinauf mühte, kam mir schon Gramer entgegen.

„Hier kommt ja unser Gangsterjäger." Gramer strahlte mich mit einem breiten Grinsen an.

„Sie haben heute morgen offensichtlich schon Zeitung gelesen", entgegnete ich trocken.

„Hab ich. Ich konnte mich gar nicht losreißen von Ihrem Artikel. Fast wäre ich noch zu spät zu meinem Prozess gekommen. Ich hätte nicht gedacht, dass man auf dem Land heutzutage noch solche Abenteuer erlebt. Das nächste Mal müssen Sie mich unbedingt mitnehmen." Gramers Grinsen wurde noch breiter.

„Ich werde Ihnen rechtzeitig Bescheid geben."

„Bei Ihnen ist jedenfalls mehr los als bei mir. Heute habe ich nur einen Betrugsfall anzubieten. Ein Anlageberater, der einige geldgierige Anleger übers Ohr gehauen hat. Zehn Prozent Rendite, wenn da nicht die Alarmglocken schrillen. Aber wenn man nur noch Dollarzeichen in den Augen hat, sieht und hört man nichts mehr. Da wird jede Vorsicht über den Haufen geworfen. Aber Sie sind ja aus einem anderen Grund hier. Sie wollen wissen, was ich von Kriminalromanen halte? Hat die Zeitung denn keine wichtigeren Themen mehr auf der Pfanne?"

„Nein."

„Also gut. Dann gehen wir's an. Was wollen Sie wissen?"

„Lesen Sie Kriminalromane?"

„Nein. Ich lese überhaupt nicht."

„Wie bitte?"

„Nein, das war nur ein Scherz. Kommen Sie mit und stellen Sie mir Ihre Fragen unterwegs. Ich muss noch zu Richter Gäßler. Er schuldet mir noch einen Kaffee. Den können Sie übrigens auch gleich interviewen. Der macht bei seinen Fällen immer kurzen Prozess und dann hat er sicher genügend Zeit, Bücher zu lesen."

Wir gingen beide die Treppe hinauf, bis wir den Gang erreicht hatten, in dem das Zimmer des Richters lag.

„Wenn ich alle meine Fälle aufarbeiten würde, könnte ich sicher so manchen spannenden Kriminalroman schreiben", meinte Gramer, der durch das Treppensteigen langsam außer Puste kam.

„Dann machen Sie das doch."

„Ich kann nicht schreiben. Zumindest keine Krimis. Das, was ich zu Papier bringen würde, wollte sicher niemand lesen."

„Probieren Sie es doch einmal."

„Nein, nein. Ich habe auch keine Zeit."

„Und was halten Sie nun von Kriminalromanen?"

„Ich sage Ihnen: Manchmal könnte ich mich wirklich amüsieren. Das, was man im Fernsehen sieht oder in den Büchern liest, hat wenig mit der Realität zu tun. Das stimmt oft hinten und vorne nicht – die Wirklichkeit ist viel langweiliger. Die langen Ermittlungen, die viele Kleinarbeit, die öden Verhandlungen, die sich über viele Tage hinwegziehen, das will doch keiner lesen. Spannung, Action, das ist es, was zählt, da kann auch ruhig einmal die Realität auf der Strecke bleiben."

„Wann lesen Sie Krimis?“
„Meist nur im Urlaub. Und dann mag ich die Geschichten am liebsten, die auf einem wahren Hintergrund basieren oder die hier in der Gegend angesiedelt sind. Da kann man in Gedanken dem Krimihelden bei der Verbrecherjagd durch alle bekannten Gassen oder Gerichtsgebäude folgen.“
Wir standen vor der Tür des Richters. An der Wand hing ein kleines weißes Namensschild, auf dem ‚Julius Gäßler, Richter‘ stand.
„Haben Sie einen Lieblingsautoren?“, wollte ich wissen.
„Ja. Fred Breinersdorfer zum Beispiel. Als ehemaliger Anwalt versteht er halt etwas vom Geschäft. Kennen Sie beispielsweise das Buch über den Hammermörder?“
„Nein. Bis jetzt hatte ich es nur mit einer Axt zu tun.“
Gramer lachte. Im gleichen Augenblick ging die Tür auf. Vor uns stand Richter Gäßler. Er war mindestens einen Kopf kleiner, glattrasiert und hatte kurz geschorene Haare. Offensichtlich war er gerade in richterlicher Mission unterwegs, denn er trug seine schwarze Robe.
Aber auch ohne Robe hätte ich ihn sofort erkannt. Diesen ungehobelten Kerl, der mir vor kurzem vor die Füße gelaufen war, nachdem ich meinen verärgerten Walking-Partner Burger vorm Gerichtsgebäude getroffen hatte. Seine ganze Erscheinung war mir unsympathisch. Und auch in den Prozessen machte er keine gute Figur. Seine Verhandlungsführung war chaotisch und er schien sich schon vor dem Prozess ein Urteil zurechtgelegt zu haben. Hatte er etwas im Kopf, war er für Argumente gar nicht mehr zugänglich. So hatte ich ihn jedenfalls in seiner Sitzung erlebt.
„Sie haben mir gerade noch gefehlt“, blaffte Gäßler den Staatsanwalt an.
„Das wusste ich, deshalb bin ich da. Sie schulden mir noch einen Kaffee, Gäßler, und Spielschulden sind Ehrenschulden. Außerdem brauche ich jetzt etwas, das mich den Nachmittag über wach hält und Sie sind privilegiert, Sie haben eine Kaffeemaschine.“
„Gut. Kommen Sie rein.“ Er machte Platz, dass Gramer eintreten konnte. Dann drehte sich der Richter zu mir um.

„Und was will der hier?" Gäßler deutete auf mich.
„Das hier ist unser Sensationsreporter. Er bringt die Verbrecher demnächst selbst zur Strecke. Da braucht's gar keine Polizei mehr."
„Ach, Sie sind das. Der Blum. Ich habe den Artikel heute morgen gelesen. Was für eine Räuberpistole. Aber der Fall scheint ja, wie ich gehört habe, kurz vor der Auflösung zu stehen. Dann dauert es bestimmt nicht mehr lange, bis die Polizei den Mörder hinter Schloss und Riegel gesetzt hat."
„Ich hoffe, es ist dann auch der Richtige", sagte ich.
„Wie meinen Sie das?", fragte Gäßler. Plötzlich war es völlig still.
„Journalisten sind Zweifler von Beruf", mischte sich Gramer ein.
„Ich bin sicher, die Polizei weiß genau, wen sie jagen muss. Eine Hundertschaft Bereitschaftspolizei wird heute den Schönbuch nach dem Mann durchkämmen. Wenn er sich wirklich dort versteckt hat, werden wir ihn auch aufspüren." Gramer wandte sich an mich.
„Diesen Auflauf hat übrigens unser Schreiberling hier zu verantworten", hielt er mir vor.
„Wieso?", fragte Gäßler.
„Na, er war es doch, der der Polizei erzählt hat, der Axtschwinger habe sich im Wald verdünnisiert."
„Haben Sie den Mann genauer beschreiben können?", fragte mich der Richter. Gäßler ließ mich dabei nicht aus den Augen.
„Nein. Er sah aus wie ein Mitglied des Ku-Klux-Klans. Er steckte von Kopf bis Fuß in einer weißen Kutte. Aber seine Schuhe habe ich gesehen. Und seine Hände. Und natürlich seine Augen. Aber das reicht wohl nicht für eine Identifizierung."
„Vielleicht laufen Sie ihm ja noch einmal über den Weg."
„Kann gut sein. Und dann erkenne ich ihn an seinen Schuhen, Händen und Augen."
„Dann seien Sie aber vorsichtig. Und gehen Sie der Axt aus dem Weg. Sonst müssen wir in Zukunft auf die einmaligen Sensationsartikel verzichten", mischte sich Gramer ein und gluckste vor Lachen.
„Übrigens, Julius, unser Schreiberling will wissen, was wir von Kriminalromanen halten", schob der Staatsanwalt nach.

„Ich lese nicht."
„Den Witz hab ich bereits gemacht. Du musst dir etwas Neues einfallen lassen."
„Ich lese keine Kriminalromane. Das ist alles nur Schwachsinn. Die Wirklichkeit ist viel spannender."
„Das ist langsam auch meine Meinung", dachte ich. Die Gegenwart Gäßlers war mir unangenehm. Aus seinem Gesicht wurde man einfach nicht schlau. Man konnte nicht erkennen, was er gerade dachte und wie er seine Aussagen meinte. Also erklärte ich, dass ich Teetrinker bin, deshalb keinen Kaffee mag, und dass ich noch einen weiteren Termin hätte. Ich verabschiedete mich und stand in wenigen Minuten auf dem Treppenpodest vor dem Landgericht. Ich schaute in den wolkenlosen Himmel und atmete erleichtert auf. Ich war gespannt, was mir Micha Becker von der Pressekonferenz zu berichten hatte.

15

Micha hatte mich gleich nach der Pressekonferenz im Polizeihochhaus angerufen. Und er hatte einige Neuigkeiten zu vermelden. Vor allem im Fall Lisa Wenzel. Der Gerichtsmediziner hatte zwar keine äußere Gewalteinwirkung auf das Opfer feststellen können. Die alte Frau war eindeutig die Treppe hinuntergestürzt und anschließend oder gleichzeitig an einem Herzanfall gestorben. Allerdings hatte der Mediziner, wie Micha Becker zu meiner Überraschung berichtete, kleine Hautpartikel unter den Fingernägeln der Frau gefunden. Möglicherweise hatte sie noch jemanden vor ihrem Tod gekratzt. Zur Zeit waren diese Hautstückchen im Labor und wurden auf ihre DNA hin untersucht. Außerdem gab die Polizei zu, dass ein Unbekannter das gleiche Foto an Wenzel wie an Schroth geschickt hatte. Bei dem Foto handelte es sich, was ich bereits wusste, um eine Aufnahme, die vier Menschen bei einem Festumzug vor über zwanzig Jahren in Altenriet zeigte. Mehr wollte die Polizei derzeit über das Foto noch nicht sagen. Aber auch in diesem Fall seien die Spurensucher aktiv.
Nach dem Überfall auf Schroth suchte die Polizei in der Tat nach

Martin Näther, bestätigte Micha Becker. Näther habe in der Justizvollzugsanstalt in Stuttgart-Stammheim eine lebenslange Haftstrafe wegen Mordes abgesessen. Nach seiner Entlassung sei er für kurze Zeit in einem Männerwohnheim in Stuttgart gemeldet gewesen. Danach aber verliere sich seine Spur. Näther hatte in der Folgezeit kein Einwohnermeldeamt mehr betreten. Außer Schroth habe sich bisher noch keine andere Person gefunden, die Näther in Altenriet oder der näheren Umgebung gesehen habe. Die Befragungen der Anwohner laufe aber auf Hochtouren. Zur Zeit werde auch der Schönbuch abgesucht, weil die Möglichkeit bestehe, dass sich Näther in dem großen Waldgebiet versteckt haben könnte. Am Waldrand fand die Kripo auch die Reifenspuren einer Motocross-Maschine, die noch ausgewertet würden. Ebenso wie die ‚handelsübliche Axt' des Angreifers, welche die Polizei auf Fingerabdrücke untersuche.
Am Schluss der Pressekonferenz hatte die Kripo noch eine Warnung ausgegeben: Sollten Spaziergänger etwas Verdächtiges entdecken, sollten sie sich sofort bei der nächsten Polizeidienstelle melden und keinesfalls selbst etwas unternehmen. Das gelte auch für Journalisten, was der Leitende Oberstaatsanwalt besonders betont habe, meinte Micha Becker und er konnte dabei ein leichtes Lachen nicht unterdrücken. Er versprach mir, seinen Artikel noch zu mailen.
Nach dem Telefongespräch saß ich einige Zeit in meiner Wohnung und dachte nach. Sicher war Näther nach dem missglückten Überfall erst einmal untergetaucht und ließ etwas Gras über die Sache wachsen. Doch wenn er wirklich so viel Hass auf Schroth hatte, dann würde er eines Tages wieder auftauchen, um seine Rache ausleben zu können.
Ich stand auf und ging in die Küche. Im Tiefkühlfach meines Eisschranks fand ich noch eine Fertig-Pizza. Ich holte sie heraus, betrachtete mir vorsichtshalber das Verfallsdatum auf der Schachtel und schob die kühle Pizza zufrieden in den Backofen. Nach fünfzehn Minuten war sie fertig. Beim ersten Bissen verbrannte ich mir jedoch ordentlich den Mund. Ich ließ sie etwas stehen, doch ein paar Minuten später war die Pizza schon so kalt, dass sie kaum mehr schmeckte. Mein Hunger erlaubte es mir

allerdings nicht, wählerisch zu sein. Schließlich hatte ich den letzten Bissen hinuntergewürgt, begleitet von einem kräftigen Schluck Mineralwasser. Ein Bier oder ein Glas Rotwein wäre mir zum Spülen lieber gewesen, aber so früh am Tag wollte ich noch einen klaren Kopf bewahren.
Ich stellte den Teller in die Spüle und hoffte, dass er sich von alleine abspülen würde. Doch sicher würde ich, wie schon so oft, wieder enttäuscht werden und den Teller am Abend immer noch an gleicher Stelle vorfinden, nur diesmal mit völlig angetrockneten und verkrusteten Essensresten, die schwer abzuschrubben waren. Doch die Hauptsache war, ich kam der Schimmelphase zuvor.

*

Drei Tage lang ereignete sich nicht viel. Ich hatte Nelly getroffen und war mit ihr ins Kino gegangen. Auf ihr Drängen hin hatten wir uns „Kirschblüten – Hanami“ von Doris Dörrie angeschaut und anschließend aus unterschiedlichen Gründen geheult. Nelly, weil sie so ergriffen von dem Film war, und ich, weil ich Indiana Jones Teil vier verpasst hatte. Nach 25 Wochen Dauerlauf im Kino hatten sie ihn jetzt abgesetzt. Wirklich zum Heulen.
Die Polizei hatte Martin Näther immer noch nicht gefunden. Die große Suchaktion im Schönbuch war ergebnislos verlaufen. Außer ein paar Möbelstücken, Kühlschränken und Kondomen auf dem Waldparkplatz war den Spurensucher nichts in die Hände gefallen. Von Näther gab es jedenfalls keine Spur. Der Waldschrat hatte sich offensichtlich verdünnisiert, was für einen Geist ja auch kein Problem darstellen sollte.
Da keine weiteren Verbrechen passierten, fand das Leben in und um Walddorfhäslach herum allmählich zur Normalität zurück. Die Leute trauten sich wieder in den Wald. Man sah wieder Jogger und Radfahrer, die sich mit frischem Gesicht und voller Elan ins Schaichtal hinunterstürzten, um dann mit hochrotem Kopf und schwer pustend an der Sulzeiche wieder aufzutauchen. Ich zählte nicht zu ihnen. Niemals würde ich freiwillig einen Berg hoch oder runter rennen. Ich mag es lieber eben. Schon mein Großvater hatte den touristischen Leitspruch verinnerlicht: Mu-

seen von außen, Berge von unten und Wirtschaften von innen. Und daran hielt ich mich auch.
Ich saß seit einer Viertelstunde an einem der Tische vor dem Irish Pub in der Tübinger Wilhelmstraße. Meine Arbeit für heute war getan. Ich hatte einen Artikel über ein saniertes, denkmalgeschütztes Gebäude in der Tübinger Altstadt hinter mir und ein Pint Guinness vor mir – schön gekühlt und mit einer dichten Schaumkrone als Top. Es war spät am Nachmittag und ich überlegte mir, was ich mit dem angebrochenen Tag noch anfangen sollte. Nelly war beruflich für einen Tag verreist, also fiel sie als Alternative aus.
Die Bedienung servierte mir ein Vegetarian Sandwich, mein Lieblingsessen im Pub, das einige Fingerfertigkeit verlangt. Wenn man vorne in den Doppeldecker mit Krautsalat hineinbeißt, läuft hinten die Salatsoße über die Finger. Die Kunst besteht darin, durch Drehen und Wenden zu verhindern, dass Gemüse und Cole-Slaw-Soße auch auf der Hose landen. Bei meinen vergangenen Versuchen war ich nicht immer erfolgreich gewesen, diesmal allerdings ging ich aus dem Match mit dem Sandwich als Sieger hervor und hinterließ keinerlei Spuren auf irgendwelchen Kleidungsstücken. Nur mein Teller sah aus wie ein Schlachtfeld. Aber ich musste ihn ja nicht selbst abspülen. Ich setzte das Glas Guinness an und nahm erleichtert einen kräftigen Schluck, der sich leider als etwas zu kräftig herausstellte. Mein Mund war nicht groß genug, die Guinness-Menge aufzunehmen, also lief etwas über den Glasrand hinaus, an meinem Kinn hinunter und – Sie werden es schon ahnen, wohin – auf meine Hose. Wie gewonnen, so zerronnen, das Glück ist ein vergängliches Gut.
Ich bezahlte und ging mit dunklen Flecken auf der Hose Richtung Auto. Die Luft war lau, und ganz plötzlich erwachte wieder meine Abenteuerlust. Es war an der Zeit für einen weiteren Privatdetektiv-Trip. Also steuerte ich die B 27 an und tippte Altenriet in meinen imaginären Navi ein. Ich fuhr auf der vierspurigen Straße an Kirchentellinsfurt vorbei. Nach wenigen Minuten verließ ich kurz vor Walddorfhäslach die B 27. Ehe ich Altenriet erreichte, machte ich noch einen Zwischenstopp an Schroths

Schuppen. Ich lief mit einem mulmigen Gefühl um das dunkle Gebäude herum, immer nach einer weißen Figur mit Axt Ausschau haltend. Aber es war niemand da, auch nicht der alte Schroth. Dann stand ich auf dem Feldweg, auf welchem der Geist Richtung Schönbuch geflüchtet war. Als ich mich zum Wald hin umdrehte, glaubte ich die Umrisse einer Gestalt in den Büschen am Rand des Schönbuchs zu erkennen. Ich ging zurück zu meinem Auto und setzte mich hinters Steuer. Ich beobachtete weiter den Waldrand, doch nichts regte sich dort. Hatte ich mich getäuscht? Nein, wieder sah ich, wie sich, obwohl es windstill war, die Büsche und Bäume bewegten. Ich startete mein Auto und fuhr auf dem engen Feldweg langsam Richtung Waldrand. In etwa dreißig Metern Entfernung zu den ersten Bäumen hielt ich an, immer bereit, sofort davonzurasen, sollte der Axtschwinger plötzlich aus dem Wald herausspringen und auf mich zustürzen.

Im gleichen Augenblick schoss mir ein Gedanke durch den Kopf, der sich nicht gerade beruhigend auf mich auswirkte. Ich war Zeuge des Überfalls auf Schroth gewesen. Geriet ich dadurch ebenfalls ins Visier des Kapuzenmanns? Ein krankes Hirn kann alle möglichen Dinge ausbrüten. Und Näther schien ja krank zu sein. Das hatte zumindest Schroth gesagt.

Stammte die SMS, die ich im Haus von Lisa Wenzel erhalten hatte, von Näther, dann hatte er bereits Kontakt zu mir aufgenommen. War ich nur ein Spielball für sein makabres Handeln, um am Ende dann kalt abserviert zu werden? Damit ich nicht mehr als Zeuge, für was auch immer, vor Gericht erscheinen konnte? Waren meine düsteren Gedanken nur an den Haaren herbeigezogen oder sollte ich in Zukunft lieber doppelt vorsichtig sein? Die Polizei war nicht gut auf mich zu sprechen, und vielleicht hatte auch der Schönbuch-Mörder inzwischen etwas gegen mich.

Ich starrte ins Dickicht des Waldes. Es war nichts zu erkennen, keine Bewegung, kein weißes Hemd, keine Axt. Aber wer sagt denn, dass der Axtschwinger nicht auch offen für Veränderungen im Leben ist und inzwischen zu Schusswaffen übergewechselt ist? Bei diesem Gedanken duckte ich mich unwillkürlich hinter die Frontkonsole meines Autos. Vielleicht war es doch langsam Zeit für einen Ortswechsel. Ich tauchte wieder aus meinem Versteck auf und wendete meinen Wagen so schnell ich konnte. Im Rückspiegel kontrollierte ich den Waldrand. Es gab nichts besonderes zu entdecken. Kein Mensch, keine Axt, nur Büsche und Bäume.

In der Ortsmitte von Altenriet stellte ich mein Auto ab. Ich lief die Hauptstraße entlang. Zwei Kreuzungen weiter bog ich in eine Seitengasse ab. Nur wenige Minuten später war ich in der Nähe von Schroths Haus. Ich spazierte betont locker durch die Straße, aber ich sah nichts Verdächtiges. Was hatte ich erwartet? Einen Mörder, der in einem der gepflegten Vorgärten hinter dem Busch lauert? Lächerlich. Unzufriedenheit stieg in mir auf. Ich verplemperte meine Zeit.

Gerade als ich mich erneut Schroths Haus näherte, ging die Eingangstür auf. Heraus kam ein Mann mittleren Alters. Wahrscheinlich war es Schroths Sohn. Er sah seinem Vater überhaupt nicht ähnlich, es fehlten ihm die kantigen Gesichtszüge. Das Gesicht des Mannes war viel feiner, wahrscheinlich kam er mehr auf seine Mutter heraus. Ich drückte mich an den Rand einer Hecke und beobachtete, wie der Mann zur Garage lief und dort etwas herausholte. Ich konnte allerdings nicht erkennen, was es war. Ich lief ein paar Schritte weiter, weil sich ein Auto näherte, und versuchte mich so unauffällig wie möglich zu geben. Das Auto fuhr langsam vorüber und als es in die nächste Seitenstraße abgebogen war, bezog ich wieder meinen Beobachtungsposten. Doch ich sah Schroths Sohn nicht mehr. Wo war er hingegangen? Ich lief ein wenig an der Hecke entlang. Im nächsten Augenblick stand der Mann direkt vor mir. Er schaute mich verdutzt an und murmelte etwas, das wie eine oberflächliche Begrüßung klang. Ich nickte ihm zu, machte einen Bogen um ihn herum und ging ein paar Schritte weiter. Ich war mir fast sicher, dass er sich nach mir umgedreht hatte und mir nachschaute. Aber ich ließ mir nichts anmerken und spazierte weiter in Richtung Ortsmitte. An der nächsten Straßenecke hielt ich an und drehte um. Ich folgte nun in einigem Abstand Schroths Sohn. Ich wollte sehen, wo er hinging. Er lief offensichtlich aus dem Ort hinaus. Er hatte schon

die ersten Felder erreicht, als neben ihm ein Auto anhielt. Ich war mir fast sicher, es war der Wagen, der vor ein paar Minuten an mir vorüber gefahren war. Aber vielleicht täuschte ich mich in der stark fortschreitenden Dämmerung auch. Es gab schließlich viele Golf-Modelle in Deutschland.
Ich ging wieder zurück zu Schroths Haus. Vor dem Gebäude blieb ich stehen. Ich schaute mich kurz um, und als ich niemanden sah, lief ich direkt zu Schroths Eingangstür. In den Fenstern entdeckte ich nirgendwo eine Bewegung, offensichtlich war niemand mehr im Haus. Auch der alte Schroth schien ausgeflogen zu sein. Um eine Bestätigung für meine Beobachtungen zu erhalten, drückte ich auf die Klingel. Nichts rührte sich hinter der Tür. Ich ging nach rechts zur Garage und rüttelte vorsichtig am Griff. Sofort merkte ich, dass das Tor verschlossen war. Die andere Seite der Garage war wegen großer Büsche von der Straße und vom Nachbarhaus aus nicht einsehbar. Zügig lief ich dorthin und blieb einen Augenblick stehen, um zu überlegen, was ich tun sollte. Machte es Sinn, hier ums Haus zu schleichen und mich irgendwo auf die Lauer zu legen und der mörderischen Dinge zu harren, die da kommen? Wohl nicht. Gerade als ich zur Straße zurücklaufen wollte, hörte ich, wie sich ein Auto dem Haus näherte. Ich zog mich wieder in die Deckung der Büsche zurück. Vorsichtig drückte ich etwas die Zweige zur Seite und konnte so einen kleinen Teil der Straße einsehen. Das Auto, das vorüberfuhr, war grün und silbern angepinselt, es war ein Streifenwagen der Polizei. Mein Herz fing sofort wieder kräftig zu schlagen an. Wenn mich meine grünen Freunde und Helfer hier aufspüren würden, wäre mir großer Ärger gewiss. Das Polizeiauto verlangsamte seine Fahrt und hielt schließlich direkt vor dem Zugang zu Schroths Haus an. Ich zog mich weiter in die Büsche zurück und tastete mich zur Rückseite der Garage vor. Glücklicherweise war es jetzt schon sehr dämmrig geworden, sodass sich meine Gestalt auf meinem Fluchtweg nicht so deutlich von der Umgebung abhob. Ich arbeitete mich behutsam weiter vor, bis ich den hinteren Zaun erreicht hatte. Dort standen eine Handvoll Bäume und Sträucher, deren Äste bis zum Boden reichten. Ein ideales Versteck für mich. Von hier aus konnte ich alles beobachten, was sich

im Haus tat, ohne selbst gesehen zu werden. Ich wartete ein paar Minuten, doch im Gebäude ging kein Licht an. Plötzlich hörte ich Schritte und Stimmen, die von der Vorderseite des Hauses zu mir herüberdrangen. Ich duckte mich instinktiv und gerade noch rechtzeitig nach unten. Aus meinem buschigen Versteck heraus konnte ich sehen, wie einer der Polizeibeamten seinen Kopf um die Garagenecke streckte. Im nächsten Augenblick war er wieder verschwunden.

Jetzt war für mich wohl ein geordneter Rückzug angesagt.

‚Heute ist nicht alle Tage, ich komme wieder, keine Frage', dachte ich und machte mich auf die Socken, um Schroths Gemüsegarten hinter mir zu lassen. Als Rückzugsort bot sich das unbebaute Nachbargrundstück an, das bis zum Ortsrand von Altenriet und den daran angrenzenden Feldern reichte. Doch mein sportlicher Sprung über den Zaun wurde durch eine Bewegung in den hohen Gräsern direkt vor mir gestört. Nur wenige Meter entfernt erschien zwischen dem Grünzeug plötzlich ein Krauskopf. Ich sank sofort in die Knie, um wieder in meiner Deckung zu verschwinden. Auch wenn die überraschende Begegnung nur Zehntelsekunden gedauert hatte, der Charakterkopf war unverkennbar gewesen. Vor mir im Gras saß nicht der rosarote Panther, nein, es war Charly, der ein Gespür dafür hatte, immer dann aufzutauchen, wenn man überhaupt nicht mit ihm rechnete. Ich wartete darauf, was sich als Nächstes ereignen würde. Es tat sich erst einmal nichts. Hatte mich Charly auch gesehen? Vorsichtig schob ich wieder meinen Kopf nach oben und spähte aus meiner Deckung heraus. Charly war weg, doch konnte ich am Ende von Schroths Nachbargrundstück noch eine Bewegung erkennen. Offensichtlich machte sich auch Charly auf und davon. Ich nutzte die Gelegenheit, ihm zu folgen – eine Entscheidung, die sich in diesem Augenblick als besonders ratsam erwies. Denn nun ging auch noch das Licht in Schroths Haus an. Mein Sprung über den Zaun war die Rettung in letzter Sekunde, weil die Polizisten zusätzlich die Außenbeleuchtung hinter dem Haus angeschaltet hatten und der Garten nun hell erleuchtet war. Meine grünen Freunde nahmen es mit ihrem Kontrollgang offensichtlich besonders genau.

Ich kroch langsam durch die hohen Gräser und versuchte dabei, so weit wie möglich jedes Geräusch zu vermeiden. Es kam mir wie eine Ewigkeit vor, bis ich endlich das Ende des Grundstücks und die Felder erreicht hatte. Ich schlich noch ein paar Meter weiter und ruhte mich kurz aus. Meine Knie und Arme schmerzten vom Kriechen. Aber immerhin war ich vorerst in Sicherheit. Hier standen genügend Bäume und Sträucher, und ich konnte endlich wie jeder normale Homo Sapiens wieder aufrecht gehen. Ich sah mich um. In der Ferne entdeckte ich eine Gestalt, die kurz in das Licht einer Straßenlaterne getreten und danach sofort wieder aus dem Lichtkegel verschwunden war. Das musste Charly gewesen sein. Sofort nahm ich meine Beine in die Hand und stürzte los. Ich musste wissen, wohin es diesen schrägen Vogel zog. Ich stolperte mehr schlecht als recht über den unebenen Feldweg, bis ich die Stelle erreicht hatte, wo Charly wieder abgetaucht war.
„Links oder rechts?“, überlegte ich mir. Ich entschied mich wie immer für links und hetzte los. Langsam geriet ich außer Puste. Meine Atemlosigkeit steigerte sich noch, als ich erkannte, dass ich den richtigen Weg gewählt hatte. Vor mir standen zwei Männer, die sich angeregt miteinander unterhielten. Der eine war Charly und der andere Vohrer, mein umtriebiger Lehrer aus Walddorf. Ich schlich mich vorsichtig, und immer auf Deckung bedacht, näher an die beiden heran. Vohrer sprach wie üblich recht laut, sodass ich keine allzu große Mühe hatte, ihn zu verstehen. Doch zuerst vernahm ich Charlys Stimme:
„Ich weiß nicht, was du hast. Das ist doch gut so, dass die Polizei Schroth wieder nach Hause gebracht hat. Das macht die Sache leichter für uns.“
„Ich hoffe, du hast recht.“
„Hab ich. Wir müssen nur Geduld haben und abwarten, bis die Polizei wieder verschwunden ist.“
Plötzlich unterbrach ein knarrendes Geräusch das Gespräch der beiden. Sie blickten sich nervös um und ich sank tiefer nach unten, um ja nicht in ihr Blickfeld zu geraten.
„Lass uns verschwinden“, hörte ich Vohrer sagen.
„Okay. Wir treffen uns bei Claudius Schall.“ Im nächsten Au-

genblick hatten sich die beiden in unterschiedliche Richtungen in die Nacht verabschiedet, und ich stand verloren in einer dunklen Seitengasse in Altenriet.

*

Eines war mir nach dem Ausflug nach Altenriet klar geworden: Die Nächte auf dem Land haben einiges zu bieten. Wenn es mir einmal in Tübingen zu langweilig werden sollte, konnte ich mich immer noch hier ansiedeln, um auf Abenteuerjagd zu gehen.

Nach meinen Erlebnissen in der Provinz war ich wieder reichlich aufgekratzt nach Hause zurückgekehrt. Ein Glas Dornfelder, Marke Gimmeldinger Meerspinne, war jetzt genau das Richtige für mich. Ich goss den dunkelroten Wein in ein großes Burgunderglas, schwenkte es ein wenig hin und her und ließ mir das Bukett des Weines in die Nase steigen. Dies waren die Augenblicke, in denen ich keine Stilprobleme hatte. Ich setzte das Glas an und genoss jeden Schluck. Eine Flasche später kam mir die Pfalz in den Sinn, Heimweh machte sich breit, und ich sinnierte vor mich hin.

‚Ich kann Nelly verstehen', dachte ich und seufzte in meinen nächsten Schluck Wein hinein. Mein Blick fiel dabei auf die Tageszeitung. Auf der aufgeschlagenen Sportseite standen die Zweitliga-Ergebnisse und sofort wurde mein Leiden noch größer, als ich den Tabellenstand meines 1. FC Kaiserslautern sah. ‚Wenn man so tief drunten ist, kann es doch eigentlich nur noch bergauf gehen', machte ich mir Mut.

Weil alles so wirr durch meinen Kopf sauste, und ich zwischen Selbstmitleid und ungeklärten Theorien über Mordgeschichten zu versinken drohte, entschied ich mich für einen kleinen Nachtspaziergang. Nichts reinigt besser die Gedanken, als ein paar Schritte an der frischen Luft.

Einige Minuten später verließ ich meine Wohnung. Es war bereits nach Mitternacht, als ich durch das Neubaugebiet spazierte. Niemand war mehr unterwegs. Die Bürgersteige waren hochgeklappt, die Rollläden heruntergelassen, das Tagwerk erledigt, die heile Welt hatte die Nachttischlampe ausgeknipst und war bereit

für eine Mütze Schlaf bis zum nächsten Morgen, wenn das Hamsterrad wieder Fahrt aufnahm.
Während ich so vor mich hin philosophierte über die Menschheit und das Universum samt Mond und Sterne über mir und dabei instinktiv dem Hundehaufen vor mir am Straßenrand auswich, wurden meine Gedanken plötzlich von einem lauten Knall durchgeschüttelt. Irgendetwas musste in dieser heilen Neubau-Welt gerade in die Luft geflogen sein. Ich rannte in die Richtung, aus welcher der ohrenbetäubende Lärm gekommen war und wurde durch einen hellen Lichtschein in meiner Vermutung bestätigt. Irgendetwas brannte lichterloh. Es war allerdings kein Haus, das in Flammen stand, sondern ein hölzerner Heuschober auf einer Wiese am Rande der Siedlung. In den Häusern ringsum waren schon die Rollläden hochgeschnellt und die Fenster aufgegangen. Zahlreiche Köpfe erschienen in den Fensterrahmen und bestaunten das flammende Inferno.
‚Da kommt jede Hilfe zu spät. Dieses Holzhaus wird wohl ein Raub der Flammen werden', dachte ich, während ich in der Ferne die ersten Feuerwehrsirenen hörte.
„Auch hier wird doch einiges geboten", sagte ich vor mich hin, während ich sah, wie der Heuschober in sich zusammenfiel. Ein Mensch stand in der Nähe und versuchte, mit einem Gartenschlauch das Feuer zu löschen. Doch es war zu spät und das Holzhäuschen nur noch ein Häuflein Asche. Glücklicherweise hatte es so weit von den benachbarten Wohnhäusern entfernt gestanden, dass die Flammen für sie keine Gefahr darstellten. Da ich keine Lust hatte, der anrückenden Feuerwehr bei der Arbeit zuzuschauen, drehte ich mich um und spazierte wieder zu meiner Wohnung zurück. Als ich an einem leeren Grundstück vorbeikam, schoss plötzlich eine dunkle Gestalt auf mich zu, die mich förmlich über den Haufen rannte. Der Mann war ganz in Schwarz gekleidet und hatte die Kapuze seines Shirts über den Kopf gezogen.
„Pass doch auf", schnauzte ich ihn an und rappelte mich wieder auf. Der Mann sah mich verdutzt an. Trotz der Dunkelheit konnte ich seine Gesichtszüge genau ausmachen, vor allem, weil sie mir auch sehr vertraut waren. Vor mir stand Max Burger, mein

Walking-Partner. Er schaute mich mit glänzenden Augen an, als habe er gerade den New-York-Marathon gewonnen.
„Was machst du denn hier? Ich dachte, du bist im Ausland?“, fragte ich ihn.
„Bin ich auch.“
„Wie bitte?“
„Dass das klar ist: Du hast mich nicht gesehen, verstanden?“
„Meinetwegen“, zögerte ich, „dann bist du eben nur einer der Geister, die mir fast täglich über den Weg laufen.“ Burger schaute mich fragend an.
„Ist schon gut. Das verstehst du nicht.“
Burger zog seine Kapuze tiefer ins Gesicht.
„Ich muss los.“
„Hast du irgendwelche Probleme?“, wollte ich von ihm wissen.
„Nicht mehr. Die haben sich in Rauch aufgelöst.“ Burger lief ein paar Schritte weiter. Dann drehte er sich noch einmal um und betrachtete aus der Ferne das flackernde Feuer. Ein Grinsen machte sich auf seinem Gesicht breit.
„Ein schönes Feuer“, dachte Burger und rannte in die Nacht. Der dunkle Weg führte ihn nach Lustnau hinunter. Einen halben Kilometer weiter bestieg er das Motorrad eines Freundes, das versteckt hinter einem Baum stand, und fuhr Richtung Autobahn. Sein Alibi wartete auf ihn.

16

Die Stille und die endlose Warterei zehrten an seinen Nerven. Warum hatte er sich nur auf diese Sache eingelassen? Er hätte es wissen müssen, dass dies nicht gut gehen konnte.
Er fasste sich an den Kopf. Immer diese Kopfschmerzen. Sie hörten nie auf. Seine rechte Hand ging zur Schläfe, die er vorsichtig massierte. Das Pochen in seinem Kopf war wieder stärker geworden.
Martin Näther tastete sich langsam durch die Dunkelheit.
„Ich muss vorsichtig sein, dass mich niemand sieht“, dachte er.
Er ließ sich auf den Boden sinken und kroch auf allen Vieren zum

Fenster. Mit seinen Händen krallte er sich an der Fensterbank fest und zog sich hoch. Er wartete einen kurzen Augenblick, bis er seinen Kopf über den Rand schob und durch das Fenster in die Nacht starrte. Es war eine sternenklare Nacht. Draußen war alles still, wie seit Stunden schon. Kein Mensch war zu sehen.
Wieder massierte er seine Schläfe. Diesmal ging auch seine linke Hand zum Kopf. Er drückte auf die andere Schläfe, doch der Schmerz ließ nicht nach.
Er brauchte das Geld dringend. Wie sollte er sonst die Operation bezahlen können? Warum gab Schroth ihm nichts? Als Wiedergutmachung für die vielen Jahre im Gefängnis. Zuerst hatte er einen tiefen Hass auf Schroth gehabt. Er hätte ihn am liebsten, wenn er gekonnt hätte, sofort umgebracht. Doch durch die Krankheit war der Hass in den Hintergrund gerückt. Seit er Schroth wiedergesehen hatte, kehrte der Hass aber wieder zurück. Dieser rücksichtslose Mensch durfte nicht weiterleben. Wenn es nicht auf das erste Mal klappte, dann eben auf das zweite Mal. Er hatte schließlich nichts mehr zu verlieren.
Näther starrte immer weiter durch das Fenster. Noch immer war nichts zu sehen.
‚Ich muss die Überraschung nutzen. Er wird nicht mit meinem Angriff rechnen', war er sich sicher.
Wieder ging er in die Knie. Langsam drehte er sich um und lehnte sich mit dem Rücken an die Wand. Minute für Minute ging vorüber, ohne dass sich etwas tat. Doch dann kam endlich das Geräusch, auf das er schon lange gewartet hatte. Er musste jetzt bereit sein.
Er lauschte in die Nacht. Das Geräusch kam immer näher, verwandelte sich zu einem deutlichen Brummen. Näther hörte, wie das Fahrzeug die Geschwindigkeit verlangsamte. Der Fahrer ließ seinen Wagen ausrollen und hielt direkt vor dem Haus an.
Näther hatte sich seinen Plan genau zurechtgelegt. Er beugte sich nach vorne und arbeitete sich auf allen Vieren Richtung Tür. Er hielt kurz den Atem an, um besser hören zu können. Draußen schloss der Fahrer gerade mit der Fernbedienung die Tür seines Autos ab. Näther sah, wie das gelbe Blinken bis in das Zimmer drang und sich auf der Decke widerspiegelte.

Plötzlich zuckte Näther zusammen. Hatte er nicht gerade Stimmen gehört? War der Mann doch nicht allein? War noch jemand mitgekommen? Das würde seinen Plan völlig über den Haufen werfen. Er strengte sich an, um jedes Geräusch wahrnehmen zu können. Schritte näherten sich dem Haus. Waren es die Schritte nur einer Person? Oder kamen gerade zwei Menschen auf das Haus zu?
Näther zog den Holzknüppel, der neben ihm lag, näher zu sich heran. Inzwischen wurde unten die Haustür aufgeschlossen. Licht ging im Treppenhaus an. Der Lichtschein drang durch den Spalt zwischen Boden und Tür zu ihm ins Zimmer. Näther richtete sich langsam auf. Die nächsten Sekunden waren entscheidend. Er musste mit einem Schlag treffen. Nur dann hatte er eine Chance, seinen Gegner zu überwinden.
Jetzt hörte Näther Schritte auf der Treppe. Jemand kam zu ihm nach oben. Seine Hand krallte sich fester um den Holzknüppel. Plötzlich war es völlig still geworden. Die Person vor der Tür machte keine Geräusche mehr. Worauf wartete der Mann?
Die Stille machte Näther verrückt. Seine Arme waren bis auf den letzten Muskel angespannt. Er schlich zwei Schritte weiter und stand nun frontal vor der Zimmertür. Jeden Augenblick musste sie aufgehen. Und dann würde er zuschlagen. Näther sah, wie die Türklinke nach unten gedrückt wurde. Noch eine Sekunde.
Die Tür ging auf. Ein Lichtschwall ergoss sich ins dunkle Zimmer. Näther sah die Silhouette eines Mannes im Türrahmen. Er hatte irgendetwas in der Hand. Näther stürzte los. Kurz bevor er getroffen wurde und bewusstlos zu Boden ging, sah er die Silhouette eines zweiten Mannes.

17

Die Nacht war kurz gewesen. Deshalb blieb ich am nächsten Morgen lange im Bett liegen. Ich fühlte mich gerädert. In den vergangenen Tagen hatte sich viel ereignet, was mein vormals langweiliges Journalistenleben völlig umgekrempelt hatte. Doch war dies wirklich die Veränderung in meinem Leben, wie ich sie mir gewünscht hatte? Ich legte mich im Bett auf den Rücken, verschränkte meine Arme hinter dem Kopf und starrte zur Decke. Über mir an der weißen Raufasertapete klebten immer noch die Reste der beiden Schnaken.

Das Klingeln des Telefons riss mich aus meinen Gedanken. Ich schälte mich aus der Bettdecke und griff nach dem Telefon, das auf dem wilden Stapel von Zeitungen vor meinem Bett lag. Ich drückte die grüne Taste und meldete mich.

Am anderen Ende der Leitung war Micha Becker.

„Hier ist der automatische Weckdienst. Sie wollten um zehn Uhr geweckt werden."

„Sehr originell. Was willst du schon wieder, so mitten in der Nacht?", brummte ich.

„Mitten in der Nacht? Schraub mal deine Jalousien hoch und lass die Sonne an dein verkatertes Gesicht."

„Woher weißt du, wie mein Gesicht aussieht?"

„Intuition."

„Du und Intuition. Dass ich nicht lache. Eher geht ein Kamel so lange zum Brunnen, bis es bricht. Aber Ernst bei Seite, was willst du?"

„Dich informieren."

„Worüber?"

„Dass die Polizei einen Schritt weiter ist."

„In welcher Richtung?"

„Sie hat jetzt Hinweise, dass Näther in den vergangenen Wochen tatsächlich in der Gegend war."

„Wer sagt das?"

„Ein Zeuge hat sich heute bei der Polizei gemeldet, der Näther auf dem Foto erkannt hat, das wir in unserem Blatt veröffentlicht haben. Unser Mörder hatte sich offensichtlich vor einiger Zeit unter falschem Namen in einem Hotel in Reutlingen eingemietet."

„Dort ist er aber inzwischen nicht mehr, oder?"

„Nein, natürlich nicht. Und er hat auch seine Hotelrechnung nicht bezahlt, wie ich gehört habe."

„Was hat die Polizei noch zu vermelden?"

„Es sei nur eine Frage der Zeit, bis Näther verhaftet werde,

glaubt jedenfalls der Pressesprecher der Polizei. Na ja, wir werden sehen, ob das wirklich so schnell klappt."
Irgendetwas gefiel mir an der ganzen Sache mit Näther nicht.
„Alle deuten immer auf ihn als Täter. Bei uns im Lande gilt immer noch die Unschuldsvermutung, so lange bis der Bösewicht überführt ist. Wer sagt denn, dass Näther der Mann war, der Heim kaltblütig ermordet und Schroth überfallen hat?"
„Zweifelst du etwa an dieser Version?"
„Ich weiß nicht. Näther ist doch auch schon um die sechzig. So schnell und leichtfüßig wie der Geist nach dem Überfall auf uns über den Feldweg Richtung Wald gehopst ist, deutet das eigentlich eher auf ein jüngeres Semester hin."
„Vielleicht hat sich Näther im Knast und auch danach fit gehalten. Ich kenne einige Leute in dem Alter, die noch gut bei Kräften sind."
Ich behielt meine Zweifel und hatte auch keine Lust, so früh am Morgen weiter mit Micha zu diskutieren. Außerdem brauchte ich etwas zu trinken – Mineralwasser, um nachträglich aus dem Dornfelder, den ich in er Nacht geleert hatte, eine Weinschorle zu machen.
„Hast du noch einen Auftrag für mich?", wechselte ich das Thema.
Micha Becker brauchte einen kurzen Augenblick, um sich darauf einzustellen.
„Nein, im Moment nicht, aber ruf doch noch mal nach unserer Mittagskonferenz an, vielleicht kann ich dir dann mehr sagen."
„Okay." Ich legte auf.
Ich schlurfte langsam in die Küche und setzte Wasser auf. Dann ging ich zum Kühlschrank, um eine Flasche Mineralwasser herauszuholen. Doch die Flasche, die ich hervorzog, war leer. Wer ist so blöd und stellt eine leere Flasche Wasser in den Kühlschrank? Im Zweifelsfalle war es immer ich. Und so wohl auch in diesem Fall.
Glücklicherweise fand ich noch eine Flasche Mineralwasser im Keller. Es war allerdings die letzte, was für mich bedeutete, ich musste einkaufen gehen und viele Kisten schleppen.

*

Nach meinem Großeinkauf im Supermarkt war ich geschafft und müde. Ich hasse diese Mega-Märkte, in denen man durch die langen Gänge hetzt und nie das findet, was man sucht, und am Ende immer mit mehr herauskommt, als man eigentlich einkaufen wollte.
Es war inzwischen Abend geworden. Ich lag auf dem Sofa, zappte mich durch die Programme und blieb schließlich bei einer Nachrichtensendung hängen.
Das Telefon klingelte. Eine Stimme meldete sich, die ziemlich verzerrt klang. Ich hatte den Namen des Anrufers zuerst nicht richtig verstanden. Als ich nochmals nachfragte, erhielt ich eine überraschende Antwort. Am anderen Ende der Leitung war Helmut Schroths Sohn. Er hatte eine dringende Nachricht von seinem Vater für mich. Der alte Knurrhahn wollte mich am Schönbuchrand treffen. Sofort. Er habe etwas gefunden, was mich interessieren könnte.
„Ist er wieder auf den Waldgeist gestoßen?“, fragte ich den Schroth-Sprössling.
„Nein. Er glaubt zu wissen, wo Egidius Heim ermordet wurde.“
Dies stieß nun sofort auf mein gesteigertes Interesse. Aber ich musste mich noch zurückhalten.
„Dann soll er zur Polizei gehen.“
„Das will er nicht. Sie sollen den unheimlichen Ort zuerst sehen.“
„Warum?“
„Er möchte wohl, dass Sie ihn groß in der Zeitung herausbringen – als den Mann, der besser ist als die Spurensucher der Polizei. Er hat den Artikel über den Überfall auf ihn gelesen und er hat ihm gut gefallen.“
Das freute mich zu hören. Der alte Schroth wurde mir immer sympathischer. Vielleicht steckte hinter der rauen Schale doch noch ein weicher Kern.
„Außerdem ist mein Vater sauer auf die Polizei.“
„Wieso das?“, fragte ich etwas verwundert.
„Die hat ziemlich intensiv in seiner Vergangenheit herumgestochert und hat ihn ausgefragt über Näther und den Mord an dessen Freundin. Dabei sind sie wohl etwas grob mit ihm umgegan-

gen. Das hat ihm gar nicht gefallen. Mein Vater hat sich jedenfalls ziemlich darüber aufgeregt und hat zu mir gesagt, dass er kein Wort mehr mit der Polizei reden will. Und Sie sollen ihm nun wohl helfen, es den Beamten heimzuzahlen."

Meine Gefühle waren zwiespältig. Auf der einen Seite wollte ich die Story natürlich gerne haben. Andererseits scheute ich etwas die erneute Konfrontation mit der Polizei. Aber ich konnte mir die Sache ja einmal anschauen und danach entscheiden, wie ich weiter vorging. Eine solche Story wollte ich nicht gleich in den Wind schreiben.

Ich sagte zu, dass ich sofort kommen würde. Als Treffpunkt nannte mir Schroths Sohn den Albblickstein am Schönbuchrand bei Walddorfhäslach. Dort würde sein Vater auf mich warten.

„Wissen Sie, wo das ist?", fragte er mich.

„Nicht genau."

Er beschrieb mir den Weg in allen Einzelheiten. So hatte ich keine Bedenken, dass ich den vereinbarten Treffpunkt finden würde.

„Und beeilen Sie sich. Es wird bald dunkel", sagte Schroths Nachwuchs und legte auf.

Ich sprang vom Sofa auf, zog mir meine Sportschuhe an und machte mich auf den Weg. Gerade als ich das Haus verließ, stand plötzlich Nelly vor mir. Mit ihr hatte ich in diesem Augenblick überhaupt nicht gerechnet. Sie wollte mir einen Überraschungsbesuch abstatten und etwas Wichtiges berichten. Ich erzählte ihr von Schroths Anruf und dass ich gerade auf dem Weg nach Walddorfhäslach sei. Sie machte ein enttäuschtes Gesicht und sah mich mit ihren großen braunen Augen treuherzig an. Mit diesem Blick setzt mich Nelly immer in Sekundenschnelle matt und so fragte ich sie, ohne groß zu überlegen, ob sie nicht mit mir nach Walddorfhäslach kommen wolle. Nelly sah mich ungläubig an.

„Meinst du wirklich, dass das eine gute Idee ist?", fragte sie mich.

Nelly hatte recht. Ich wusste nicht, wie der Knurrhahn reagieren würde, wenn er Nelly in meinem Schlepptau sah. Deshalb schlug ich ihr vor, einen kleinen Spaziergang am Schönbuchrand entlang zu unternehmen, während ich mit Schroth unterwegs war.

„Von dort aus hat man einen herrlichen Blick auf das Alb-Panorama“, erzählte ich ihr.
„Und danach sitze ich wieder alleine im Auto und warte ewig auf dich.“
„Nein. Ich verspreche dir, dass es diesmal nicht so lange dauert. Wenn es dir langweilig wird, rufe mich auf dem Handy an. Das gibt mir einen Grund, Schroth zu sagen, dass ich los muss, weil ich noch einen wichtigen Termin habe“, erklärte ich Nelly.
Sie war einverstanden und wir fuhren los. Wir kamen an Pfrondorf und der Waldklause vorbei und bogen wenig später an der gefährlichen Eckbergkreuzung nach Walddorfhäslach ab. Am Ende des Schönbuchs stellte ich meinen Wagen auf dem Wanderparkplatz ab, der zwischen zahlreichen Eichen liegt und deshalb im Frühjahr regelmäßig von Eichenprozessionsspinnern heimgesucht wird. Jetzt hatten wir allerdings Spätsommer und die kleinen Plagegeister waren schon längst verpuppt und flatterten als Nachtfalter durch die Gegend.
Wir stiegen aus.
„Bleib bitte nicht zu lange, es fängt bald zu dämmern an“, sagte Nelly etwas unsicher.
Ich versprach ihr mich zu beeilen, und zeigte ihr den Spazierweg, den sie nehmen sollte. Ich dagegen raste los in Richtung Albblickstein, den ich kurze Zeit später erreicht hatte. Doch zu meiner Überraschung wartete nicht der alte Schroth, sondern dessen Sohn in seinem Auto auf mich.
„Mein Vater war wie immer etwas ungeduldig. Er ist schon zum ‚Weißen Haus‘ vorgegangen. Ich bringe Sie hin“, sagte er.
‚Weißes Haus?‘ Der Name kam mir bekannt vor.
„Das ist eine Schutzhütte aus Holz, die dort unten im Wald steht“, erklärte mir der Schroth-Nachwuchs. Jetzt fiel es mir wieder ein. Ich war an der Hütte vorbeigekommen, als ich den Fundort von Heims Leiche gesucht hatte.
Ich stieg in den Wagen ein. Der junge Schroth gab Gas und düste den Waldweg am Albblickstein hinunter. Nach ein paar Minuten hielt er an.
„Ich muss den Wagen hier abstellen. Es ist nicht mehr weit. Nur noch ein paar Schritte“, sagte er zu mir.

Wir stiegen aus und liefen auf dem holprigen Waldweg weiter. Kurze Zeit später hielt Schroth junior an.
„Ich hab noch etwas im Auto vergessen. Ich muss zurück. Gehen Sie nur einfach den Waldweg weiter. Wenn Sie dort um die Ecke sind, sehen Sie schon das ‚Weiße Haus'. Ich komme gleich nach." Mit diesen Worten ließ er mich einfach stehen und ging zum Auto zurück. Ich war etwas perplex, ging aber weiter. Als ich die nächste Kurve erreicht hatte, wurde es mir immer mulmiger zumute. Ich war mir nicht sicher, ob es nicht ein Fehler gewesen war, mich auf dieses Abenteuer im Wald einzulassen.
Doch ein paar Schritte später wurde ich wieder ruhiger. Ich lief um die Kurve und entdeckte in einiger Entfernung die Schutzhütte, auf der über dem Eingang in großen Buchstaben ‚Weißes Haus' eingraviert war. Als ich näher kam, sah ich, wie der alte Schroth mit seinem verbundenen Arm hinter der Hütte auftauchte.
Er stellte sich an eine der Seitenwände der Hütte und wartete auf mich. Als ich vor ihm stand, schnauzte er mich sofort an:
„Warum haben Sie mich hierher bestellt? Was wollen Sie mir denn so Wichtiges zeigen? Machen Sie schon, ich hab' nicht viel Zeit."
Diese Anrede brachte mich aus dem Gleichgewicht. Meine Vorahnung vor ein paar Sekunden hatte mich also nicht getrogen. Hier im Schönbuch war etwas oberfaul. Und diese abgeschiedene Idylle lud keineswegs zum Verweilen ein. Ich verspürte in diesem Augenblick vielmehr den deutlichen Drang, sofort einen Ortswechsel vorzunehmen.
Doch ich musste bleiben und mich mit Schroth auseinandersetzen, der mich mit unruhigem Blick ansah.
„Ich verstehe Sie nicht. Nicht ich, sondern Sie haben mich doch hierher bestellt. Ihr Sohn hat mir gesagt, Sie wollten mich treffen und mir zeigen, wo Heim ermordet wurde. Ihr Sohn hat mich zu diesem eigenartigen Ort gebracht. Wo sind wir hier eigentlich?"
Langsam dämmerte mir, dass ich möglicherweise leichtfertig in eine Falle getappt war.
„Mein Sohn? Was reden Sie für einen ausgemachten Blödsinn. Warum sollte ich ausgerechnet einen zweitklassigen Schreiber-

ling wie Sie hierher bestellen? Ich habe kein großes Interesse an der Presse. Die stochert nur in Geschichten herum, die sie überhaupt nichts angeht. Und übrigens, Ihr Artikel vor ein paar Tagen hat mir gar nicht gefallen. Ich bin viel zu schlecht dabei weggekommen. Das nächste Mal will ich vorher lesen, was Sie schreiben, oder ich sage überhaupt nichts mehr."
Schroth wurde immer ärgerlicher und lauter. Er fühlte sich von mir auf den Arm genommen.
Die ganze Sache verhieß nichts Gutes. Und wo war überhaupt Schroths Sohn? Er wollte doch gleich nachkommen? Ich sah mich kurz um, konnte ihn aber nicht entdecken.
„Ich glaube, wir sind einem Witzbold aufgesessen", sagte ich vorsichtig.
„Schwätzen Sie net so dumm raus." Schroth wurde noch wütender.
Mit diesem Mann war nicht zu reden. Wenn sich etwas in seinem Kopf festgesetzt hatte, konnte man offensichtlich nicht mehr an ihn herankommen. Und jetzt glaubte er fest daran, dass ich ihn veralbern wollte. Also entschied ich mich, ihn in seinem Glauben zu lassen und schleunigst den Heimweg anzutreten.
„Okay. Ich glaube, wir kommen hier nicht mehr weiter. Jemand treibt hier seinen Schabernack mit uns und diesen Jemand möchte ich, genau genommen, gar nicht kennenlernen. Wenn Sie bleiben wollen, gerne. Aber mir reicht's, ich gehe." Jetzt wurde auch ich ungehalten.
Doch ich hatte Schroths Aufmerksamkeit nicht mehr. Der Blick des alten Mannes ging an mir vorbei und fixierte etwas, das sich direkt hinter meinem Rücken befand. Was er im Fokus hatte, erfuhr ich in der nächsten Sekunde.
„Moment, nicht so schnell. Niemand geht hier, wir bleiben schön beisammen", bellte plötzlich eine raue Stimme hinter mir. Der Satz kam so schnell, dass ich ihn kaum mitbekommen hatte. Schroth ging es offenkundig ebenso.
„Wie bitte?" Ich drehte mich um. Vor mir stand eine maskierte Figur mit Federhut, weitem schwarzem Mantel und einer Schweinsmaske vor dem Gesicht. Wen er darstellen wollte, war mir sofort klar. Ich hatte die Aufmachung auf dem Foto gesehen,

das mir Röder gezeigt hatte. Vor uns stand der mysteriöse Ranzenpuffer, der Heim im Schönbuch erschlagen hatte.
Die Gestalt wirkte in dieser Maskerade lächerlich, doch die Schrotflinte, die sie in der Hand hielt und die auf uns gerichtet war, ließ keinen Zweifel zu, dass die Aufforderung zu bleiben ernst gemeint war. Schroth dagegen schien die Fahrt aus unserem Gespräch mit in diese seltsame Begegnung genommen zu haben.
„Was soll das? Fasnet hemmer noch net. Da musst du noch zwei Monate warten, du maskierter Lackel!“, schrie Schroth und stürmte auf den Maskenmann zu. Ich bewunderte seinen Mut, aber belohnt wurde er nicht. Das Schweinsgesicht verpasste Schroth mit der Flinte einen kräftigen Stoß in die Magengrube. Der alte Mann ließ einen lauten Stoßseufzer gen Himmel starten und ging kräftig nach Luft schnaufend in die Knie.
Die merkwürdige Gestalt beugte sich über Schroth. Doch der alte Dickkopf war noch lange nicht bezwungen. Mit einer Schnelligkeit, die ich dem Knurrhahn gar nicht zugetraut hätte, schlug er der Schweinemaske mitten ins Gesicht. Doch der Schwinger zeigte kaum Wirkung. Die Gestalt hatte offensichtlich mit dem Angriff gerechnet und war rechtzeitig zurückgewichen.
In anderer Sache war Schroths Schlag aber erfolgreich gewesen. Der Wischer übers Schweinegesicht riss dem Flintenträger die Maske von der Nase und beförderte sie im hohen Bogen ins Gras.
Mir blieb die Sprache weg. Vor uns stand Schroths Sohn. Der alte Knurrhahn war allerdings noch überraschter als ich, was man unschwer an seinen weit aufgerissenen Augen erkennen konnte.
„Leo. Was soll das, du Idiot?“, schrie der Alte seinen Sohn an.
Als Antwort erhielt Schroth einen heftigen Stoß mit der Flinte auf die Brust. Der alte Mann wurde kreidebleich im Gesicht und fiel wie von einer Axt gefällt nach hinten um. Aber er war noch am Leben. Ein deutliches Zeichen dafür war sein tiefes Brummen.
Leo war sofort über seinem Vater und drückte ihn mit dem Lauf der Flinte auf den Boden.
„Ja, jetzt schaust du aber dumm aus der Wäsche, was?“ Leos

Stimme zitterte leicht, aber der gehässige Unterton war deutlich herauszuhören.
Schroth starrte seinen Sohn an. Er konnte es nicht fassen, was sich vor seinen Augen abspielte.
„Jetzt spürst du einmal wie das ist, wenn man am Boden liegt und sich nicht mehr wehren kann. Du hast dich immer so groß aufgespielt, hast den großen Macher markiert, jetzt will ich dich im Dreck sehen. Ich will, dass du um dein armseliges Leben bettelst."
„Das wirst du nicht erleben."
„Wir werden sehen."
„Du bist verrückt", presste der alte Schroth hervor.
„Ich bin kein bisschen verrückt. Das werde ich dir gleich beweisen."
Leo Schroth richtete den Lauf der Flinte nun direkt auf den Kopf des Alten.
„Hör auf."
Leo lachte nur.
„Warum tust du das?" Die Stimme des Knurrhahns wurde immer brüchiger.
„Das weißt du genau. Du hast Mutter fertiggemacht, du hast sie so gedemütigt und zerstört, so sehr, dass sie nicht mehr weiterleben wollte."
„Das hat sie sich selbst zuzuschreiben."
Leo Schroth ging gar nicht auf die Bemerkung seines Vaters ein.
„Du wirst jetzt genauso langsam krepieren wie sie. Und es wird mir Spaß machen, dir dabei zuzusehen."
„Mutter war eine Hure."
„Das war sie nicht", schrie Leo den Alten an.
„Sie hat mich betrogen. Und ausgerechnet mit Egi."
„Ich weiß. Sie hat mir alles erzählt, kurz bevor sie starb."
Der alte Schroth sah seinen Sohn mit großen Augen an.
„Dann weißt du doch, dass sie eine Hure war."
„Halt dein blödes Maul. Gerade du hast keinen Grund, so über sie zu reden. Du warst es doch, der sie laufend betrogen hat. Du hast Mutter immer nur ausgenutzt. Du hast sie geschlagen, wenn sie nicht so funktioniert hat, wie du es wolltest. Und du wunderst

dich allen Ernstes darüber, dass sie aus diesem Gefängnis ausbrechen wollte."
„Sie war meine Frau."
Leo Schroth lachte laut auf.
„Was bist du nur für eine armselige Kreatur. Mutter hat mir erzählt, dass sie dich wegen Egi verlassen wollte. Aber dieser elende Feigling hat den Schwanz eingezogen, als sie ihm sagte, dass sie von ihm schwanger ist. Er glaubte ihr nicht, dass das Kind, dass ich von ihm sei. Er hat sie fallenlassen, wie eine heiße Kartoffel, weil er Angst vor dir hatte."
„Ich hätte ihm die Hölle heiß gemacht."
„Ich weiß. Deshalb hat sich Mutter nicht getraut wegzugehen. Wo sollte sie auch hin, ohne einen Cent in der Tasche. Also hat sie alles verschwiegen und hat ihr erbärmliches Leben an deiner Seite mit einer Lüge weiter gelebt. Sie sagte mir, dass sie dir vor einem Jahr alles erzählt hat. Und dann bist du ausgerastet und hast ihr das Leben zur Hölle gemacht."
„Ich wusste schon immer, dass du kein echter Schroth bist. Du bist ein Waschlappen, ein fauler Hund, der nie etwas Anständiges gelernt hat. Du warst immer nur auf mein Geld scharf. Aber ich habe dir einen Strich durch die Rechnung gemacht." Langsam kam wieder etwas Luft in Schroths Lungen.
„Das war dein zweiter Fehler. Du hättest nach Mutters Tod nicht das Testament ändern sollen."
„Du wirst nach meinem Tod keinen Penny von mir bekommen."
„Das könnte dir so passen. Die ganze Geschichte mit der Stiftung hat dir doch Lisa eingeredet."
„Du bist nicht mein Sohn und darum bekommst du auch kein Geld. Lisa hat mir genau gesagt, was ich machen soll, damit du leer ausgehst."
„Die Idee war gut, aber ich habe zum Glück rechtzeitig davon erfahren. Man muss nur Leute kennen, die an den richtigen Positionen sitzen. Das müsstest doch gerade du wissen. Das Testament ist nie dort angekommen, wo du geglaubt hast. Und jetzt hast du auch niemanden mehr, der dir helfen kann. Lisa und Egi sind tot. Niemand außer dir weiß, dass ich nicht dein Sohn bin.

Dein ganzes Vermögen bleibt jetzt schön in der Familie. So wolltest du es doch immer." Leo grinste gehässig.
„Damit kommst du nicht durch."
„Oh, doch. Ganz sicher."
Leo kniete sich nun neben seinen Vater und drehte ihn um. Mit einem Ruck zog er die Arme des alten Mannes auf den Rücken und fesselte sie mit einem Kabelbinder.
Dies erschien mir als der rechte Zeitpunkt, mich aus diesem vertraulichen Streitgespräch zwischen Vater und Sohn zu verabschieden. In Familienangelegenheiten sollte man sich nicht einmischen, weil man immer nur den Kürzeren dabei zieht. Es war sicher besser und gesünder für mich, die beiden bei ihrer Vergangenheitsbewältigung sich selbst zu überlassen. Sollten sie doch die Geschichte unter sich ausmachen. Und ich widmete mich nun ganz alleine der schnellen Flucht aus dem ‚Weißen Haus'. Ich wollte mich mit all meiner Sprungkraft seitlich in die Büsche schlagen, doch ich kam nur ein paar Meter weit. Unser Maskenmann hatte eine Art Zwilling bekommen. Vor mir stand in seiner weißen Ku-Klux-Klan-Kutte der Schrothsche Waldgeist.
„Nicht du schon wieder", stöhnte ich auf. Diesmal hatte der weiß gewandete Maskenmann allerdings seine Axt gegen eine Flinte eingetauscht. Mit einer eindeutigen Bewegung des Gewehrlaufes führte er mich wieder zurück zu der unseligen Vater-Sohn-Aussprache.
Leo Schroth riss mich herum und band meine Hände mit einem Strick auf dem Rücken zusammen.
„Und nun zu Ihnen", meinte Schroth junior schroff und drückte mich nach unten.
„Wenn es sein muss."
„Warum haben Sie sich nur eingemischt? Die ganze Sache geht Sie doch überhaupt nichts an", sagte Leo zu mir.
„Das sage ich mir jetzt auch."
„Ich habe Sie gleich erkannt, als Sie vor unserem Haus gestanden haben. Was haben Sie bei uns gesucht? Ich habe Sie beobachtet, wie Sie in unseren Garten geschlichen sind. Das war keine gute Idee."

Leo starrte mich an und ich starrte zurück.
„Keine gute Idee? Das hier ist auch keine gute Idee. Was soll der ganze Maskenball hier? Ranzenpuffer und Waldschrat, das ist ja wie Dick und Doof – mir ist nur noch nicht klar, wer Dick und wer Doof ist“, brüllte ich in die Runde.
Ich wusste, dass ich darauf keine ehrliche Antwort erhalten würde, aber der heftige Schlag in den Magen, den ich erhielt, erschien doch etwas unpassend. Die Luft blieb mir kurz weg und ich kippte nach vorne.
Leo Schroth baute sich über mir auf. Sein maskierter Komplize beobachtete völlig ungerührt die Szenerie.
„Als Sie in Altenriet aufgetaucht sind, wussten wir nicht, ob unsere schöne Geschichte nicht doch noch auffliegt.“
„Diese bescheuerte Maskerade ist doch lächerlich“, raunzte ich zwischen zwei schweren Atemzügen hervor.
„Das ist keineswegs lächerlich. Als der einfältige Näther vor ein paar Wochen in Altenriet aufgetaucht ist, war uns sofort klar, dass wir ihn gut für unsere Zwecke einsetzen konnten. Mit dem alten Foto vom Festumzug, das er bei sich hatte, brachte er uns auf die Idee mit dem Rachefeldzug. Schon damals hat er meinen Vater beschuldigt, seine Freundin erschossen zu haben. Und jetzt wollte er den Mord an seiner Conny sühnen. Diese Geschichte wollten wir allen auftischen und die Masken sollte sie glaubhafter machen und gleichzeitig zeigen, dass er nicht mehr ganz klar im Kopf ist. Er sollte unser Sündenbock für alles sein. Das ist uns auch gelungen. Im Dorf sind sie sofort auf die Sühnegeschichte eingestiegen. Jeder glaubt heute, dass Näther der Schönbuch-Killer ist. Und die Polizei glaubt es inzwischen auch. Wir haben komplizierte, aber schöne Spuren gelegt. Und nun runden wir die ganze Geschichte ab.“
Leo schaute seinen Vater und mich an.
„Was habt ihr mit Martin gemacht?“, mischte sich der alte Schroth wieder ins Gespräch ein.
„Der ist gut verstaut. Er wird nie wieder auftauchen. Höchstens noch in einem Abschiedsbrief, in dem er seine Morde zugibt. Ihm wird es wie eine Erlösung vorkommen. Wusstest du, wie krank er ist? Er hat nicht mehr lange zu leben.“

„Und ihr glaubt, dass die Polizei nicht auf eure Spur kommt?"
„Warum sollte sie uns verdächtigen? Außerdem, wenn sie auf eure Leichen stößt, wird sie genügend Hinweise auf Martin Näther finden. Dafür werden wir schon sorgen. Wir haben alles bereits hergerichtet. Und danach werden wir geduldig warten, bis genug Gras über die Sache gewachsen ist. Ich werde in aller Ruhe das Erbe antreten und dann werden wir nie wieder einen Finger krumm machen. Und das verdanken wir alles dir, Vater."
Leo Schroth beugte sich zu seinem Vater hinunter. Es sah fast so aus, als wolle er ihn küssen. Mit seinem Mund rückte er ganz nahe an den Kopf des alten Schroth heran. Er flüsterte ihm etwas ins Ohr. Sein Vater drehte sich um und sah Leo mit hasserfüllten Augen an.
Langsam schien die Situation für uns sehr brenzlig zu werden. Vor mir kniete der Ranzenpuffer mit einer Flinte, die er jetzt wieder auf den alten Schroth richtete, hinter mir stand ein ebenfalls bewaffneter Waldschrat.
Doch wie immer stirbt die Hoffnung zuletzt. Plötzlich hörte ich aus dem Wald eine vertraute Stimme. Es war Nelly. Sie suchte nach mir und rief laut meinen Namen in den Wald hinein. Irritiert drehte sich Leo Schroth um. Auch der Waldgeist verlor einen Augenblick seine Konzentration. Dies war meine Chance. Ich trat zu, so fest ich konnte, Leo Schroth ins Gesicht. Er schrie auf, hielt sich die Hände vors Gesicht und kippte zur Seite. Seine Flinte fiel auf den Boden.
Auch der weiße Geist war von meinem plötzlichen Angriff überrascht. Ich sprang auf, stürmte auf ihn zu und rempelte ihn um. Bis er sich wieder aufgerappelt und begriffen hatte, was geschehen war, war ich bereits im Wald und hetzte den Abhang Richtung Schaichtal hinunter. Die Zeit reichte mir aus, um einen ordentlichen Vorsprung herauszuholen. Während ich durch das Unterholz rannte, hörte ich hinter mir einen Schuss, der allerdings weit an mir vorbeistrich. Dennoch war mir jetzt klar, dass der Jäger die Verfolgung aufgenommen hatte und sein Wild erlegen wollte.
„Oh, verehrte Madonna der gesegneten Beschleunigung, gib mir die Beine von Carl Lewis und die Ausdauer von Dieter Bau-

mann“, flehte ich gen Himmel, während ich weiter durch den Wald hetzte. Doch mein Stoßgebet wurde nicht erhört. Nicht mehr weit von der Talsohle entfernt stolperte ich über Stock wie über Stein, geriet völlig aus dem Gleichgewicht, schlug einige Salti und landete schließlich unsanft auf dem Waldboden. Allerdings lösten sich dabei meine Handfesseln und ich konnte meine Hände wieder frei bewegen. Doch was nützte mir diese Bewegungsfreiheit, wenn der Jäger sein Wild eingeholt hat und nun direkt über ihm steht.

„Ende und aus“, brüllte der Waldschrat, hob seine Flinte und zielte auf meinen Kopf.

„Moment!“, schrie ich ihn an.

Der Waldschrat zögerte kurz.

„Jeder zum Tode Verurteilte hat noch einen letzten Wunsch“, sagte ich.

„Und der wäre?“

„Geben Sie mir wenigstens die Chance zu sehen, wer mein Henker ist.“ Ich versuchte auf diese, zugegeben etwas ungewöhnliche Art, Zeit zu gewinnen.

Der Waldschrat lachte auf.

„Das kannst du haben, wenn es dir hilft, du Idiot. Es wird das letzte Gesicht sein, das du lebend siehst. Du wirst das Bild mit in die Ewigkeit nehmen.“ Waldschrats Hand ging zu seinem Kopf. Er zog die weiße Kapuze nach hinten. Es war die zweite unliebsame Überraschung für mich an diesem Tag. Vor mir stand, hämisch grinsend, Julius Gäßler, der Richter als Henker.

„Überrascht, was?“

Ich war überrascht, aber ich brachte keinen Ton hervor. Was sollte ich ihm auch antworten?

„Sie waren etwas zu aktiv und sind uns einfach in die Quere gekommen mit Ihrer Schnüffelei. Auch ich habe Sie vor Schroths Haus gesehen. Man kann sagen, Sie waren einfach zur falschen Zeit am falschen Ort. Das war Ihr Todesurteil, wenn man so will.“

„Und das haben Sie ausgesprochen.“

„So kann man es sagen. Es fiel mir nicht schwer. Um Journalisten, wie Sie einer sind, ist es nicht schade.“

„Das sehe ich anders."
„Das ist mir gleichgültig." Gäßler legte das Gewehr an.
„Was haben Sie mit Schroths Sohn zu tun?", wollte ich wissen.
„Sie sind zu neugierig."
Gäßler senkte kurz den Gewehrlauf und blickte mir in die Augen.
„Ich bin immer neugierig, aber was macht das jetzt noch aus? Sie werden mich erschießen und dann kann ich sowieso niemanden mehr etwas erzählen, oder?"
„Da haben Sie recht."
Ich versuchte loszuplappern, um etwas Zeit zu gewinnen. Und ich hoffte, Gäßler zum Reden zu bringen. Wer redet, schießt nicht. Ich wollte ihn an seiner Eitelkeit packen. Er war sicher stolz auf seine perfekte Mordgeschichte, aber er konnte sie niemandem erzählen. Außer mir. Vor mir hatte er die Chance, noch einmal damit zu prahlen, ohne Gefahr zu laufen aufzufliegen. Auf dieses Gleis wollte ich ihn schieben. Er fiel darauf herein und ich hatte etwas Zeit, mir einen Ausweg aus meinem gefährlichen Dilemma zu überlegen.
Einen Augenblick lang herrschte allerdings eine tödliche Stille im Wald. Selbst die Vögel ringsherum schienen für einen Moment ihr Zwitschern eingestellt zu haben, um der gespenstischen Auseinandersetzung besser folgen zu können.
„Wissen Sie, wie die Frau hieß, die Näther damals erschossen hat?"
„Conny. Aber ihren Nachnamen kenne ich nicht. Er stand damals auch nicht in der Zeitung. Ich habe im Archiv nachgeschaut und keinen Nachnamen gefunden."
„Sie hieß Conny Gäßler."
„Conny war Ihre Mutter?"
„Genau."
„Und Näther Ihr Vater?"
„Nein. Ich stamme aus einer Beziehung, die meine Mutter vor Näther hatte. Er wollte keine Kinder. Deshalb hatte er auch überhaupt kein Interesse an mir. Ich war ihm nur lästig. Er wollte mit meiner Mutter zusammen sein und ich stand ihm dabei im Weg. Ich wäre fast im Internat gelandet, doch meine Mutter war

dagegen. Also war ich überall dabei, bei den ganzen Festen in Altenriet und Walddorf. In dieser Zeit habe ich Leo kennengelernt. Ich hab mich schnell mit ihm angefreundet. Wir waren dicke Freunde damals. Blutsbrüder, wenn man so will. Wir hatten etwas gemeinsam: Wir hassten beide unsere Väter. Wir entwickelten sogar heimlich Pläne, wie wir sie loswerden könnten, um unsere Mütter wieder für uns zu haben."

„Und dann passierte der Mord?"

„Ja. Er stellte mein Leben völlig auf den Kopf. Ich wurde in ein Heim gesteckt. Niemand hat sich dort mehr um mich gekümmert. Meine Mutter war tot. Mein Ersatzvater steckte im Knast und den Schroths war ich völlig egal. Das war eine harte Zeit für mich. Aber ich habe es gepackt."

„Und Leo?"

„Ich habe ihn lange nicht mehr gesehen. Erst vor kurzem sind wir uns wieder über den Weg gelaufen, als die Sache mit dem Testament aufkam. Da war die alte Freundschaft plötzlich wieder da, als wären wir nie getrennt gewesen. Ich habe ihm geholfen, das Testament verschwinden zu lassen. Und dann ist Näther aufgetaucht und alles ist wieder aufgebrochen. Mein Gott, wie habe ich diesen Typen gehasst."

„Hat Näther wirklich Ihre Mutter erschossen oder war es Schroth?"

„Ich weiß es nicht genau. Vielleicht war er es, vielleicht auch Schroth. Vielleicht alle beide. Was für eine Rolle spielt das heute noch? Und Lisa und Egi haben in dem ganzen ekelhaften Spiel mitgemacht und alles unter der Decke gehalten. Sie haben dafür gesorgt, dass Martin im Gefängnis verschwand. Ich will heute die Wahrheit gar nicht mehr wissen. Es ist jetzt vorbei. Und ich muss all diese Gesichter nicht mehr sehen."

„Und Sie spielen hinterher Ihr Spiel als ehrbarer Richter weiter?"

„Nur noch eine Zeitlang. Dann teile ich mit Leo, setze mich ab und genieße das Leben."

Gäßler verstummte.

Wie sollte ich ihn jetzt noch hinhalten? Mir gingen die Themen aus und die Schweißperlen auf meiner Stirn zeigten mir, dass langsam Panik die Oberhand über meine Gefühlswelt gewann.

Was sollte ich tun? Angreifen, aufspringen und wegrennen oder einfach nur liegen bleiben und abwarten? Keine der beiden Alternativen versprach mir einen Erfolg – im Gegenteil.
„Es ist fast schon schade, dass die Geschichte hier endet. Ich könnte noch so viel erzählen. Aber ich muss zurück und sehen, ob Leo in Ordnung ist." Er richtete wieder das Gewehr auf mich und legte seinen Zeigefinger auf den Abzug.
Ich kauerte mich auf dem Boden zusammen und vergrub meinen Kopf in meinen Armen. Meine Beine fingen zu zittern an. Ich wartete auf den Schuss.
Und der Schuss fiel. Der Lärm ließ fast mein Trommelfell zerplatzen. Meine Ohren klingelten. Aber ich schwebte überraschenderweise nicht auf Wolke sieben und schmorte auch nicht bei Mephisto in der Hölle. Ich hatte noch alle, zumindest die meisten Sinne beisammen, wenn auch nicht mehr in der richtigen Reihenfolge. Ich nahm meine Arme von den Augen und richtete mich vorsichtig auf. Neben mir lag Gäßler und hatte alle Viere von sich gestreckt. Und über ihm thronte – Charly. Er hatte eine große Schrotflinte in der Hand. Hier im Wald tragen inzwischen offensichtlich alle ein Gewehr. Ich schwöre, ich gehe nächstens nicht mehr ohne Schießprügel aus dem Haus.
Aber das war mir jetzt egal. Eins wusste ich indes genau: Ich war zuvor noch nie so froh gewesen, Charly zu sehen.
„Was machen Sie hier?", stotterte ich.
„Ich kam hier zufällig vorbei und dachte, ich rette jetzt mal das arme Schwein hier. Wie wär's mit einem Dankeschön?"
„Danke."
Nachdem ich den ersten Schock einigermaßen überwunden hatte, fiel mir wieder die Ausgangssituation ein. Was war mit Schroth? Und vor allem: Was war mit Nelly passiert?
Ich sprang auf.
„Wir müssen zurück zur Schutzhütte. Schnell. Nelly ist dort. Und Leo. Sie ist in Gefahr. Er wird sie töten."
„Immer mit der Ruhe. Nelly und der alte Schroth sind in Sicherheit. Um die beiden kümmern sich meine Freunde."
„Ihre Freunde?"
„Ja. Vohrer ist dort und Claudius Schall. Sie haben eine Menge

Kumpels mitgebracht. Halb Walddorfhäslach ist da. Sie hätten Leos Gesicht sehen sollen, als die ganze Meute plötzlich vor ihm stand. Er hat gesehen, dass er keine Chance mehr hatte und hat sofort aufgegeben. Auch die Polizei müsste inzwischen da sein. Sie können in Ruhe hinaufgehen zu Ihrer Freundin."

Charly setzte sich auf einen Stein. Erst jetzt blickte ich mich um, um zu sehen, wo ich eigentlich war. Ich stand inmitten einer Lichtung, durch die ein kleiner Bach floss. Die letzten Lichtstrahlen des Spätsommerabends drangen durch die Baumkronen. Es wäre ein idyllischer Platz gewesen, wenn hier nicht Gäßler in seinem Blut gelegen hätte.

„Lebt er noch?" Ich deutete auf Gäßler.

„Ich denke schon. Er hat einen harten Schädel."

„Und der Schuss?"

„Der stammt aus seiner Flinte. Als er mich gehört hat, drehte er sich um und wollte auf mich schießen, aber ich war schneller. Sein Schuss ging in die Wolken. Und dann hat er nur noch meinen Gewehrkolben gespürt."

Ich sah mir Gäßler genauer an. Er hatte eine kräftige Platzwunde am Kopf, die voller Blut war. Ich drehte mich wieder zu Charly um.

„Wieso waren Sie so schnell hier?"

„Ach wissen Sie, der Wald ist mein Zuhause. Ich kenne mich hier bestens aus. Wir hatten Leo schon länger in Verdacht und haben ihn beobachtet. Und dabei sind wir auch auf Gäßler gestoßen. Näther hatte wirklich mit der ganzen Sache nichts zu tun. Er wollte nur Geld von Schroth."

„Wo ist Näther?"

„Ich denke, die Polizei wird ihn bald in Gäßlers Haus finden. Er wollte sich vor kurzem aus seinem Gefängnis befreien, das der Richter in seiner Wohnung für ihn eingerichtet hatte, aber das ging schief. Er war gegen Leo und Gäßler einfach machtlos. Sie haben ihn ziemlich übel zugerichtet."

„Woher wissen Sie das alles?"

„Sagen wir, mein siebter Sinn sagt mir das."

„Ihr siebter Sinn?"

„Ja."

Charly lächelte.
„Ich muss zu Nelly. Lassen Sie uns gehen“, sagte ich.
„Gehen Sie nur alleine.“
„Kommen Sie nicht mit?“
„Nein, ich bleibe hier.“
„Sie sind ein komischer Mensch.“
„Mag sein.“
„Sagen Sie mir wenigstens noch Ihren Namen, damit ich weiß, wem ich meine Rettung verdanke.“
„Den erfahren Sie noch früh genug.“ Charly stand auf. Ich sah nun, dass er auf einer Art Grabstein gesessen hatte.
„Charly steht für Karl, denke ich“, sagte ich leise vor mich hin, während ich auf den Stein starrte.
„Richtig.“
Ich versuchte die Inschrift auf dem Stein, der von Moos überzogen war, zu entziffern.
Dort stand: „Karl Schweller, Unterfoerster gestbn. 1814.“
Als ich aufsah, war Charly verschwunden.

18

Nelly saß auf dem Rücksitz eines Polizeifahrzeugs. Als sie mich sah, winkte sie mir zu. Ich war froh, sie gesund und munter zu sehen und nahm sie in den Arm. Sie drückte sich fest an mich.
„Warum machst du nur alles immer so spannend?“, flüsterte sie mir ins Ohr.
„Das ist meine Art. Aber jetzt ist alles vorbei“, antwortete ich ihr.
„Nichts ist vorbei. Jetzt geht es für uns erst richtig los. Ich habe gesehen, dass ich dich nicht alleine lassen kann. Du brauchst jemanden, der auf dich aufpasst. Und zwar mich. Ich habe meinen Flug nach Irland storniert. Das wollte ich dir eigentlich heute Abend sagen, als ich zu dir gekommen bin.“
Wir schauten uns an.
„Und außerdem braucht jede Geschichte ein Happy End“, sagte sie leise.
Da wollte ich ihr nicht widersprechen.